HAYMONverlag

Katharina Schaller

Unterwasser-
flimmern

Roman

Worte liegen auf der Haut
Berührungen und Rätsel
Um uns schwingt ein Ton, durchgängig
zieht er Kreise, Körperverbindungen
die mit ihm klingen
und uns gemeinsam werden lassen
was keiner von uns alleine sein kann

Die Sekunden schlagen im Takt
mit den Bewegungen
tragen die Zeit an einen Ort
der nicht Besuch empfängt
nur hindenken
sich hinwünschen

An manchen Tagen
ist er Lichtjahre entfernt, und an andren
liegt er um die Ecke unsrer selbst
Stell dir vor, wir gehen Kopf in Kopf
in entgegengesetzte Richtungen
und treffen uns dort

Er liegt neben mir. Ich spüre sein Bein über meinem, seinen Arm an meinen Brustwarzen. Ich spüre seine Haut, die warm ist. Es ist heiß unter der Decke, und es ist feucht zwischen uns. Schweißtropfen haben sich auf meinem Rücken und seinem Bauch gebildet, unsere Körper kleben aneinander. Ich denke an den Saft, den ich gestern auf den blassen Linoleumfliesen verschüttet habe, und daran, wie sich die halbtrockenen Flecken auf meinen bloßen Sohlen angefühlt haben.

Dass Leo neben mir ist, ist nicht neu. Es ist auch nicht alt. Es ist gerade. Die Sonne scheint durch die Scheiben, grelle Strahlen, die das Zimmer aufheizen, und ich strample die Decke von mir, um Luft zu bekommen. Leo rührt sich kaum, und trotzdem merke ich, dass er wach geworden ist. Seine Atmung hat sich beschleunigt.

Die Wohnung ist hell. Sie ist stilvoll, würde man sagen. Man würde sagen, sie ist groß, sie ist lichtdurchflutet, sie ist auf den Punkt. Die Küchenzeile ist weiß, der Boden in Wohnzimmer und Flur ein Parkettboden, der Tisch eine Tafel. Wer daran sitzt, ist egal. Nichts hier sieht nach Wohnen aus, alles nach Besuch.

Wir stehen auf, trotten in die Küche, und ich muss lachen. Darüber, wie Leo sich krümmt, um die Tassen aus dem Schrank zu holen. Seine Haare fallen leicht abwärts mit dieser Bewegung, zum ersten Mal sehe ich ihn in dieser Position, sehe ihn anders als sonst, und es ist, als würde sich ein neuer Teil zum Rest dieses Menschen fügen.

„Wer räumt Tassen in den unteren Küchenschrank?", frage ich.

„Wer räumt sie nach oben?", fragt er.

„Alle, die ich kenne", antworte ich.

„Egal", sagt er und schenkt den Kaffee ein.

Er schmeckt. Ich denke darüber nach, ob er jemals nicht geschmeckt hat, ob ich mich an das Bittere gewöhnen habe müssen wie an den Zigarettenrauch in meinem Mund, und ich denke daran, dass ein Morgen seltsam wäre, auch dieser, ohne diese beiden Dinge. Ich nehme einen Schluck und ziehe kurz darauf an der Zigarette, abwechselnd, und blase den Rauch langsam aus meinem Mund. Es bilden sich Kreise, die weiter werden.

Leo öffnet ein Fenster und schaut mich an, er setzt sich zu mir, streicht über meine Wange, die wahrscheinlich rot geworden ist. Weil meine Backen immer rot werden, wenn die Temperatur zu hoch ist oder ich mich ertappt fühle. Er erzählt mir etwas, und ich höre nicht genau hin, aber ich spüre seine Hand. Ich mag sie, denke ich, diese Hand.

Ich rieche die Kresse, die vor mir auf dem Tisch steht, blicke auf die zarten Stängel, die aus den Wattebauschen wachsen und die so gar nicht in diese Umgebung passen. Ansonsten ist die Küche fast leer, nur die wichtigsten Dinge sind darin verstaut. Dieser Geruch wird mir in Erinnerung bleiben, denke ich. Weil ich mit Kresse keine anderen Gefühle verbinde, nur dieses Zimmer hier, nur Küchengefühle.

Leo starrt mich an, als hätte ich meinen Einsatz verpasst, als hätten wir ein Gespräch geführt und ich wäre ihm eine Antwort schuldig. Ich stiere zurück, direkt in das Glasige seiner Augen. Dann küsst er mich, und ich drehe meinen Kopf zur Seite. Ich bemerke seinen Atem auf meinem Gesicht.

„Wann sehen wir uns wieder?", fragt er mich.

Ich gehe durch die Straßen. Bis ich mich nicht mehr erinnere, ob ich schon hier war oder dort. An den Häuserfronten kann man den Dreck der Jahre sehen, an manchen schwarze Buchstaben, die irgendwann auf die Mauern gesprüht und nicht mehr entfernt wurden. Runde, hastig geschriebene Buchstaben. Fick dich, steht unter einem Fenster, in dem ein Klangmobile baumelt.

Ich beobachte den Abfall, der vom Wind bewegt wird. Eine Coladose klimpert über den Asphalt, Zigarettenfilter rollen hinterher. Ich denke an ihn. An Leo und seine Frage, wann wir uns wiedersehen. Dass ich es nicht wisse, habe ich geantwortet. Das ist meine Standardantwort in so einer Situation.

Ich hebe meinen Kopf, während ich die Straße entlanggehe, in der die Kirschbäume blühen. Nur kurz blühen sie, aber wenn sie es tun, glaubt man, dass es keine schöneren Blüten geben kann. Ich gehe weiter geradeaus, immer weiter, um nicht nach Hause zu müssen. Ich versuche, etwas nachzufühlen von uns. Ich denke an seine Hände, an die Finger. An seinen Mund, an den Schwanz. An Leos gesamten Körper, der vertraut wird. An die Haare in den Achselhöhlen, in die ich meine Nase stoße, und an die, die sich an den Innenseiten seiner Oberschenkel kringeln.

Und dann wieder die Frage. Er stellt sie jedes Mal. Als würden wir füreinander verpuffen, würde er sie nicht aussprechen. Leo braucht die Vergewisserung. Er will, dass ich mich nach jedem Mal für das nächste Mal entscheide. Nicht, dass ich ihn nicht wiedersehen will. Ich will, dass er mich berührt. Ich will das Geräusch unserer klatschenden Körper. Ich will die Luft, die er mir in den Nacken bläst. Ich stelle mir sein Gesicht vor, kurz nach dem Aufwachen. Ich höre sein Flüstern, die Wörter, die so anders sind als meine, solche, die ich nicht auswählen würde und die vielleicht deshalb so richtig klingen.

Leo weiß, dass ich eine Beziehung führe. Eine öffentliche. Eine, die man nicht verstecken muss. So wie er. Ich weiß, dass er eifersüchtig ist, dass er sich ausmalt, wie dieser andere Mann sich anfühlt im Vergleich zu ihm, wo seine Finger ansetzen, ob es dieselben Stellen sind oder andere.

Leo wollte wissen, ob mir das nie passieren würde. Ob ich nie eifersüchtig werden würde. Ich habe mit den

Schultern gezuckt. Er hat mich nachgeäfft, seine Schultern auf dieselbe Weise nach oben gezogen. Ich habe ihn gefragt, wovon er rede, und dabei an vergangene Jahre gedacht, an Bekanntschaften und Beziehungen. An das Warten auf Nachrichten. An die Sehnsucht, die sich nicht wegerklären lässt. An die Vorstellung von Körperteilen, die sich ineinander verhaken. An dieses enge Gefühl, das ein anderer Mensch auslösen kann, so wie Leo es manchmal bei mir tut und so wie ich es bei ihm tue. An das Masturbieren zu der Fantasie, mein Freund würde gerade mit einer anderen schlafen. An die Erniedrigung, die mich geil gemacht hat. Trotzdem habe ich Leo nicht geantwortet, ihn nicht belohnt für seine Ehrlichkeit.

Jetzt bleibe ich vor der grünen Mülltonne stehen, denke an ihn und die Frau, mit der er verheiratet ist. Ich weiß nicht, wie sie aussieht, und doch habe ich ein detailliertes Bild von ihr. Ich sehe, wie er durch ihr Haar streicht. Wie er seine Hand auf ihr Knie legt. Wie seine Finger nach oben wandern. Wie er zwischen ihre Beine greift. Ich denke daran, dass er sie auf dieselbe Weise berührt, auf dieselbe Weise an ihr schnuppert. Mir wird übel. Nur ein Anflug, denke ich und atme tief in den Bauch. Ich will Leo anschreien, dass er das lassen soll. Er soll aufhören, steif zu sein, während er neben ihr sitzt.

Das ist Eifersucht, stelle ich fest und schließe die Tür auf.

Ich komme in die Wohnung. Es riecht nach Emil. Kein intensiver Geruch, nur Nuancen, die sich ausgebreitet und über die Kissen und Laken gelegt haben. Vielleicht sind das wir, denke ich, und nicht er allein. Ich rufe seinen Namen.

Klingt das alt? Dieser Name? Emil ist fast vierzig. Zehn Jahre älter als ich.

„Hier", ruft er zurück. Die Wohnung ist klein genug, dass ich höre, wo genau sich dieses „hier" befindet.

Ich habe zu viel Zeug, denke ich, während ich meine Tasche auf den Boden gleiten lasse und mit einem Fuß gegen die Schwelle stoße. Überall Zeug, alles voll. Jede Ecke eine Erinnerung. Überall etwas von früher, von viel früher, von vorgestern. Von irgendwann. Von Reisen. Flugtickets, Eintrittskarten, Nationalparkscheine. Als wäre man ohne sie nicht dort gewesen. Als brauchte man den Beweis. Ich, um genau zu sein.

Emil ist minimalistisch. Er hat nichts gegen Fotos, aber für sie hat er auch nichts. Emil kauft keine Souvenirs. Ab und zu glaube ich, würde ich nicht mit ihm hier wohnen, gäbe es kein persönliches Stück von ihm. Ein paar Bilder an den Wänden. Emil mag Kunst. Er ist fasziniert von Techniken, von Materialien, von Menschen und der Zeit, die die Ergebnisse prägt. Emil analysiert.

Ich stehe hinter ihm, er sitzt auf dem Lesestuhl im Schlafzimmer. Ich wuschle in seinem Haar, das dicht ist und sich nicht verändert hat, seit wir zusammen sind. Er nimmt meine Hand und legt sie zurück.

„Ich lese", sagt er, und dann doch: „War eure Feier gut?"

Ich nicke und reibe meinen Oberarm, will ansetzen zu erzählen, ansetzen zu lügen. Ich müsste von dem Geburtstagsessen einer Freundin berichten, von dem

Abend, der sich in die Länge gezogen hat, davon, wie es später wurde und wir die Nacht in ihrer Wohnung verbracht haben. Stattdessen habe ich mich irgendwann verabschiedet und bei Leo übernachtet. Emil sieht in sein Buch, keine Regung und kein Geräusch, außer dem Umblättern der Seiten. Vielleicht spürt er, dass ich noch im Zimmer stehe, aber er dreht sich nicht um. Also schleiche ich rückwärts, versuche, leise zu sein, was keinen Sinn ergibt. Nur will ich plötzlich nicht mehr mit ihm sprechen und keinen Satz provozieren.

„Hast du Hunger?", rufe ich später aus der Küche.

Emil tritt hinter mich, nimmt mich an den Hüften, küsst meinen Hals. Wir sind uns nah. Wir berühren uns oft, und jede Berührung prägt sich ein, mit jeder weiteren werden wir mehr, mehr wir. Ich denke daran, wie wir im Bett liegen, Emil hinter mir, sein Arm um meinen Bauch. Beinahe jede Nacht schlafen wir so. Es ist eine unausgesprochene Vereinbarung. Wie wir einschlafen.

„Ja", antwortet er.

Wir kochen gemeinsam. Emil mag es, in der Küche zu stehen, die Töpfe auszuwählen. Ich sehe ihn vor mir, wie er mit der Gabel gegen das Filetsteak drückt und das wässrige Blut sich am Tellerrand sammelt. Ich würde darauf verzichten, aber ich kann nicht nur ihn kochen lassen. Emil könnte es mir vorhalten.

Manchmal wünsche ich mir, Emil zu schlagen. Ich wünsche mir, mit meiner Faust gegen seine Brust zu hämmern. Ich denke an die Zeit vor fünf Jahren, daran, wie ungewiss die Zukunft war, und an dieses

Ungewisse, das uns angetrieben hat. Jetzt wirkt alles vorbestimmt, als müssten wir sicher sein, worauf wir zugehen. Als wäre es unverzeihlich, kein Ziel zu definieren. Ich weiß, dass Emil über das alles sprechen will. Darüber, wie wir leben werden. Ich weiß, dass er ein Zugeständnis braucht. Ich sehe es in seinem Gesicht. Ich kann seine Stimme hören, die Fragen, die ich nicht beantworte und die sich zwischen uns gedrängt haben.

„Magst du Pasta?", frage ich ihn.

„Unbedingt", sagt er und lächelt mich an.

Sein schönes, schiefes Lächeln, das er nicht jedem zeigt. Das nur die Leute kennen, die ihn kennen.

Wir essen am Küchentisch. Sitzen uns gegenüber wie zivilisierte Menschen, obwohl ich meinen Teller Nudeln lieber vor dem Fernseher essen würde. Wir reden. Wir erzählen von unserem Tag, von den Stunden, die wir getrennt voneinander verbracht haben. Im Büro, draußen, beim Mittagessen.

Emil ist Architekt, er besucht Baustellen. Emil ist es gewohnt, alles zu überprüfen, nachzusehen, ob alles nach Plan läuft, nach seinem. Er hat sechs Häuser für uns entworfen. Fast eines für jedes Jahr, das wir zusammen sind. Am Anfang waren die Häuser klein, und rundherum hat er Bäume gezeichnet. Er hat gesagt, wir werden in einem Wald wohnen. Wir werden jeden Morgen zuerst die Vögel hören. Und jeden Abend das Rauschen des Windes in den Ästen.

Heute sind die Häuser größer. Es gibt mehrere Stöcke, Kinderzimmer, Abstellkammern. Unser Schlafzimmer wird kleiner. Emil sagt, wir brauchten nicht viel Platz, ich würde ihn sowieso nur vollstellen. Und ich hätte dann ein ganzes Haus zum Vollstellen. Aber nicht das Schlafzimmer. Er sagt es mit diesem Grinsen, das ich eigentlich mag.

Wir reden vom Wetter, von heute Abend. Ich räume den Tisch ab, Emil sieht mich an. Er packt meinen Arm, drückt mich gegen den Küchentisch, meinen Oberkörper auf die Platte, schiebt meinen Rock hoch und dringt in mich ein. Ich rieche Bolognese in dem Topf direkt neben meinem Gesicht, schaue auf das Glas, das gefährlich nah am Rand steht, und denke darüber nach, wie es aussehen würde, würde es zerbrechen, wie viele Scherben sich auf dem Boden verteilen würden, wie Emil für eine Sekunde erschrecken und doch weitermachen würde. Er fickt mich kurz. Und spritzt ab. Dann verharren wir so, vielleicht sind es fünf Minuten, in denen er sich knapp über meinen Körper stützt, und ich versuche, genau in seinem Rhythmus zu atmen. Emil zieht seinen Schwanz aus mir, es tropft an meinem Bein herab. Ich setze mich aufs Klo, beuge mich nach unten, um dabei zuzusehen, wie es aus mir herausplätschert, der Urin, das Sperma, und nehme ein Toilettenpapier, mit dem ich die Spur an meinem Oberschenkel abwische. Danach ziehe ich mich um, eine frische Unterhose, ein leichtes Oberteil, weil es kühl geworden ist, und lege mich ins Bett, um endlich zu schlafen.

Fünf Wochen sind seit dem Küchensex vergangen.

Wir sitzen am Gate H13. Emil und ich. Wir sind auf dem Weg nach Vietnam. Es riecht nach Frühlingsrollen, eigentlich nach Öl, das genauso gut dafür verwendet werden hätte können, Pommes zu frittieren. Trotzdem bin ich sicher, dass es nach Frühlingsrollen riecht und dass das mit unserem Ziel zu tun hat. Und da ist der Duft von Sonnencreme. Als hätten sie die Menschen vorsichtshalber aufgetragen, um vorbereitet zu sein. Auf die Sonne und den Urlaub, für den sie gearbeitet haben. Ich sauge alles ein, beobachte die Frau gegenüber, die einen großen Hut aufhat, dazu eine Jogginghose, die die Stunden im Flugzeug bequemer machen soll. Sie sieht nach All-Inclusive-Urlaub aus, nicht nach Abenteuer, nicht nach Dschungel oder einsamem Sandstrand, nicht nach abgeschiedenem Dorf ohne Handyempfang oder pulsierender Stadt. Vielmehr sieht die Frau nach einem farbigen Armband aus, das den Mitarbeitern im Hotel den Status ihrer Buchung anzeigt: nur Frühstück und Abendessen oder aber den ganzen Tag alles. Kuchenbuffet, Cocktails, Limo zwischendurch. Ich schaue auf Emil, schaue an mir herab, frage mich, wonach wir beide aussehen und ob wir für andere so enttäuschend sind wie diese Frau für mich.

Drei Wochen, denke ich. Emil sagt, das werde uns guttun. Wir könnten abschalten. Wir könnten tun, was immer wir wollen. Wir könnten in ein entlegenes Kloster gehen. Emil hat mir Reiseberichte vorgelesen. Eine Woche Meditation, Konzentration auf uns, jeder für sich. Gespräche nur abends. Ich habe mich gefragt, worüber sich die Menschen unterhalten, die den Tag ausschließlich mit sich selbst verbringen. Ob sie über ihre Fortschritte reden, und ob ich das will, mich den ganzen Tag mit mir selbst beschäftigen.

Oder wir fahren nach Sa Pa in die Berge. Wir könnten durch die saftig grünen Reisfelder spazieren, frühmorgens aufstehen und durch die Nebelschwaden wandern. Ich sehe uns beide, Emil und mich, wie wir hintereinander herstapfen, wie Emil vor mir aufwärts steigt, ich seinen Atem hören kann, weil alles noch still ist, wie ich versuche, im Gleichschritt zu gehen, bis wir über die Plantagen an den höchsten Punkt kommen und der Nebel sich lichtet. Wie das Land sich gemeinsam mit der aufgehenden Sonne anfängt zu bewegen, wie die Menschen lauter werden, wie wir beide langsam in den Geräuschen untergehen.

Wir könnten ein Moped ausleihen und auf kurvigen Straßen das Landesinnere erkunden. Ich kann den Fahrtwind spüren, sehe die Häuser aus Holz, die auf Stelzen gebaut wurden, um sie gegen das hochstehende Wasser zu schützen, das in der Monsunzeit alltäglich ist. Ich stelle mir vor, dass es anfängt zu schütten, wie wir uns irgendwo unterstellen müssten, wie hart meine Nippel von dem Warten in der Kälte werden würden, wie ich am ganzen Körper zittern würde und wie Emils Wimpern aus seinem Gesicht herausstechen würden. Weil sie das aus irgendeinem Grund so sehr tun, wenn er nass ist.

Es klingt, als wären drei Wochen ein ganzes Leben.

Ich denke an Leo. Ich schaue aus dem ovalen Fenster auf die Startbahn und die orange gekleideten Figuren, die klein wirken, während sie die Koffer in den

Frachtraum werfen. Und jetzt kommen mir die drei Wochen auch wie ein ganzes Leben vor. Ich denke daran, wie Leo gestern seine Zunge in mich gesteckt hat. Ich denke an unser Lachen, das zu einem wird. Daran, wie er mir erzählt hat, wie ich aussehe, von den Zehen aufwärts. Ich habe die Augen geschlossen und ihm zugehört. Er hat meine Schienbeine beschrieben, die blauen Flecken darauf, die weiß gefärbten Narben auf meinen Knien, die Haut in meinen Kniekehlen, weil es die samtigste Haut an meinem Körper ist, die Haare auf meinen Oberschenkeln und die zwischen meinen Beinen, die Falten meiner Muschi, so detailliert und genau, dass ich sie mir anschließend mit einem Handspiegel ansehen musste. Um seine Schilderung zu überprüfen. Ich denke daran, wie wir gegessen haben. Wie Leo dasitzt, wie er aussieht dabei, beim Dasitzen. Wie seine Augen mich mustern, um sich mich einzu-prägen für die nächsten drei Wochen. Als würde ich mich auflösen, könnte er sich nicht richtig erinnern. Und jetzt fühlt es sich ein wenig so an. So als könnte das alles, wir beide, eine Erfindung sein.

Ich schaue auf die Felder neben der Startbahn, die Maschine fängt an zu rollen. Und ich überlege, wieso ich das tue. Wieso es Leo gibt, wieso nicht nur Emil. Wieso plötzlich tausende Abzweigungen auftauchen, aber kein Wegweiser mehr da ist. Ich versuche, den Kloß, der in meinem Hals steckt, hinunterzuwürgen und bestelle eine Cola.

Wir fliegen nach Vietnam, drei Wochen, denke ich, und sehe die Leute vor mir, die blinkenden Lichter von

Ho-Chi-Minh-Stadt. Ich schaue zu Emil und glaube, er freut sich. Ich glaube, ich freue mich auch.

Meine Kopfhaut ist voller Salz, und Emils halblange Haare stehen schräg nach oben. Wir liegen im Sand. Hier gibt es nichts anderes, auf dem man liegen könnte, und trotzdem sagt er: „Ich bin zu alt für so was."

Das hört sich an, als wäre der Sand eine zu tief sitzende Hose, die knapp unter der Arschfalte endet und aus der die viel zu großen, seidenen Boxershorts lugen, eine, die man in der Zeit von fünfzehn bis siebzehn tragen darf, ohne bescheuert zu wirken. Als würde man über das „Im-Sand-Liegen" hinauswachsen.

Ich schaue mich um. Es sind wenige Menschen hier, wir haben fast den ganzen Strandabschnitt für uns allein. Hundertfünfzig Meter weiter reihen sich Strandliegen aneinander. Sie sind rot und pink gestreift, knallige Farben und hohe Polsterungen, die den Ort menschlich machen. Auf der anderen Seite dagegen herrscht Leere. Ich lasse meinen Blick langsam den Sandstreifen entlanggleiten. Der Sand ist weiß und fein. Ich streiche mit meinen Händen darüber, vor und zurück, und grabe meine Füße darin ein. Ein paar Palmen stehen dort, wo der Sand in das hintere Gelände übergeht. Wo Pflanzen sich über den Boden ranken und noch weiter hinten in den Dschungel hineinwachsen. Es ist unwirklich schön, denke ich, während ich meinen Kopf zurückdrehe.

Emil sieht noch immer Richtung Beach Club, eher wehmütig, denke ich, und dann schaut er mich an, als würde er sagen wollen: Wieso wirst du nicht endlich erwachsen? Wieso muss ich mit dir in diesem verfickten weißen Sand auf einem Handtuch sitzen und warme Fanta trinken?

Ich lächle ihn an. Er lächelt zurück. Man kann sich attackieren mit einem Lächeln, denke ich. Man kann damit die eigene Überlegenheit ausdrücken, und das hier ist so eines. Nicht nur seines, auch meines. Ich weiß, dass Emil nicht streiten will, weil Streit bedeutet, etwas läuft aus dem Ruder. Ich wünsche mir, wir könnten uns anschreien, wie andere es tun. Ich stelle mir vor, dass es leichter wäre, dass es uns leichter machen würde, würden wir uns fünfzehn Minuten lang anschreien, um dann erschöpft auf den Boden zu sinken.

Ich sehe Emil an, der seinen Blick jetzt auf das Meer gerichtet hat, und denke an die Reise am Anfang unserer Beziehung. Dass wir an einen ähnlichen Strand wie diesen hier gefahren sind, nur in einem anderen Land. Es war Abend und schon fast dunkel, obwohl Sommer war, vielleicht einundzwanzig Uhr, und wir haben uns zwei Bierdosen in der Tankstelle besorgt, haben in die Pedale getreten, bis wir dort waren. Der Strand schien endlos lang, dabei haben wir kaum etwas gesehen, nicht wie das Wasser ausgesehen hat, nicht welche Farbe der Sand hatte oder die Pflanzen rundherum. Wir haben uns hingelegt und den Wellen zugehört. Nur zugehört, ohne etwas zu sagen. Bis Emil mich nach oben gezogen hat, meine Kleidung aus, seine Kleidung aus, und meine Hand genommen hat, um mit mir ins Wasser zu laufen. Es war kitschig, und wir waren verliebt, es war, als wäre alles um uns für uns gemacht worden. Zurück am Strand habe ich mich auf ihn gesetzt und ihn gefickt. Seine Lippen schmeckten intensiv, nach Bier und nach ihm, und ich habe mich flach auf ihm ausgestreckt, sein Schwanz in mir, und habe mich so lange vor- und zurückgeschoben und meine Klitoris an ihm gerieben, bis ich einen Orgasmus hatte. Danach sind wir eingeschlafen und nicht mehr aufgewacht. Einfach so bis zum nächsten Morgen.

Jetzt kommt mir das weit weg vor. Ich frage mich, wieso. Ich frage mich, wieso eine Nacht am Strand unmöglich wirkt, wo wir doch an einem Strand sitzen. Anstatt etwas zu sagen, stehe ich auf und renne los und wünsche mir, dass Emil mir nachläuft und ich mit ihm gemeinsam in das türkise Wasser eintauche. Glasklar ist es. Kurz glaube ich, dass er hinter mir ist, dass ich den Sand unter seinen Schritten knirschen hören kann. Dann drehe ich mich um und sehe ihn am selben Fleck sitzen.

Früher haben wir darüber gelacht, denke ich, über diese Menschen, die tausende Kilometer fliegen, um sich an einem austauschbaren Sandstreifen zu entspannen. Über die Abdrücke der Bikinis und Badehosen auf den braungebrannten Körpern. Über die All-Inclusive-Cocktails. Und darüber, dass sie sind, wie sie sind. Anders, waren wir uns sicher. Ich frage mich, ob es das ist, was Emil will. Ob es das ist, was ich will. Die nächsten Jahre einmal jährlich in ein Flugzeug steigen, uns in eine Hotelburg einbuchen, uns mit den anderen Pärchen in unserem Alter anfreunden, uns austauschen über Kredite, Hausbaupläne, Karriere und Kinder.

Dann hebt Emil seine Hand und winkt mir zu. Ich strecke meinen Arm aus, winke zurück und lasse mich fallen, um nur noch Wasser zu sehen.

Abends schlendern wir durch die Straßen des kleinen Ortes, vorbei an den wenigen Ständen, die etwas zu essen anbieten. Seit sieben Tagen sind wir hier und können uns nicht aufraffen weiterzufahren. Der Ort hält uns fest, Emil und ich reden darüber, ob wir uns am nächsten Tag in einen Bus oder einen Zug setzen, vielleicht in einen Flieger, der uns vom Süden in den Norden bringt. Stattdessen packen wir unsere Sachen und legen uns an den Strand. Irgendwie tut es gut, sich für nichts zu entscheiden. Es ist, als würden wir uns treiben lassen, zum ersten Mal seit langem. Ab und zu laden uns Einheimische ein, so wie heute. Wir trinken mit ihnen und grillen mit ihnen und erzählen von daheim. Es riecht nach Fisch und Zitronengras.

Sie fragen uns, wie wir leben, und wir sie dasselbe. Wir singen gemeinsam. Sie lachen über unsere weißen Zähne und über unsere Trinkfestigkeit. Die Nacht ist gefüllt mit Klängen und funkelnden Lichtern. Jemand legt eine CD auf. Ehrlich, ein CD-Player, denke ich.

Ich stehe auf und tanze. Ich fühle mich, wie ich mich schon lange nicht mehr gefühlt habe. Ich denke, hier und jetzt könnte alles passieren. Vielleicht könnte ich anfangen zu laufen, immer weiter, einfach den Strand entlang, und mich nicht mehr umdrehen.

Emil sieht mir zu, das weiß ich. Er möchte auch tanzen, hat aber noch nicht genug getrunken. Es fehlen noch ein, zwei Whiskey Coke, bevor Emil anfängt, sachte zu zucken, und noch einer, damit das Zucken zu einer Bewegung wird, die fließt und seinen gesamten Körper bestimmt. Ich denke auch an zuhause. Ich denke, wie es wäre, wenn ich nicht mit Emil hier wäre. Ich frage mich, ob dann jemand mit mir tanzen würde. Mich über den Strand wirbeln und mich drehen, bis mir schwindelig wird.

Wir sitzen in Hanoi. Vor drei Tagen sind wir angekommen und haben den Tagesausflug zur Halong-Bucht gemacht. Ich sehe die breiten Felsen vor mir, die hoch aus dem Wasser ragen. Das Wetter war nebelig, so wie ich mir den Himmel in Sa Pa ausgemalt habe, nur über dem Meer. Als hätten wir eine Fahrt in eine Filmkulisse gebucht. Jetzt hocken wir auf bunten Plastikstühlen und warten auf Suppe, die wir mit ins Hotel nehmen werden. Wir sind müde. Zu müde, um aufrecht zu essen. Ich weiß nicht, was uns erschöpft hat. Wir sind so, seit das Flugzeug in Vietnam gelandet ist. Zuerst dachte ich an den Jetlag, jetzt habe ich keine Erklärung mehr.

Bevor wir uns ein Hotelzimmer in Hanoi gebucht haben, waren wir in der Mitte von Vietnam. Das Land ist lang, und im Norden und Süden herrscht ein anderes Klima. Hier ist es kälter und nässer. Die Menschen sitzen und stehen weniger auf den Straßen und in den kleinen Gassen. Vor den vielen Fenstern hängen Käfige mit Vögeln. Singvögel, die zwitschern und piepsen, während man darunter vorbeigeht. Ich rieche die warme Suppe, die uns die Verkäuferin in eine Plastiktüte schüttet, schließe die Augen und sehe die blinkenden Reklamelampen und tausenden Motorräder von Ho-Chi-Minh-Stadt. Ich sehe uns, wie wir aus der Flughafentür treten, merke, wie die Luftfeuchtigkeit uns kurz einnimmt und innehalten lässt. Das liegt vierzehn Tage zurück. Jetzt haben wir noch eine Woche.

„Wo willst du jetzt hin?", fragt Emil und holt mich aus meinen Gedanken.

„Weiter", sage ich, und Emil nickt. Hanoi liegt im Norden. Der Norden ist nicht nur kälter, er ist geschäftig, auf seine Weise geschäftig, und es ist, als wäre Hanoi schüchterner, als wäre das Leben besser versteckt. Als müssten wir erst danach suchen. Ich würde gerne zurückfahren, um die restliche Zeit in Ho-Chi-Minh-Stadt zu verbringen. Ich würde mich auf einen der engen Balkone setzen, von denen aus man die Stromleitungen, die nur ein paar Meter über dem Asphalt befestigt sind, so genau sehen kann. Man kann dort stundenlang sitzen, die Stadt beobachten, versuchen herauszufinden, in welchem Knäuel die Stromleitungen münden. Ich würde durch die Gassen laufen, in die Wohnzimmer der Menschen linsen, die zur Straße liegen und ihr Leben öffnen. Ich würde die Stadt fressen wollen, in mich aufnehmen, um das Gefühl, das sie auslöst, in mir zu speichern.

Emil würde lieber raus. Raus aus Hanoi und nicht wieder zurück nach Ho-Chi-Minh-Stadt. Er will weniger Leben, weniger Menschen, mehr Ruhe und Einsamkeit. Ich denke an das Kloster. Und daran, warum es uns schwerfällt, eine Entscheidung zu treffen. Wir wägen ab, reden, planen. Früher hätte sich alles ergeben. Uns wäre egal gewesen, wo wir bleiben oder hinfahren. Ich weiß, dass Emil eine Antwort braucht, dass ihm die Tage am Strand zu lang waren. Zu lang ohne nächstes Ziel. Wir müssten die Zeit nutzen, hat er gesagt. Wir könnten nicht ewig reisen, nicht so wie vor Jahren. Ich weiß, dass das stimmt, denke ich, und trotzdem möchte ich ihn packen und rütteln und ihn fragen, wohin sich dieser andere Teil von ihm verkrochen hat.

Kurz darauf streicht er mit den Fingern über meinen Kopf. Er beugt sich nach unten, küsst mich auf den Scheitel und hält seinen Mund ein paar Sekunden in dieser Position. So lange, dass der Kuss eine Bedeutung erhält, so lange, dass es nicht bloß eine flüchtige Handlung ist oder ein Automatismus. Ich drehe meinen Kopf nach oben, um ihn anzusehen. Ich sehe seinen Blick, richte meinen auf seinen Körper, der warm ist und mir nahe. Die Plastiktüten mit der Suppe baumeln in Emils Händen, und wir machen uns auf den Weg zurück ins Hotel.

Ich lasse mich ein Stück zurückfallen, schaue mich in der Straße um, die nur wenig beleuchtet ist. Die Geschäftsrollos im Erdgeschoss der Häuser sind nach unten gezogen, und ich frage mich, was dahinter verborgen ist. Emil redet, aber ich höre ihn nicht richtig, höre ihn nur murmeln und versuche aufzuschließen.

Und dann sagt er: „Ich will Vater werden."

Ich bleibe stehen, und Emil geht weiter. Er geht weiter, als könnten wir dieses Gespräch während eines Spaziergangs führen, als würden wir dabei nicht unsere Augen oder die Körpersprache des anderen brauchen, als wäre die Antwort so einfach. Als müssten wir uns mit den Sätzen beeilen, damit die Suppe nicht kalt wird. Ich höre seine Stimme, aber kann die Wörter nicht verstehen. Kurze Zeit später hält Emil an und dreht sich um.

„Was machst du?", fragt er mich.

Ich frage mich dasselbe. Ich bin erstaunt über mich selbst, über Emil, über diesen Moment und das Gesagte, das mir so unpassend erscheint. Und trotzdem, keine Reaktion, die nach außen dringen würde.

„Wieso kommst du nicht?"

Mit einem Mal tut mir Emil leid. Mir tut leid, wie er vor mir steht, mit der Suppe, die in den Plastiktüten schwappt, wie er dort steht, mit diesem Abstand zwischen uns, und mir tut diese Annahme leid, die Annahme, dieses Gespräch würde so ablaufen. Die Vorstellung, wir würden zwischen Essensstand und Hotel beschließen, ein Kind zu bekommen. Mir tut leid, dass ich keine Antwort herausbringe, mir tut leid, dass ich keine Antwort habe, weil ich nicht weiß, was ich tun soll. Wie ich Emil erklären soll, dass ich nicht sicher bin, ob das das Leben ist, das ich führen will. Nach neun Jahren. Dass ich weiß, dass er mir fehlen würde, dass mir seine Haut fehlen würde, sein Körper, seine Stimme, sein Fokus, seine Sicherheit. Aber nicht, ob ich in einem Haus auf dem Land wohnen will, mit dem Rauschen des Windes und den Schatten der Bäume, weg von den Menschen, weg von dem Trubel. Dass ich mir nicht vorstellen kann, zuhause zu bleiben. Dass ich nicht weiß, ob ich ein Kind bekommen will. Mutter werden, denke ich. Dass ich nicht sicher bin, ob wir uns reichen werden. Ob zwei Menschen sich reichen müssen.

Mein Gehirn arbeitet auf Hochtouren. Es rattert, es sucht nach einer vergleichbaren Situation. Nach einer Lösung, um dieses Gespräch zu beenden, ohne uns etwas zu nehmen, was uns bisher zusammengehalten hat. Filmszenen spielen sich nacheinander ab. Tröstende künstliche Welt. Wie ein Film, denke ich, und dass es deshalb naheliegend wäre, den Mann zu umarmen und zu beschließen, sich befruchten zu lassen.

Ich denke an die letzte Woche, während wir über die Flugzeugtreppe nach unten steigen. Wir haben uns gehalten, mehr als sonst. Wir sind noch weiter Richtung Norden gefahren. In der Stadt waren wir nur mehr am Ende, nur mehr einen Tag. Und trotzdem, es war gut. Wir waren gut. Wir haben die Zeit draußen verbracht, wir haben jeden Tag eine Wanderung gemacht, mit jedem Endpunkt einen Erfolg gefeiert, haben kleine Dörfer besucht, sind auf giftgrüne Hügel gestiegen. Ich denke daran, was in diesem Urlaub passiert ist, was mit uns passiert ist. Ich denke an dieses Gespräch, das kein richtiges war, keines mit vielen Sätzen und Erklärungen. Ich denke an die Zukunft, an eine, die Emil näher wäre als mir.

Der Flug hat sich kurz angefühlt, ich habe nur den Anfang mitbekommen, nur das Lospreschen auf der Startbahn, wenn man die Kraft spürt, die den Körper in den Sitz drückt, und man plötzlich abhebt, einfach abhebt, als wäre es etwas Natürliches. Nach dem Start habe ich eine Schlaftablette geschluckt und meinen Kopf in das Nackenkissen gepresst.

Jetzt stehen wir in der Halle, die weitläufig wirkt, voller Menschen, die an uns vorübereilen, die schlafen oder warten. Das Gepäck wird auf das Laufband befördert. Es sieht aus, als würde es aus einem breiten Maul gespuckt, denke ich. Ich stelle mich mitten zwischen die Menschen, die mit uns von Ho-Chi-Minh-Stadt hierher geflogen sind. Emil nimmt meinen Arm und zieht daran.

„Gehen wir an den Anfang", sagt er. „Wir sollten nicht länger warten, als wir müssen."

Der Satz bohrt sich in mich hinein, während wir die Koffer beobachten.

Ich trete mit einem Fuß aus der Drehtür des Flughafens, bemerke, dass meine Wangen nass werden, und erinnere mich, dass ich eine Sonnenbrille trage. Gut, denke ich, und dass ich es hasse, wenn mich andere Menschen weinen sehen. Die Luft ist nicht mehr kühl, es ist, als wäre sie angeschwollen von der Sonne. Ich kann die Blüten riechen. Und auch die Menschen bewegen sich anders. Da ist nichts Starres mehr in ihren Schritten, in ihren Handgriffen. Die Welt ist aufgetaut. Ich bin froh, dass der Sommer erst noch kommt und dass er durch diese Reise länger geworden ist. Wir gehen im Freien zur Parkgarage, und doch ist alles eng.

Leo, denke ich. Und dass ich ihn vermisst habe. Ich stelle mir vor, wie er in dieser Wohnung sitzt, wie wir gemeinsam dort sitzen und miteinander sprechen. Ich höre ihn reden, sehe uns, wie wir eine Stunde diskutieren und wie er kurz darauf auf seine Knie sinkt, um seinen Kopf zwischen meinen Schenkeln zu vergraben. Ich spüre die Aufregung in meinem Magen, in meinem Darm. Am liebsten würde ich mich setzen, um zu verschnaufen. Um in meine Eingeweide zu atmen und mir zu sagen, dass alles gut ist, alles irgendwie gut wird. Ich frage mich, ob ich Leo wiedersehen werde, und versuche, mich zu erinnern, ob er mich danach gefragt hat. Mir kommt es vor, als wäre zwischen jetzt und damals so viel Zeit vergangen, dass wir uns vielleicht nicht wiedererkennen würden.

Emils Auto steht in der Garage. Ich sehe es an, denke mir, dass es sich nicht verändert hat. Es steht so, wie wir es abgestellt haben. Der Lack glänzt im Lichtstrahl, der auf den Parkplatz fällt, und ich stiere auf die Partikel, die darin schimmern. Als wäre die Zeit angehalten worden, denke ich jetzt. Als hätte es diese drei Wochen nie gegeben. Emil setzt sich auf den Fahrersitz, öffnet mir die Tür von innen, und ich rutsche neben ihn, lehne mich in die Polsterung und schließe die Augen. Süßlicher Zitronenduft steigt mir in die Nase.

Er räuspert sich: „Das nächste Mal fliegen wir nach New York. Oder Toronto. Wir gehen in gute Restaurants, wir machen Führungen in Museen, besuchen eine Theatervorstellung. Vielleicht eine Oper?"

Ich weiß, dass Emil es gut meint. Dass er daran denkt, dass es die Art von Urlauben ist, die wir von nun an planen sollten, weil wir alt genug dafür sind oder zumindest zu alt für das, was wir die letzten drei Wochen getan haben. Dass andere Pärchen genau das tun, genau das erzählen, von ihren Opernbesuchen, von teurem Essen, von Hotels, in denen die Betten hohe Matratzen haben und der Zimmerservice rund um die Uhr erreichbar ist.

„Mit Kind kann man nicht einen Monat nach Asien", sagt er noch. Er sieht mich an, sein Ausdruck ist sanft und bestimmt gleichzeitig. Als wollte er sagen: Auch du wirst das noch verstehen.

„Wir haben kein Kind", sage ich.

„Ja", meint er. „Bis zum nächsten Urlaub – wer weiß."

„Mmh", sage ich und weiß, dass ich etwas anderes sagen sollte, dass ich Emil sagen sollte, dass ich mir nicht sicher bin, ob ich das alles will, ob ich es überhaupt wollen werde. Aber ich bringe kein Wort heraus, ich kann mich nicht dazu durchringen, das alles zu sagen, ohne mir selbst darüber im Klaren zu sein. Ich hasse diese Situation, und Emil spürt, dass ich sie hasse und dass ich ihm keine Antwort geben werde.

„Wir würden uns ein Haus bauen, vielleicht würden wir in diesem Jahr auch zuhause bleiben. Vielleicht würden wir nur einen entspannten Urlaub machen, nicht allzu weit weg, in einem kleinen Hotel mit Pool. Stell dir vor, du wärst schwanger, hättest einen runden Bauch."

Emil wartet kurz. Er lässt mir ein paar Sekunden, um seine Sätze zu verarbeiten.

„Das Fliegen wäre anstrengend. Vielleicht wäre es besser, du würdest keinen langen Flug auf dich nehmen, keine lange Anreise. Zeit zu zweit, bevor das Baby da ist. Bevor wir in unser neues Haus ziehen. Alles neu. Keine lästigen Reparaturen, keine Mietwohnung mehr. Nur mehr wir."

Ich lehne an der Bar und klopfe mit den Fingern im Takt. Die Musik dröhnt. Es ist Sommer, und ein Schweißfilm liegt auf meiner Haut. Draußen steht die Luft, als könnte man sie durchschneiden, und auch hier drinnen ist es stickig. Seit Emils und meinem Urlaub sind ein paar Wochen vergangen. Ich trinke weiter, Longdrinks mit Rum und Cola und Eiswürfeln, obwohl ich schon so viel getrunken habe, dass ich mich bald übergeben werde. Das weiß ich. Eigentlich gehöre ich nicht zu den Menschen, die nach dem Kotzen weitertrinken. Aber heute, denke ich, während ich zu der Musik wippe, heute würde das klappen.

Sylvie hängt an einem Mann, der aussieht, als könnte man mit ihm Sex haben. Seine Hose beult sich aus. Sein Schwanz zeichnet sich im Schritt ab. Ich sehe sie vor mir, wie sie am Schreibtisch neben mir sitzt. Manchmal gehen wir gemeinsam feiern, gehen am Wochenende in irgendwelche Clubs. Ich mag Sylvie, die Art, wie sie redet, wie sie ihre Beine und ihren Arsch bewegt. Jetzt reibt sie sich an seinem Bein beim Tanzen. Ich kann seinen Steifen erkennen. Ich stelle mir vor, wie er in mich eindringt, und schüttle den Gedanken ab.

„Du kannst dich glücklich schätzen", sagt sie zu mir, als sie eine kurze Pause einlegt.

Ich schaue sie fragend an.

„Du musst nicht wildfremde Männer antanzen, um einen Orgasmus zu bekommen. Du gehst saufen, gehst heim, legst dich auf Emil."

„Und dann?", frage ich.

„Und fertig", sagt sie.

Ich verdrehe die Augen und leere mein Glas. Ich denke darüber nach, was ihre Worte bedeuten, dass sie glaubt, dass das, was ich habe, das Ende ist. Zumindest, dass ich angekommen bin, während sie noch sucht. Mir fällt nichts ein, was ich entgegnen könnte.

Dann leere ich das nächste Glas, weil ich schon eines bestellt habe und es nicht mit auf die Tanzfläche nehmen will. Ich tanze lieber ohne Glas in den Händen. Zwischen meinen Fingern halte ich eine Zigarette und ziehe daran, ziehe den Rauch in meine Lunge und blase ihn sanft nach draußen, so dass er an meinen Lippen hängen bleibt und langgezogene Schlieren bildet.

Der Mann in der hinteren Ecke schaut mich an. Er lächelt. Ich lächle zurück. Er kommt zu mir. Das ist gut, denn mit all den Menschen und der Musik und dem Alkohol kann man nur bei geringem Abstand entscheiden, ob man sich gefällt. Er nickt mir zu, ich erkunde sein Gesicht mit den harten Zügen, und er gefällt mir.

Ich sehe mich um, überprüfe, ob Leute hier sind, die Emil und mich kennen, die uns als Paar kennen, die wissen, dass wir zusammen sind und ich das, was ich tun will, nicht tun sollte.

Wir stellen uns an die Bar. Er lädt mich ein. Er redet, und ich höre nur halb hin. Die Musik bringt unsere Körper zum Zittern. Dann berührt er meine Hand. Ich sage ihm, dass ich gehen wolle. Mit ihm. Also gehen wir.

Er nimmt mich mit in die warme Luft. Es ist spät oder früh, wie man will. Der Himmel wird langsam hell.

Er erzählt mir von sich. Er sagt, er heiße Aglan. Ich sage ihm, ich würde Anna heißen. Weil Anna ein schöner Name ist und Anna und Aglan gut zusammenpassen.

Ich will über seine Haut streichen, die weich aussieht. Er ist vielleicht so alt wie ich. Wir spazieren durch die Fast-noch-Nacht. Es tut gut, mit ihm hier entlangzugehen. Wir tragen keine Schuld, und nichts ist seltsam. Wir biegen in seine Straße, steigen seine Stufen hinauf, treten über seine Türschwelle.

Aglan streift eine Strähne hinter mein Ohr. Aglan ist zärtlich. Dann trinken wir Wodka mit Orangensaft.

„Das ist alles, was ich habe", sagt er.

Mir egal, weil ich gerne Wodka trinke. Dann bereitet er eine Line vor. Aglan bröselt das Pulver aus der Tüte, schiebt es mit einer Karte zusammen und auseinander, bis es eine perfekte Linie ergibt. Er bietet mir eine an, und ich ziehe sie durch die Nase. Ich habe schon lange nichts mehr genommen. Früher, wenn es sich ergeben hat, auch mit Emil. Dann haben wir bis zum Morgen getanzt und uns gestreichelt. Wie eine Ewigkeit hat es sich angefühlt, und jetzt fühlt es sich an, als würde es eine Ewigkeit zurückliegen.

Meine Schleimhaut juckt, und ich kann das Pulver an meinem Gaumen schmecken. Es ist bitter. Ich werde wach, zappelig, ich glaube, ich bin unbesiegbar. Aglan wird dasselbe fühlen. Koks lässt keine Herzen durch die Luft fliegen. Aber ich will ihn ficken und er mich.

„Leg dich auf den Tisch", sagt er.

Er zieht meinen Rock hoch und meine Unterhose nach unten. Er wird hart, ich spüre ihn, er zieht sich aus. Er zeigt mir seinen steifen Schwanz. Ich beuge mich vor und schaue ihn an, aber er drückt mich wieder nach unten. Sagt, dass er mich jetzt richtig hart nehme. Und ich mich nicht wehren solle. Er sagt genau das, was ich sonst gerne höre. Aber das Koks treibt mich an. Ich will entscheiden. Nur weiß ich, dass es keinen Sinn macht, wenn ich jetzt anfange, mit ihm zu kämpfen.

Er greift zwischen meine Beine, schaut sich alles genau an. Dann dringt er in mich ein. Erst jetzt spüre ich, wie groß er ist. Es tut weh, und das macht mich an.

Ich höre, wie der Tisch, auf dem ich liege, gegen die Wand knallt, wie er stöhnt, wie mein Handy vibriert. Ich schaue nach unten und sehe, dass sein Schwanz mich weit macht.

Er drückt mich wieder nach hinten. Er kommt, zieht ihn raus aus mir, streift das Kondom ab und spritzt mir auf den Bauch. Dann legt er seinen Kopf auf meine Schenkel. Ich schubse ihn weg, wische das Sperma ab und gehe.

Nach ein paar Minuten setze ich mich auf eine Parkbank. Es ist einsam. Die Stimmen der Leute, die sich vor den Bars unterhalten, dringen zu mir. Ich spüre das Handy in meiner Jackentasche, erinnere mich an das Vibrieren. Und dann hole ich es heraus und lese die Nachricht.

Sie ist von Leo. Die Wohnung, in der wir uns treffen, hat er nur angemietet. Er wohnt nicht darin. Er hat darin Sex. Mit mir, vielleicht auch mit anderen. Ich weiß das nicht so genau. Seine Ehefrau und Emil, das reicht.

Ich bin gerne bei ihm, gerne in dieser Wohnung, die ein Versteck ist. Ein Geheimnis, ein Ort, der nur existiert, wenn man ihn betritt. Er ist zehn Jahre älter als Emil und damit zwanzig älter als ich. Leo. Das klingt schön, weder jung noch alt. Ein zeitloser Name. Er könnte ein achtzigjähriger Mann sein oder ein siebenjähriger Junge, und ein bisschen ist er beides.

Kurz denke ich an Emil, während ich die Klingel drücke. Ich denke daran, wie er sich vielleicht gerade im Bett ausstreckt, seine Position ändert und spürt, dass niemand neben ihm liegt. Ich denke, dass ich mich vielleicht an seinen Rücken schmiegen würde, wäre ich da und würde seine Bewegung wahrnehmen. Und dann versuche ich, den Gedanken an Emil wegzudenken. Weil dort oben Leo ist, weil ich ihn sehen will, mit ihm reden, ihn anfassen.

Magst du mit mir frühstücken? – stand in der Nachricht. Leo verquirlt Eier in einer Pfanne, stellt Brot auf den Tisch, Honig und Frischkäse, gepressten Orangensaft, Kaffee.

Er lacht laut, als ich ihm von meiner Freundin erzähle und dem Arsch-am-Bein-Reiben. Von Aglan erzähle ich ihm nicht. Die Vorstellung würde ihm nicht gefallen. Mein Herz schlägt immer noch etwas zu schnell, ich bin ein wenig zu aufgedreht, aber nicht so, dass man es einordnen könnte. Es könnte genauso gut der Alkohol sein, der Zuckersaft, das Rauchen, die Musik. Nur meine Pupillen, denke ich, sind wahrscheinlich zu weit. Ich frage mich, ob Leo etwas auffallen könnte, und wenn, dann nur ihm, denke ich, weil er genauer hinsieht als andere. Ich frage mich, ob er bemerken könnte, dass ich gerade Sex hatte.

Ich rede über Vietnam. Dabei gibt es nur die Ich-Form. So, als wäre Emil nicht mit mir dorthin geflogen. Als hätte er mir nicht gesagt, dass er ein Kind von mir wolle.

Ich rede über den Sternenhimmel, die Milchstraße, die einen magisch anzieht. Wie gut man die Sterne sehen kann, wie eindrücklich sie leuchten, wie früh es dunkel wird und die Nacht trotzdem irgendwie immer hell wirkt. Ich rede von der Bucht, die zu einer Seite hin so einsam schien, so menschenleer, von der Farbe und der Beschaffenheit des Sandes, wie er sich angefühlt hat, als ich ihn durch meine Hände rieseln habe lassen. Ich erzähle ihm von dem Meer, das so warm war, dass man sich darin nicht abkühlen konnte. Mehr als würde man in eine Badewanne steigen oder in ein Becken voll Pisse, und Leo muss lachen. Ich beschreibe ihm die Seesterne, die in dem seichten Wasser lagen, dass sie wie Plastikanfertigungen ausgesehen hätten. Rosarot und steif und bewegungslos. Leo hört zu, er nickt, manchmal stellt er eine Frage. Auch er tut so, als würde es Emil nicht geben.

Leo hat Kinder, und er hat eine Frau, und er hat ein anderes Leben. So wie ich. Manchmal sagt er, dass er sich verändere. Manchmal auch, dass er sich trennen möchte. Irgendwie neu anfangen. Irgendwie auch nicht.

Ich denke an meinen Vater. Ich denke an die Zeit, in der ich Emil kennengelernt habe. Sicherheit, habe ich damals gedacht, das ist es, was zählt im Leben. Und jetzt sitze ich hier mit Leo. Nichts mehr ist sicher. Ich weiß nicht, was aus Emil und mir wird. Ich ficke Aglan, hocke in einer Affärenwohnung, um zu frühstücken. Ich weiß nicht, wo ich hinwill. Vielleicht in eine neue Stadt ziehen, neue Menschen kennenlernen. Dieses enge Gefühl loswerden.

Leo sieht mich an. Ich muss lachen, wenn ich in sein Gesicht schaue. Er erzählt Witze, die keine Pointe haben, aber seine Augenbrauen zucken dabei. So, dass man lachen muss. Wenn es schwierig wird, bleibt er still, er bleibt glatt und ausdruckslos. Ich mag den Sex mit ihm, ich mag den Rhythmuswechsel. Ich mag, wie anders sein Körper ist, wie ungewohnt es ist, seinen Umfang wahrzunehmen, seinen Bauch, auf den ich meinen Kopf lege. Ich mag, dass er älter ist. Weil er nicht davon redet, eine Familie zu gründen. Weil er aus der Wohnung in sein Haus geht. Weil es eine Mauer zwischen uns gibt, die man zwar überspringen, aber nicht niederreißen kann.

Leo erzählt viel. Wenn ich etwas von mir erzähle, hakt er meist ein. Vietnam war eine Ausnahme. Mir kommt das entgegen. Ich kann mich hinter den Zwischenfragen verbergen, mit denen man Menschen zum Reden bringt.

Ich glaube, er hat mich vermisst. Leo will meine Stimme hören und meinen Körper ansehen und sich wundern, dass wir beide hier sitzen. Wir sind fast nackt. In der Wohnung ist es warm. Wir sitzen am Tisch und haben unsere Rollen vertauscht.

Leo sieht mich an und sagt: „Hattet ihr oft Sex?" Nicht wie der Ich-will-Vater-werden-Moment, aber doch unangenehm.

„Was heißt oft?"

„Na ja, ich weiß nicht, mehr als dreimal die Woche", erklärt er.

Es klingt, als würde er etwas erfinden. Weil Definitionen in unserer Situation ungültig sind. Weil einmal dasselbe bedeuten kann wie viel.

Ich schüttle den Kopf. Es stimmt nicht ganz. Vielleicht könnte es im Durchschnitt hinkommen. Ich hatte nicht immer Lust auf Emil, aber genauso oft doch. Ich hatte Bock auf die Nähe und die Orgasmen, und im Urlaub wird der Kopf frei. Weiter fragt Leo nicht.

Er sagt mir, dass ich ihm gefehlt hätte. Ich sage ihm, dass er mir gefehlt habe. Ehrlich. Keine Durchschnittsberechnung. Ich erzähle ihm, dass ich gerne mit ihm getanzt hätte. Mit den nackten Zehen im Sand. Durch die schwarzen Wellen, die an den Strand rollen. Die unsere Fußabdrücke auslöschen, so als hätte es sie nie gegeben. Er zieht mich zu sich, auf seinen Schoß.

Aglan blitzt vor meinen Augen auf, und das schlechte Gewissen verschafft sich Raum. Leo gegenüber und

Emil gegenüber, das größer ist. Ich wünsche mich zurück auf den Küchentisch mit dem Plastiküberzug, wünsche mir das Koks zurück und die Unbeschwertheit.

Sanft streicht Leo über meine Brust, dreht meinen Oberkörper zu sich, küsst mich. Ich stehe halb auf, ziehe meine Unterhose nach unten und setze mich wieder. Leo streichelt meinen Rücken, die Wirbelsäule entlang. Ich spüre, dass ich feucht werde.

Leo führt mich zum Sofa. Ich lege mich auf den Bauch. Alle Bewegungen fließen ineinander, die eine löst die nächste aus, und jede passt. Alle lassen sich ausführen, ohne darüber nachdenken zu müssen. Leo drückt meine Lippen etwas auseinander, seinen Schwanz in mich. Er stöhnt auf. Es fühlt sich gut an. Nicht wie Aglan. Nicht wie Emil. Heute bleibt er ruhig. Er stößt mich langsam, ich strecke mich ihm entgegen. Ich habe einen Orgasmus. Er merkt es, er fickt schneller, er kommt. Dann bleibt er auf mir liegen und sagt: „Ich will für immer in dir sein." Sekunden später schlafe ich ein.

Es ist Nachmittag, als ich aufwache. Ich strecke mich im Bett aus, und die Sonne scheint auf meinen nackten Arsch. Leo hat ein Fenster gekippt, bevor er gegangen ist, und jetzt höre ich die Leute reden, die unten vorbeispazieren. Er kann nicht immer bei mir sein. In mir schon gar nicht. Das würde das Leben verkomplizieren, stelle ich mir vor und muss grinsen.

Emil, denke ich und hole mein Handy aus der Tasche. Eine Nachricht von Sylvie. Wohin ich verschwun-

den und ob alles in Ordnung sei, fragt sie. Ein Anruf
von Emil, vor dreißig Minuten erst, und ich weiß, dass
ich zurückrufen sollte. Stattdessen schreibe ich ihm,
dass ich noch ein bisschen bei Sylvie bliebe und später
nach Hause käme. Dass wir den Nachmittag auf dem
Sofa verbrächten, um unseren Kater auszukurieren
und uns gegenseitig zu bemitleiden. Dass ich keine
gute Gesellschaft wäre. Manchmal schlafe ich auswärts,
übernachte bei Freundinnen. Emil fragt nicht nach.
Emil ist sicher, dass ich am nächsten Tag zurückkomme
und dass da nichts ist, was mich davon abhalten könnte.

Mir ist ein wenig schlecht. Rum und Cola. Aglan
und Anna machen es nicht besser. Leo auch nicht. Ich
stehe auf, stelle mich unter die Dusche. Das Wasser
plätschert an mir herab. Ich muss mich hinsetzen. Die
Duschwanne ist kühl unter meiner Haut, obwohl sich
die Kabine bereits mit Dampf füllt. Ich lasse das Wasser über meinen Kopf fließen, schließe die Augen und
recke mein Gesicht gegen den Strahl. So bleibe ich,
zehn Minuten, vielleicht auch fünfzehn. Ich vergesse
die Zeit und den Rest, streichle meinen Bauch. Jetzt
ist es so weit, denke ich. Ich muss kotzen. Und: Gott
sei Dank bin ich in der Dusche. Hier sieht mich keiner.
Widerlich ist es trotzdem. Verdient auch.

Das Zähneputzen und der Kaugummi haben geholfen.
Ich fahre mit dem Bus zu meinem Vater. Über Geraden
und Kurven. Ab und zu versuche ich, sie zu zählen,
eine nach der anderen oder nur die linken und nur
die rechten, bis mir irgendwann übel ist. Jetzt ist mir

schwindelig. Mein Vater wohnt im Wald. Das Häuschen sieht ein wenig aus wie das, das Emil am Anfang unserer Beziehung gezeichnet hat. Ein kleines Haus zwischen hochgewachsenen Bäumen.

Er sitzt auf der Terrasse, als ich komme, und liest Zeitung.

„Hallo", sage ich.

Er winkt und gibt mir ein Zeichen, das heißt: Ich hab's gleich, ich muss das noch fertiglesen. Ich setze mich neben ihn und schaue ihn an. Ich frage mich, ob ich aussehe wie er. Ob ich etwas von ihm habe, die Nase oder den Mund.

„Hör dir das an", sagt er.

Dann liest er die zweite Hälfte eines Artikels vor. Ich mag, dass er mir aus der Zeitung vorliest, mit mir teilt, was er als wichtig empfindet. Und ich mag seine Stimme. Sie klingt brummig und nach natürlicher Ruhe. Sie klingt nach Farben. Braungrünblau, denke ich, und sie lullt mich ein.

„Wie geht es Emil?", fragt er.

„Gut", sage ich.

„Alles okay bei euch?"

„Ja", sage ich. „Und bei dir?"

„Mir geht's gut."

So beginnt unser Gespräch, und eigentlich hört es auch so auf. Wir reden nicht viel. Wir sind einfach da. Als wären zwei Menschen, die sich nicht kennen, aber Sympathie füreinander empfinden, zufällig am selben Ort. Ich sitze also auf dieser Terrasse, und er liest laut aus der Zeitung vor. Manchmal auch aus einem Buch.

Er liest enthusiastisch, als würde er ein Theaterstück auf die Bühne bringen. Für mich, denke ich dann.

Wir reden nicht darüber, was meine Mutter ohne ihn macht. Oder warum sie sich getrennt haben. Aber wenn er mit ihr so viel geredet hat wie mit mir, denke ich, können sie kaum gestritten haben. Man könnte meinen, ich müsste das wissen, aber ich erinnere mich kaum daran.

Ich erinnere mich nur an kurze Sequenzen und Bilder. Ich sehe den gemeinsamen Urlaub in Italien vor mir. Ich sehe, wie wir mit dem Auto dorthin fahren. Ich auf dem Rücksitz, meine Eltern vorne, Pinienbäume neben der Straße. Die Fenster sind heruntergekurbelt, der Wind bläst durch unsere Haare. Der Himmel ist so blau, ich habe mir damals gedacht, so einen blauen Himmel werde ich nie wieder sehen. Wir singen, und mein lautes Lachen füllt den Wagen. Meine Mutter sitzt am Steuer. Mein Vater hat die Straßenkarte ausgebreitet. So fahren wir, bis das Meer vor uns auftaucht. Ich sehe es zum ersten Mal. Und ich bin sicher, dass es ein Trugbild ist, vielleicht eine Fata Morgana, die in Sekunden entsteht und wieder verschwinden wird. Das Wasser hat kein Ende. Die Welt würde hineinpassen, denke ich. Den ganzen Weg, den wir von zuhause bis hierhin gefahren sind, könnten wir in dieses Meer schieben, und es wäre noch immer Platz. Ich schaue in die Ferne, den Horizont an. Den ganzen Abend lang.

Der Bus bringt mich zurück. Ich blicke aus dem Fenster, und die Landschaft zieht vorbei. Ich schaue auf die Felder mit dem hohen Gras, die bald von den Häusern der Vororte abgelöst werden. Mir fällt ein, wie oft ich als Kind mit meiner Mutter an diesen Häusern vorbeigefahren bin. Schon wieder Mama, denke ich, und dass ich mich bei ihr melden sollte. Diese Häuser waren das Anzeichen dafür, dass wir der Stadt nahe waren. Die ersten ohne Dächer, nur gerade Flächen, keine Spitzen oder Schindeln. Wohnblöcke, Hochhäuser. Ich beobachte die Autos. Mit Menschen, die ein Ziel haben, denke ich. Nach Hause fahren sie oder weg davon. Hunderte Kilometer vielleicht, überlege ich, vielleicht tausend, und stelle mir vor, wo sie landen werden. Ich stelle mir weit entfernte Orte vor, stelle mir vor, dass sie fahren, bis sie am Ende des Kontinents angelangt sind und nur mehr Wasser sehen.

Jetzt freue ich mich auf Emil. Ich freue mich darauf, ihn daheim zu treffen, ihn anzuschauen. Ich weiß, dass er da sein wird, dass er wahrscheinlich in seinem Lesesessel sitzt, dass er darauf wartet, dass ich auftauche und wir gemeinsam essen oder uns auf das Sofa legen. Ich mag, dass er da ist, wenn ich in die Wohnung komme. Ich will sein Gesicht sehen und mich davon überzeugen, dass er noch immer Emil ist. Dass wir noch immer wir sind, ich immer noch ich.

Von der Bushaltestelle sind es nur ein paar Minuten zu Fuß. Ich schlendere langsam die Straße entlang, die Kopfhörer in meinen Ohren, und höre Musik.

We don't cook and we don't fix. Summer wine is all we need. Seven glasses in a row.

Es ist noch hell draußen, es ist Sommer, aber es wird langsam dunkler, und die Leute, die in ihren Wohnungen sind, haben Licht angemacht. Ich gehe vorbei an den Fenstern und schiele hinein, in andere Leben, in Zimmer, die etwas erzählen, obwohl keines von ihnen besonders ist. Ich sehe Küchentische, Wohnzimmer, Betten und Lichterketten, Stehlampen, die die Räume warm wirken lassen. Man würde am liebsten anklopfen, um sich auf dem Bett auszustrecken, um sich nackt auszuziehen und zu spüren, wie die Luft durch die offenen Fenster nach innen dringt. Vor unserem Wohnhaus bleibe ich einen Moment stehen, sehe, dass auch bei uns Licht brennt, jedenfalls im Schlafzimmer, und muss daran denken, was ich die letzten Stunden getrieben habe. Was ich in anderen Betten und auf anderen Küchentischen getan habe, und dann gehe ich durch die Tür.

„Emil", rufe ich.

„Hier", ruft er zurück.

Emil sitzt auf der Couch, und ich streichle über seinen Kopf. Diesmal nimmt er meine Hand. Er zieht mich zu sich, und ich lege mich neben ihn, meinen Kopf auf seinen Oberschenkel. Wir reden über die Party, über Sylvie. Ich erzähle ihm, dass ich zu viel getrunken habe und zu viel geraucht und auch, dass ich mich übergeben habe. Emil hält mich im Arm, und ich werde müde. Beinahe fallen mir die Augen zu. Ich versuche, wach zu bleiben. Emils Finger berühren die Stelle knapp unter meiner Brust.

Dann sagt er: „Hast du darüber nachgedacht?"

„Worüber?", frage ich.

„Dass es Zeit wird."

Ich bleibe still. Dass es Zeit wird, denke ich und nichts weiter. Ich habe das Gefühl, keinen Satz mehr vorauszüberlegen zu können.

Ich stehe auf und sage, dass ich noch brauche.

„Wie meinst du das?", sagt er.

Und dann raffe ich mich auf.

„Ich glaube nicht, dass wir jetzt ein Kind bekommen sollten. Ich will meine Arbeit nicht aufgeben, ich will keinen Mutterschutz, keine Elternzeit. Die Redaktion, das Schreiben, die Arbeitskolleginnen. Ich würde Monate ausfallen. Mindestens."

Ich denke daran, dass mir das Magazin gefällt, für das ich schreibe, dass mir das Recherchieren liegt. Ich denke auch, dass ich weiß, dass mich dieses Kind zurückwerfen würde. Selbst wenn ich es schon knapp nach der Geburt in eine Krippe bringen würde. Selbst wenn Emil die Hälfte der Betreuung übernehmen würde. Ich würde nicht arbeiten können, wie ich es vorher getan habe. Ich würde nicht nächtelang schreiben können, wenn es gerade nötig ist. Mein Leben hätte einen anderen Fokus.

„Und es könnte Monate dauern, bis es funktioniert", redet er weiter. „Und du bist neun Monate schwanger. Es ist nicht so, dass das Baby übermorgen da ist, wenn wir uns dazu entschließen."

„Genau", antworte ich und gehe.

Jetzt liege ich auf dem Bett. Ich frage mich, was ich will. Emil hantiert in der Küche. Er bereitet Essen zu.

„Mir ist schlecht", habe ich gesagt.

„Dann isst du nichts?", hat er gefragt.

Ich streichle meinen Bauch. Und male mir aus, wie es wäre, würde darin ein Baby wachsen. Wie riesig er werden würde, der Bauch. Ich denke darüber nach, wie ein Baby dort hineinpassen soll. Er ist doch nicht das Meer. Ich sehe die Bauchwand vor mir, wie sie sich ausdehnt, nach vorne und zur Seite. Ich sehe meine Haut vor mir und wie sie langsam dünner wird. Ich frage mich, ob meine Mutter sich gefreut hat. Über mich. Über die Schwangerschaft. Ob sie sie geplant hat. Ob mein Vater überrascht war. Ob sie sich gemeinsam entschlossen haben, ein Baby zu zeugen.

Emil ist vierzig. „Ich kann sowieso kein junger Vater mehr sein", hat er gesagt. „Und du solltest keine alte Mutter werden. Ab fünfunddreißig ist es eine Risikoschwangerschaft."

Zu viele Chromosomen. Emil hat es mir vorgekaut. Vorgekaut und hingespuckt. Ich wollte es nicht hören. „Außerdem bekommen wir nicht nur ein Kind." Als würde dadurch alles klar. „Wir wollen eine große Familie. Wir müssen jetzt damit anfangen. Das ist unser Plan."

Ich stelle mir vor, wie es wäre, zuhause zu bleiben, das Baby zu versorgen. Jeden Tag nur das hier. Diese Familie, diese Wohnung, dieses Leben. Jeden Tag. Und an die neun Jahre denke ich, die wir zusammen sind. Wie Emil sich verändert hat, wie ich mich verändert habe. Dass wir darüber geredet hatten, noch einmal wegzuziehen, dass wir andere Städte kennenlernen wollten, andere Menschen, andere Strukturen. Ich denke daran, dass wir uns nicht einzwängen lassen wollten.

Leo sagt, das sei normal. Man sei nicht immer auf dem gleichen Level, aber man müsse sich wieder treffen. „Du und deine Frau", habe ich gefragt, „habt ihr euch getroffen? Immer wieder?" Er hat genickt. Und mir gesagt, dass auch das eine Art Liebe sei.

Ich bin ins Bad gegangen und habe geweint. Ich habe die kahlen Fliesen angesehen, die begonnen haben, vor mir zu tanzen. Ich habe sie angesehen, bis sie wieder ruhig und ordentlich wurden.

Emil kommt ins Bett.

„Du siehst müde aus", sage ich.

„Du auch", sagt er.

Es stimmt, ich bin müde. Von den Nächten und Tagen. Von den Gedanken und dem Adrenalin. Von den Männern und dem Baby, das es nicht gibt, das aber trotzdem da ist. Ich schließe die Augen, drehe mich auf die Seite. Mein Kopf ist nicht müde, er denkt weiter. Augen wieder auf. Emil beobachtet mich, und ich sehe ihn an. Ich fasse an seine Wange, berühre seinen Arm, der mir plötzlich schmal vorkommt, sein ganzer Körper ist mit einem Mal klein geworden. Als müsste man ihn schützen, ihn umarmen und in den Schlaf wiegen. Er küsst mich auf die Stirn und dreht sich um.

Der Wecker klingelt. Ich taste mit der Hand nach Emil, streife mit dem Fuß über seine Bettseite, die leer ist. Er ist mit dem Auto zur Arbeit gefahren. In ein paar Tagen ist er auf Geschäftsreise. In ein paar Tagen werde ich mit Leo wegfahren. Wir werden in einem Hotel einchecken, wir werden Tage verbringen, in denen wir uns frei bewegen. Wie zwei Menschen, die zusammen sind. Ich bin unsicher, was das werden soll, wie es sich anfühlen wird, wenn ich mit Leo in einem Hotelzimmer schlafe. Weltentausch. Wenn da nicht mehr nur diese Wohnung ist, in der wir uns treffen. Wenn das zwischen uns echt wird.

Ich brauche zwanzig Minuten, um mich fertig zu machen. Ich dusche abends, damit ich morgens nicht muss. Ich stelle mich vor das Waschbecken, lehne meine Stirn gegen den Spiegel und hinterlasse einen Fleck. Spuren von mir, die ich am liebsten wegwischen würde. Ich sehe mich um und sehe Emil. Ich sehe ihn in dem Duschgel, das am Rand der Badewanne steht. In der Pinzette, die im Regal liegt. In dem feuchten Handtuch auf der Halterung. Ich nehme es und rieche daran. In der Zahnbürste, die im Becher steckt und die noch nass ist, weil er sie vor einer halben Stunde verwendet hat. Ich denke daran, wie oft ich Emils Bürste selbst benutzt habe, wenn wir weg waren, weil ich meine vergessen hatte. Ich denke daran, wie vertraut mir Emil ist.

Dann binde ich die Haare zu einem Pferdeschwanz, bevor ich losgehe. Draußen ist es noch frisch, aber der Himmel blau, ohne Wolken oder Schlieren, nur Himmel. Ich spaziere zu der Bushaltestelle, um in die Redaktion zu fahren. Ich mag das Büro, in dem ich arbeite. Es ist groß und hell und trotzdem verwinkelt. Ich mag den Geruch nach Papier. Die Redaktion befindet sich im vierten Stock, und ich steige die Treppen hinauf. Ich denke an meine Kollegen, an die, mit denen ich mich gut verstehe, mit denen ich befreundet bin, vor allem an Sylvie. Manchmal sitzen wir zusammen, reden und trinken und lachen.

Sylvie arbeitet am Schreibtisch neben mir. Sie lächelt mir zu. Das Wochenende zeichnet sich in ihrem Gesicht ab. Die Stunden, die wir zu wenig geschlafen haben. Mir fällt ihre Nachricht ein, dass ich ihr nicht geantwortet habe, und bereite mich auf die Fragen vor. Aber sie sagt nichts, ich sage nichts, und so sitzen wir nebeneinander, bis sie sich Stunden später verabschiedet.

Ich bleibe lange. Ich kann nicht aufhören zu tippen. Das Klappern meiner Tastatur füllt den Raum. Ich knipse die Lampe an. Mein Handy vibriert. Es ist Emil. Ich stelle es leise. Schreibe weiter. Verbessere. Lese alles durch. Streiche weg. Ergänze. Wieder eine halbe Stunde. Mein Handy vibriert. Leo. Ich stelle es stumm und schalte den Computer aus. So bleibe ich sitzen, im Dunkeln.

Tränen laufen über mein Gesicht. Ich schluchze, und es hört sich an, als würde es aus jemand anderem kommen. Aber da ist niemand sonst. Taschentücher türmen sich. Peinlich, denke ich, wenn mich jetzt jemand entdeckt. Ich versuche, mich zu beruhigen, gehe auf die Toilette und schaue mir ins Gesicht. Wie beschissen du aussiehst, sage ich zu meinem Spiegelbild, mache das Licht aus und gehe nach Hause.

Emil putzt seine Zähne. Sie sind weiß. Sie schimmern. Ich erinnere mich an diese Nacht im Club. Man konnte nur die Zähne der Leute auf der Tanzfläche sehen. Schwarzlicht. Ich erinnere mich an Emils Zähne, an sein Lächeln, auch weil ich nichts anderes wahrnehmen konnte, bis er knapp vor mir stand und meine Hände an seine Hüften legte. In diesem Moment konnte ich seine Gesichtszüge erkennen, seinen Körper. Alles auf einmal. Manchmal kommt es mir vor, als würde er rückwärtsgehen. Als würde er wieder im Schwarzlicht tanzen. Sein Gesicht verschwimmt und verschwindet im Dunkeln.

Wir sind zum Essen eingeladen. Morgen wird Emil verreisen. Er wird mir einen Abschiedskuss geben und über meine Stirn streicheln. Ich werde mich von der einen auf die andere Seite drehen, die Beine anwinkeln und meinen Kopf in das Kissen graben. So, als würde ich weiterschlafen. Weil es noch zu früh ist, um aufzustehen. So, als wäre es ein Arbeitstag wie jeder andere. Stattdessen werde ich zehn Minuten warten, Kaffee kochen und mich vorbereiten.

Emils Wochenendkoffer steht fertig gepackt im Gang. Aus dem Badezimmer riecht es nach seinem Duschgel und nach dem Deo, das sich Emil unter die Achseln sprüht, bevor er das Haus verlässt. Es riecht nach ihm und nach mir. Wir vermischen uns, bis wir uns in Luft auflösen.

„Gehen wir", sagt Emil und legt seine Hand auf meine Schulter. Ein freundschaftlicher Druck. Sanft. Ich nicke. Und spüre die Vibration meines Handys in der Jackentasche. Es ist Leo. Ich bin mir sicher. Ich denke an seine weiche Haut und die Grube an seinem Hals, in der ich meinen Kopf verstecke.

Wir fahren dreißig Minuten. Aaron und Vero wohnen auf dem Land. Sie haben ein Haus gebaut, haben

Küchenschränke und Sofabezüge, Porzellan, Besteck, Gläser, Bettwäsche und Kommoden ausgewählt. Sie leben farblich abgestimmt. In Terrakottatönen mit weißen Akzenten. So beschreibt es Vero, während sie uns durch die Zimmer führen.

Es ist die erste Einladung seit ihrem Einzug. In jedem Raum, in den wir gehen, gibt Emil bewundernde Laute von sich, und ich mache es ihm nach. Ohs und Ahs und zustimmendes Lächeln. Aaron erklärt uns, wie das mit der Erdwärme funktioniert. Er spricht von den Bohrungen. Von Holz- und Fliesenböden. Emils Antworten sind wohlüberlegt. Ich schweife ab. Ich sehe Vero vor mir. Wie wir mit Schnapsgläsern durch das Studentenwohnheim gezogen sind, in dem ihr damaliger Freund gelebt hat. Ich erinnere mich daran, in irgendeinem Zimmer aufgewacht zu sein. Mir war kotzübel und Vero hatte ihre Hand um meine Taille gelegt. So mussten wir eingeschlafen sein. Ich glaubte damals, wir hätten uns keinen Zentimeter bewegt. Ihre Lippen waren dunkelrot, der Lippenstift über ihre Wangen und das weiße Polster verschmiert.

„Das war's", sagen die beiden und leiten uns zurück in die Küche. Man merkt, dass sie das schon oft gesagt haben. Dass das immer ihr Ende ist, wenn die Runde durch das Haus fertig ist. Vielleicht haben sie bei den ersten Malen noch durcheinandergeredet, vielleicht war Vero Aaron ins Wort gefallen oder umgekehrt. Jetzt ist die Führung ein einstudiertes Stück.

Wir erzählen von Vietnam, während sie das Essen zum Tisch bringen. Ich rede vom Meerwasser, den

Einheimischen und der kondensierten Milch. Emil ergänzt, was ich auslasse. Auch das, fällt mir auf, ist einstudiert. Der Urlaub liegt mehrere Wochen zurück. Lange genug, um die Sätze anzupassen und die Stichworte festzulegen. Aaron und Vero nicken und brummen, manchmal stellen sie eine Frage.

„Ein Glas Wein?", fragt Aaron. Er wartet nicht auf unsere Zustimmung, stattdessen bringt er die polierten Gläser. Sie glänzen. Und es sind drei. Ich verstehe es. Noch bevor Vero sich zu uns setzt und mit Traubensaft anstößt. Die Gläser klirren. Die Stimmen überschlagen sich. Wir gratulieren und lachen. Aaron streicht über Veros Bauch. Keine Änderung. Er sieht nicht gewölbt aus, nicht anders als sonst.

„Wann ist es bei euch so weit?", fragt Aaron.

Emil sieht mich an, sein Gesicht eine Maske. Ich versuche, meines nicht zu verziehen.

„Ich denke, das war unser letzter langer Urlaub", sagt Emil und lächelt mich an, bevor er sich Aaron und Vero zuwendet. Die drei nicken, als wäre dieser Satz ein geheimes Zeichen oder als sprächen sie über eine Verschwörung. Veros Augen leuchten. Wie die weißen Zähne auf der Tanzfläche.

„Wie schön", antwortet sie. „Wenn ihr euch beeilt, werden die beiden zusammen aufwachsen." Wir müssen unser Glas noch einmal heben. Als hätten wir unseren Freunden meinen Bauch versprochen.

Auf der Rückfahrt bleibt Emil still. Die Ruhe im Auto wird vom Schaltknüppel durchbrochen und vom Geräusch des Blinkers. Ich lese die Nachricht von Leo, schaue auf die Wörter, die er gewählt hat. Die Einfachheit, die ausdrückt, was wir tun. „Ich freue mich auf morgen."

Vögel und Gezwitscher. Ich döse im Bett, schiebe die Decke bis unter meinen Bauchnabel. Emil ist nicht mehr neben mir. Seine Wärme hat er mir dagelassen. Eine leichte Schweißschicht bedeckt meinen Körper. Meine Schenkel kleben aneinander. Die Jalousien sind halb geschlossen, das Fenster ist gekippt, und das Licht fließt durch die Schlitze und Öffnungen. Es ist früh. Es ist klar. Leo und die Reise.

Ich denke an die bevorstehenden Tage, ein Leben als Geheimnis zwischen zwei Menschen. Ein eigener Kosmos. Unentdeckt. Niemand, der ihn kennt. Außer Statisten. Hotelangestellte, Kellner, Ticketkontrolleure. Ob sie sich daran erinnern, dass es diese zwei Menschen gegeben hat? Manchmal stelle ich mir vor, wie es wäre, würde Leo verschwinden. Ich stelle mir vor, er wäre tot. Von einem Auto überfahren. Mit dem Flugzeug abgestürzt. Ein Infarkt. Dann gäbe es diesen Teil von mir nicht mehr. Mitgestorben. Ich könnte nur zurückfahren zu diesem Kellner, ihn fragen, ob er sich erinnert, ihm erzählen, dass Leo nicht mehr da ist.

In der Nacht bin ich aufgewacht. Ich war nervös. Ich habe mich umgedreht, Emil gespürt, seinen Atem, den Herzschlag. Ich wollte mich ihm anpassen. Aber da waren nur Hammerschläge. Solche, die den Brustkorb ausfüllen. Eine halbe Stunde habe ich so verbracht.

Jetzt ist das Gefühl abgeklungen, und trotzdem bleibt etwas Enges zurück.

Emil hat mich geweckt. Er hat mir den Kuss gegeben, hat meine Stirn berührt. Dabei war es weniger ein Streicheln. Kurz dachte ich, er würde Fieber messen. Er würde seine Hand gegen meine Haut drücken, um herauszufinden, ob noch alles normal ist. Mit mir und mit uns. Ich habe gemurmelt, meine Lippen auf seine gepresst.

Ich stehe auf, stelle mich unter die Dusche. Heute am Morgen, weil Urlaubstag ist. Ich will fühlen, dass ich gestern nicht duschen gegangen bin, weil ich nicht in zwanzig Minuten fertig sein muss. Leo wird mich abholen. Wir fahren gemeinsam, das war meine Bedingung. Wenn wir ein Geheimleben haben, soll es gleich vor der Haustür anfangen. Ein Zwischenraum könnte zu viel sein. Ein Zwischenraum könnte alles verändern. Es würde Zentimeter geben und Minuten. Und dann könnten sie einen überfallen, die Zweifel.

Leo hupt. Ich warte kurz, drehe mich um. Überlege, ob ich alles habe. Aber was braucht man schon in drei Tagen? Jedes Mal packe ich zu viel ein. Für jede Situation gewappnet. Würde ich abhauen müssen, ich hätte das Wichtigste dabei. Dabei weiß ich noch nicht, wohin wir fahren.

Ich gehe nach draußen, ziehe die Tür hinter mir zu und sehe den Wagen. Ein großes Auto. Kein protziges, aber groß. Leo sitzt da, auf dem Fahrersitz, schaut durch die Gegend. Bis er mich sieht, dann bleibt sein

Blick haften. Ich steige ein, lege meine Hand auf Leos, er lächelt, und ich merke, wie sehr er mir gefehlt hat. Wie sehr mir seine bloße Anwesenheit gefehlt hat.

„Wohin fahren wir?", frage ich.

„Wir fahren ans Meer", antwortet er.

„An welches denn?"

„Na ja, wir haben nur drei Tage. Ans nächste also."

Leo ist ein logischer Mensch. Man kann sich auf ihn verlassen. Er ist es gewohnt, verlässlich zu sein. Er hat eine Frau. Er hat Kinder. Da macht man das so, denke ich. Leo redet vom Tanzen am Strand und davon, wie ich mir das gewünscht hätte in Vietnam.

Wir fahren. Stunden vergehen. Wir unterhalten uns, es gibt kaum Pausen zwischen unseren Wörtern. Und wenn, dann sind sie gut. Ein Schweigen ohne Erwartungshaltung, sichere Stille. Wir sprechen über das Buch, das wir gelesen haben. Leo hat mir seine Ausgabe gegeben, in der er die Sätze unterstrichen hat, die ihm aufgefallen sind. Ich habe mindestens genauso viele eingefärbt. Die Seiten sind dünn, die Buchstaben klein, und das Buch riecht nach altem Rauch. Ich erinnere mich, wie oft ich daran gerochen habe. Es liegt in meiner Tasche, und ich will, dass Leo mir daraus vorliest. *Henry, June und ich.* Ich denke an diese Sätze, die uns vereinen, skizzieren, dass da mehr ist als das bloße Ficken, mehr Nähe.

In Wahrheit kann ich nur so leben: nach zwei Richtungen. Ich brauche zwei Leben. Ich bin zwei Menschen.

*Fred wundert sich, daß Henry zwei Frauen gleich-
zeitig lieben kann. „Er ist ein großer Mann", sagt er.
„Es gibt soviel Raum in ihm, soviel Liebe. Wenn ich
dich liebte, könnte ich keine andere lieben." Und ich
dachte: Ich bin wie Henry. Ich kann Hugo lieben und
Henry und June.*

*Ich kann nicht anders, ich habe heute das Gefühl, daß
ein Teil von mir neben mir steht, zusieht, wie ich lebe,
und sich wundert.*

Ich grüble, während ich aus dem Fenster schaue. Leo
bleibt leise, vielleicht weil er über ähnliche Dinge nach-
denkt, darüber, was ich gesagt habe, darüber, wie er sich
selbst sieht. Wir haben über Beziehungen gesprochen,
ob zwei Menschen genug sein können füreinander,
über das Leben im Allgemeinen, und manchmal denke
ich, dass er versteht, was ich sage. Mehr als andere.

Wir lachen über uns selbst, wir lachen, weil es ungewohnt ist, so nebeneinander zu sitzen. Ich höre ihm
zu, höre seine Stimme und döse vor mich hin. Leos
Hand liegt auf meinem Oberschenkel. Und alles, was
wir tun, hallt in diesem Auto nach.

Kurze Zeit später halten wir an, um uns auszustrecken und ein paar Schritte zu gehen. Leo steigt aus
und umarmt mich von hinten, küsst meinen Hals. Es
ist, als wären wir immer hier. Aber eigentlich sammeln wir nur Statisten. Italienische Statisten diesmal:
Raststättenmitarbeiter, Tankwarte, Verkäufer. Hinter
der Tankstelle liegen Felder. Der Benzingeruch zieht

bis zu den Toiletten. Ich ziehe die Luft ein. Neben mir höre ich den Urinstrahl einer Frau auf die Kloschüssel treffen.

Es geht weiter. Die Landschaft ist hügelig, die Bäume bewegen sich. Sie sehen aus wie damals, mit Mama und Papa.

Leo erzählt Geschichten von früheren Urlauben. Er erzählt von Hotelzimmern mit klapprigen Bettgestellen, von muffigen Laken und leeren Weinflaschen. Er spricht von Telefonzellen, Anrufen zuhause, von Dieben, die die wenigen Geldscheine aus den Bauchtaschen klauten.

Und irgendwann kommen wir an. Die Abendsonne brennt auf das Auto, als Leo es auf den Parkplatz lenkt. Ich schwitze. Er auch. Ich mag seinen Geruch. Er stellt den Wagen ab. Sagt mir, wie sehr er sich freue, mit mir hier zu sein. Dann klingelt sein Handy. Er schaut auf das Display. Ich auch, weil er neben mir sitzt und weil ich nicht anders kann. Seine Frau. Leo sagt, er müsse rangehen. Das stimmt, denke ich. Sie teilen schließlich ein Leben. Wer ein Leben teilt, muss rangehen. So ist das. Ich steige aus und lasse ihn telefonieren.

Der Wind fegt mir übers Gesicht. Er riecht nach Salz und nach Wasser. Wir sind wirklich am Meer, denke ich. Ich spaziere, schaue auf mein Handy, keine Nachricht. Emil arbeitet vielleicht, vielleicht nicht. Wir teilen auch ein Leben, aber wir sind für keines verantwortlich.

Leo hat für uns eingecheckt. Ein Hotel, ein mittelgroßes, ein gutes. Das Zimmer ist ruhig. Im Bad steht eine Wanne. Die Fenster sind verdeckt von schweren

Stoffvorhängen, die den Raum verdunkeln. Ich lege meine Tasche auf das samtene Sofa. Vom Balkon aus kann man den Wellen zusehen, wie sie sich vorwärtsschieben und wieder zurückziehen. Man hört sie bis ins Bett. Man hört sie an den Strand rollen, wenn man einschläft. Man hört sie an den Strand rollen, wenn man aufwacht. Verlässlich, dieses Meer, wie Leo.

Ich ficke ihn. Leo sitzt aufrecht im Bett, lehnt seinen Oberkörper an das Kopfteil. Ich auf ihm. Es tut gut, seinen Schwanz in mir zu haben. Manchmal stelle ich mir vor, dass seine Frau die Zimmertür öffnet. Dass sie uns sieht, dass ich sie sehe, aber Leo sie nicht bemerkt. Er fickt weiter, stöhnt weiter, sagt weiter, dass ich die geilste Fotze habe, in der er je gesteckt hat. Nicht gerade das, was eine Ehefrau hören möchte. Ich stelle mir vor, dass wir uns ansehen. Während der Schwanz ihres Mannes in mich eindringt. Immer wieder. Ich mag diese Idee. Und komme. Es sind kleine Explosionen. Meine Muskeln zucken. So lange, bis er fertig ist. Ich spüre, wie er sich in mir bewegt und im Orgasmus erstarrt. Ich bleibe kurz auf ihm, verharre so. Dann rutsche ich auf die Seite und lege mich neben ihn.

Leo streichelt mich. Ich überlege, ob ich ihm erzählen soll, woran ich denke. Ich würde dich bis in alle Ewigkeit streicheln, wenn ich könnte, sagt er manchmal. Ich würde meine Hände nie mehr von dir nehmen. Immer würde ich dich halten.

Ich mag seine Hände. Ich zittere, wenn er mich berührt. Ein Zittern. Ein Rauschen. In meinem Körper rauscht es.

„Rauscht es in deinem Körper auch?", frage ich Leo.
Er nickt. Mit geschlossenen Augen. Dann sagt er,
es rausche, wenn er mich anfasse. Und wenn ich ihn
angreife, dann genauso. Vielleicht noch stärker.

Seine Hand liegt zwischen meinen Beinen, sie hält
mich. Der andere Arm schlingt sich um mich. Ich lausche dem Rauschen. Dem vom Meer und dem von unseren Körpern. Es ist Nacht. Dunkle Nacht, weil das
hier keine Stadt ist und es kaum Lichter gibt. Es ist
leise. Nur wir, ich höre nur uns. Leo schläft längst. Er
bewegt sich nicht. Keinen Millimeter. Ich auch nicht,
weil ich ihn nicht wecken will. Dabei würde ich gerne aufstehen, mich ins Freie stellen, mir die Nacht
ansehen. Das Finstere. Italienische Luft dringt durch
das Fenster zu uns. Ob das wirklich so ist? Ob die Luft
nach Italien riecht?

Emil hat sich nicht bei mir gemeldet und ich mich nicht
bei ihm. Nicht mit Wörtern. Wir haben uns Herzen
geschickt, rote, pulsierende Herzen, die bedeuten: Wir
sind noch da. Wir sind noch am Leben. Wir lieben
uns noch.

Leo und ich frühstücken. Wir frühstücken im Bett,
weil wir im Bett nackt sein können. Die Brösel fallen
zwischen unsere Beine auf das weiße Laken. Meine
Zehen berühren seine Knie. Leo beißt in ein Honig-
brot. Ich necke ihn, er neckt mich zurück. Gibt mir
einen Klaps, streichelt mich, kneift meine Haut. Ich
schlage ihn, beiße ihn, nur ein wenig, nicht fest. Aber
so, dass er zuckt.

Ich kugle wegen des Lachens. Dann stehe ich auf und gehe ins Badezimmer. Dort setze ich mich auf die Toilette. Nackt. Die Krümel knacken zwischen meinen Oberschenkeln und der Klobrille, und ein paar Tränen laufen über meine Wangen, die ganz rot sind von dem Gekicher und dem Herumtollen im Bett. Plötzlich möchte ich etwas zerreißen, meine Hand zur Faust ballen, um mit ihr gegen die glänzenden Fliesen zu boxen. Ich will den Schmerz spüren. Ich will offene Stellen, Risse, Blut, und ich will das Meerwasser, das brennt. Mein Spiegelbild starrt mir entgegen, und ich tue nichts von alledem. Stattdessen drücke ich die Spülung und klettere wieder zu Leo ins Bett.

Der Tag zieht an uns vorüber. Stunden fühlen sich an wie Minuten. Ich zähle im Takt. Einundzwanzig, zweiundzwanzig, dreiundzwanzig. Ich versuche, mir eine Sekunde vorzustellen. Man glaubt, eine Sekunde hat keine Bedeutung. Aber jede Sekunde kann unsere Welt zum Kippen bringen, denke ich.

Wir liegen am Strand. Wie mit Emil in Vietnam. Nur dass der Sand braun ist und Leo sich nirgendwo anders hinwünscht. Ich beobachte ihn. Er schaut ins Meer, zu mir, ins Meer, zu mir. Die bunten Sonnenschirme spannen sich dem Himmel entgegen. Ich drehe meinen Kopf zur Seite, lege mein Ohr auf das Handtuch. Ich höre das Knirschen der Sandkörner unter den Schritten der Leute. Wenn ich meine Augen schließe, kann ich den Boden besser spüren, kann ich die Sonnencreme stärker riechen.

Leo steht auf, hält mir seine Hand hin. Ich fasse sie, er zieht mich nach oben, geht in die Hocke, sagt:

„Spring auf!" Ich hüpfe auf seinen Rücken. Wie ein Kind, ein Mädchen auf dem Rücken seines Vaters. Leo läuft mit mir ins Wasser, er wirft mich in die Wellen. Ich mache einen hohen Bogen, klatsche hinein, das Meer fängt mich auf. Es hüllt mich ein, es kriecht in jede Pore, jede Öffnung, ich gehe unter.

Bis ich einatme, bis das Salzwasser in meine Lunge kommt. Bis ich auftauche. Ich schwimme, schwimme im Kreis, drehe meinen Kopf. Ich kann Leo nicht sehen, ich kann ihn nirgends entdecken. Nicht neben mir, nicht am Strand, nicht weiter draußen. Wo ist er hin?

„Leo!", schreie ich.

Ich tauche unter, mache die Augen auf, sehe kaum etwas. Das Meer ist dunkel hier, grün von den Algen. Ich schreie wieder. Unter Wasser. Nicht mal ich selbst kann es hören. Es ist nur ein dumpfer Ton. Das Meer frisst meine Laute. Wieder nach oben, wieder nichts. Ich trete, werde panisch, schreie wieder: „Leo!" Und ich versuche, ruhig zu paddeln. Ich denke, ich habe das alles nur geträumt. Ich wache auf, es gibt keinen Leo. Wen soll ich auch fragen? Den Sonnenbrillenverkäufer?

Haben Sie Leo gesehen?

Leo?, würde er mich verdutzt anschauen. Hier war noch nie ein Leo, ganz sicher, niemals.

Da streift mich etwas am Fuß, es packt mich, ich trete wieder, trete gegen etwas Hartes. Leo taucht auf. Er prustet, atmet ein, so dass es nur wirklich sein kann. Er lacht. Es kommt mir gespenstisch vor, unnatürlich. Er nimmt mich bei der Schulter: „Habe ich dich erschreckt?"

Ich schaue ihn an, fange an zu schreien. Dass ich gedacht hätte, kurz, ein paar Sekunden, dass es ihn gar nicht gebe. Nicht nur, dass ich ihn verloren hätte.

„Ich habe dich mir ausgedacht", rufe ich. „Und wer in aller Welt soll mir bestätigen, dass es dich gegeben hat?"

Leo schaut mich an, perplex jetzt. Er legt seinen Kopf schief. Nimmt mich in den Arm. Er sagt nichts und fragt nichts und lässt es geschehen. So halten wir uns gegenseitig, treiben im Wasser. Richtung Weite und zurück. Wir liegen im Meer, greifen uns an den Händen, damit uns die Strömung nicht auseinanderreißt. Wäre die Strömung in unseren Leben so schwach wie diese hier, alles wäre leichter.

Wir gehen erst wieder an den Strand, als alles aufgeweicht ist. Die Haut an den Fingern und an den Zehen. Unsere Haare trocknen in der Sonne, werden steif, werden Meerhaare. Wir liegen nebeneinander. Wir lesen. Ich muss Leo ansehen, muss ihn mir vorstellen in seinem Haus. Ich sehe ihn in der Küche sitzen, die ich nicht kenne. Ich sehe ihn die Teller in den Schrank räumen. Ich sehe ihn zärtlich über den Kopf seines Kindes streichen, sehe den Arm um die Schultern seiner Frau gelegt. Ich sehe die Zahnbürsten, die in einem Becher stehen.

Ab und zu lese ich Leo etwas vor, weil mir ein Satz gefällt, eine Idee. Dann kann ich spüren, dass er genau hinhört. Ich stelle mir vor, wie er meine Lippen ansieht, beobachtet, wie sie die Laute formen.

Leo mustert mich. Eine Nachdenkfalte bildet sich auf seiner Stirn. Ich sage nichts. Ich könnte fragen. Aber er würde antworten, es sei nichts. So lange, bis er alles überlegt hat, gedreht und gewendet, von oben, von unten, von der Seite durchdacht. Erst wenn es dann immer noch wert ist, darüber zu sprechen, redet er.

Wir trinken Fruchtsaft. Orange, Limette, Birne für mich. Für Leo dasselbe. Ich fülle unsere Plastikgläser mit einem Schuss Wodka, den wir aus der Minibar mitgebracht haben. Der Alkohol vermischt sich mit der Süße. Es schmeckt nach Urlaub und nach diesem Gefühl, das man mit nach Hause nehmen will. Nur dass derselbe Saft daheim nichts mehr aussagt.

Wir spazieren über den Strand. Die Sonne geht unter, sie taucht die Welt in ein rotes Licht. Ein warmes Licht, das man angreifen möchte. Darin baden. Wir sitzen auf Steinen, die noch warm sind, und schauen in den Horizont. In das Rot, in ein anderes Ende an einem anderen Ort. Und da ist es.

Leo steht auf. Wieder reicht er mir seine Hand. „Jetzt", sagt er, „jetzt will ich mit dir tanzen."

Ich schüttle den Kopf. „Ohne Musik?"

„Nicht ohne", sagt er, „die Musik ist in deinem Kopf. Such dir ein Lied aus. Jukebox."

Ich muss nachdenken, nehme das Glas und trinke es in einem Zug leer. Der Wodka stößt mir auf. Der letzte Schluck schmeckt intensiv. Mir fällt keines ein, Leo summt. Das reicht mir. Er dreht mich herum, um meine eigene Achse, um sich. Ich wirble, ein wirbelndes Etwas am Strand. Er beugt mich nach hinten, nach vorne, nach unten. Ich muss lachen, während sich alles in mir an das Verkehrt-Sein gewöhnt.

Wir schlendern zurück zum Hotel.

Leo sagt, wir würden jetzt das Salz abwaschen. „Wir gehen duschen, du und ich."

„Ich glaube, das Salz ist sogar in meinem Arsch", sage ich.

„Kein Problem", sagt Leo. „Ich schrubbe, bis du salzfrei bist."

Mein Körper tanzt noch immer, mein Kopf sowieso. Ich schließe die Tür auf, gehe hinein. Mein Bikini ist nass. Plötzlich stört er mich. Ich will ihn loswerden, ziehe mich aus, ziehe Leo aus. Wir springen unter die Dusche, das Wasser saust auf uns herab. Leo wäscht mich, er seift mich ein. Meine Achseln, meine Porille, zwischen den Beinen, meinen Bauchnabel, meine Brüste, die Arme, die Hände und Füße, einfach alles.

„Ich muss aufs Klo", sage ich.

„Mach nur", antwortet er.

Ich stelle mich etwas breitbeiniger hin und konzentriere mich. Meine Blase ist voll. Leo wartet. Er drückt Duschgel aus der Tube, reibt seine Hände schaumig und beginnt, mich anzugreifen. Seine Finger sind sanft und warm. Meine Haut ist glitschig. Wir flutschen. Er drückt meine Klitoris nach außen und stoppt seine Bewegung. Dann schiebt er die Glastür der Dusche nach rechts. Die kalte Luft dringt zu unseren Körpern. Wir schauen zu, wie die Pisse aus mir herausrinnt und mit dem Wasser, dem Schaum und dem Sand im Abfluss verschwindet. Leo grinst. Ich muss lachen. Und er fängt noch einmal damit an, mich zu waschen.

„Jetzt bist du sauber", sagt er.

Ich steige nach draußen, trockne mich ab. Leo bleibt noch etwas länger, lässt das Chlorwasser über seinen Kopf laufen.

Ich lege mich aufs Bett und denke darüber nach, dass ich niemand anderem auf die Zehen gepisst habe bisher, nur mir selbst und Leo. Dann nehme ich mein Handy und sehe, dass Emil mir drei Nachrichten geschickt hat, im Abstand von mehreren Stunden.

Wie geht es dir? Melde dich, wenn du Zeit hast.

Ich muss dir etwas erzählen.

Ich halte es nicht aus: Ich habe ein Stück Land gekauft. Wir bauen uns ein Haus.

Panik erfasst mich, und sie wird größer, schwerer. So schwer, dass ich denke, sie zerquetscht meine Brust, sie nimmt mir den Atem. Zur Emil-baut-uns-ein-Haus-Panik gesellt sich die Ich-sterbe-weil-ich-keine-Luft-bekomme-Panik.

Leo pfeift. Ich schaue die Wand an, die gegenüber meiner Bettseite. So, als würde ich darin eine Antwort finden. Für jetzt, für die Nachrichten von Emil und für alles, was noch kommt. Aber nichts. Es formt sich kein kluger Gedanke, keine Handlungsempfehlung. Also nehme ich mein Handy und werfe es gegen die Mauer. Eine kleine Kerbe zeichnet sich ab, und es knallt auf den Boden. Leo kommt aus dem Bad, sieht mich an.

„Was ist los?", fragt er.

„Emil baut uns ein Haus", antworte ich.

„Ich wusste nicht, dass ihr ein Haus bauen wollt."

„Ich auch nicht", sage ich.

Das stimmt nicht ganz. Emil hat immerhin sechs Häuser gezeichnet. Für uns. Darüber gesprochen, ein Grundstück zu kaufen, haben wir nicht. Zumindest nicht im Sinne von: Wir sehen uns um, wenn uns etwas gefällt, nehmen wir es. Mehr im Sinne von: Irgendwann könnten wir gemeinsam in einem Haus wohnen. Für ihn war es ein Versprechen.

Leo sagt nichts. Er sitzt da. Unbeteiligt. Ist er wohl auch, unbeteiligt, am Hausbauen. Und dann, nachdem er seinen Kopf von der einen auf die andere Seite gelegt hat, sagt er: „Ihr müsst einen Vertrag machen. Für den Fall, dass ihr euch trennt."

„Danke", sage ich, „gut, dass du daran denkst. In meiner Hausbaueuphorie hätte ich das wahrscheinlich vergessen."

Ich stehe auf, schmettere die Tür hinter mir ins Schloss und gehe.

Ich gehe. Gehe bis zum Meer und setze mich hin. Ich schaue in die Luft, zum Horizont. Es sieht aus wie ein Ende, aber es ist keines. Es ist nur das Ende meines Blicks. Das Meer schwappt weiter, bis es wieder auf Land trifft. Der Himmel steht überall, nicht nur hier. Ich überlege, frage mich, wie ich antworten soll, was ich jetzt tue.

Ich will kein Haus mit Emil. Ich will mit niemandem ein Haus. Ich könnte wegfahren, überlege ich.

Ich könnte auf das nächste Schiff springen, das am Hafen hält. Bescheid geben, dass ich nicht zurückkehre. Vielleicht doch. Aber dass ich nicht wüsste, wann. Und dass es sich nicht lohne, auf mich zu warten. Ich stelle mir vor, wie meine Haare vom Wind nach oben, nach rechts und links geblasen werden, während das Land hinter mir immer kleiner wird. Bis es verschwindet, als hätte es nie existiert.

Ich denke an Emil. Ich denke, dass es mir leidtut, wie ich bin. Dass ich ihm so viel Zeit gestohlen habe. Dass er all die Jahre gewartet hat, bis ich mir sicher bin. Bis ich groß werde und erwachsen und vernünftig. Bis ich Verantwortung übernehme. Für uns. Und ich bin wütend. Weil Emil mir ein Haus vor die Füße klatscht. Weil er damit sagt, entweder du kommst mit mir oder du gehst. Er sagt: Ich habe einen Plan, ich setze ihn um.

Mir fällt ein, dass ich nicht weiß, wo sich dieses Grundstück befindet. Dass ich nicht weiß, wo ich den Rest meines Lebens verbringen soll. Mit Emil, mit unseren Kindern und Enkelkindern und Apfelbäumen und Hollywoodschaukeln, mit einer Doppelgarage und einem Hobbyraum, mit Kupferkochtöpfen und Einweckgläsern, mit Zimmerpflanzen und Duftspray für das Klo.

Mir wird schlecht. Der Wodka liegt schwer in meinem Bauch, mit all den Gefühlen, die sich in der Magensäure auflösen sollten. Ein Kind läuft hinter mir vorbei, es schreit nach seinen Eltern, zeigt auf mich und schreit, damit sie sehen, dass sich eine Frau am Strand übergibt. Blassorange Flüssigkeit, die in den schönen braunen Sand sickert. Die Flut trägt die Wellen nahe an meine Zehen, immer näher. Bis das Wasser sie wegschwemmt, die Kotze.

Ich raffe mich auf. Ich weiß nicht, wie viel Zeit vergangen ist. Es war schon dunkel, als ich nach draußen gegangen bin. Ich schmecke die Säure in meinem Mund. Und beschließe, nichts zu tun. Ich werde Emil heute nicht antworten. Ich werde nicht an das Grundstück denken, nicht an das Haus, nicht an Verträge. Ich kann ihm nicht antworten, weil da nichts ist, was ich in Buchstaben pressen könnte. Und nichts, was ihn glücklich machen würde.

Die Promenade ist leergefegt. Die wenigen Urlauber haben sich in Speisesäle und Hotelzimmer zurückgezogen. Leo wartet. Er geht auf und ab. Von der Tür bis zum Balkon und wieder zurück. So wartet Leo, in Bewegung.

Er fragt mich, wie es mir gehe. Das fragt er oft. So wie er jedes Mal fragt, ob wir uns wiedersehen. Ich weiß, dass er die Frage ernst meint. Leo will ehrliche Antworten, meistens. Also sage ich: „Scheiße." Er sieht mich an. So, wie jemand einen ansieht, der sagen will, ich weiß, was du fühlst.

Ich schaue ihn an, ratlos, und schweife ab. Ich stelle mir vor, wie es wäre, mit Leo zusammenzuleben. Wie es wäre, wenn Leo ein Haus für uns bauen würde. Wenn Leo sagen würde, ich will ein Kind von dir. Ich denke daran, dass das alles nur eine Wiederholung wäre. Dass man nicht leben kann, wie man leben würde, wäre es das erste Mal. Und in mir drinnen weiß ich, dass sich diese Leben ähneln würden. Dass ein Zaun gespannt würde, Freiheit ausverhandelt, Prioritäten verschoben. Es fühlt sich an, als würden meine Organe Karussell fahren. Der Magen ist leer und zieht sich zusammen.

„Ich will nicht darüber reden", sage ich zu ihm, weil ich nicht mehr darüber nachdenken will.

„Das musst du", sagt er zu mir. Es ist keine sanfte Stimme. Es ist ein bestimmter Satz, und dafür bin ich dankbar.

Also frage ich ihn, wie das bei ihm war. Er erzählt mir, wie seine Frau schwanger wurde, wie er ihr deshalb einen Antrag gemacht hat, wie er sich gefreut hat, das erste Mal richtig, als er einen Tritt des Babys gegen die Bauchwand gespürt hat. Er erzählt von der Angst, von den Gedanken, nicht mehr gehen zu können, für immer bleiben zu müssen, für immer dieses Kind zu haben, dieses Kind mit dieser Frau. Er erzählt von dem Erbrochenen auf dem Fußboden, von dem Würgen, von ihren Schreien, weil sie sich gewünscht hätte, nicht Mutter zu werden, und wegen des schlechten Gewissens deshalb. Er erzählt, wie sie alles zusammen ausgesucht haben. Die Farben, das Holz, die Küchenplatte, die Fliesen und das Bett.

Ich stelle sie mir vor. Ich sehe sie vor mir, Leos Frau hat ein Tuch auf dem Kopf. Ein dreieckiges. Und sie hat eine Latzhose an. Weil Latzhosen aus Jeansstoff zu Schwangeren passen. Ihre Nase ist eine Stupsnase, auf ihrem T-Shirt sind weiße Kleckse vom Malen. Ich bin mir sicher, sie haben die Wände selbst gestrichen, obwohl Leo darüber nichts gesagt hat. Schwangere in Latzhosen mit dreieckigen Tüchern auf den Köpfen und süßen Stupsnasen, die Kinderzimmer ausmalen.

Ich höre ihm zu, ich höre seine Stimme, wie sie rollt, wie die Töne steigen und fallen. Wie er einatmet, wie er überlegt zwischen all den Sätzen. Ich kann fühlen, wie er abwägt. Er will alles sagen, aber das kann er nicht. Weil man seiner Affäre nicht alles sagt. Weil es wehtut. Ihm und mir. Trotzdem will ich es hören. Ich bin ihm dann näher. Und ich kapiere, dass andere sich dazu entschieden haben, ein solches Leben zu führen. Zu zweit zu bleiben. Babys zu zeugen. Andere haben Häuser gebaut und Kinder großgezogen und das alles geteilt. Vielleicht bin ich geizig, denke ich. Vielleicht geht es mir darum, nichts herzugeben von mir.

Leo erzählt weiter, und er streichelt mich dabei. Er fährt mit seiner Hand meinen Körper entlang. In Endlosschleife, scheint mir. Er streift über meinen Bauch, über meine Brüste, er streichelt meine Wangen und meinen Kopf. Seine Finger berühren jedes Muttermal, jedes Haar, jede Kruste und Einbuchtung, jede Narbe auf meiner Haut. Die Reibung erzeugt Wärme. Mit der anderen Hand hält er mich fest, als stürzte ich ab, würde er es nicht tun. Gemeinsam sind wir an einem Ort, an dem es nichts gibt außer mir und ihm. An dem nur wir beide zählen, an dem wir niemandem wehtun, an dem wir niemandem etwas wegnehmen und niemandem etwas auflasten.

Er sagt: Ich wünsche mir, mit dir zusammen zu sein. Er sagt auch: Ich weiß nicht, ob ich mich jemals trennen kann. Er sagt: Du bist mir wichtig. Er sagt auch: Ich muss pünktlich los, um mit meiner Frau zu Abend zu essen. Er sagt: Ich möchte all meine Zeit mit dir verbringen. Er sagt auch: Ich kann jetzt nicht, die Familie sieht sich gemeinsam einen Film an.

So ist Leo. Ich weiß das. Ich bin genauso. Aber wenn wir an diesem Ort sind, dann zählen nur die ersten Sätze. Dann gibt es kein „er sagt auch".

Deshalb ist es mit Leo, wie es ist. Wir formulieren keine Bedingungen. Er formuliert keine Bedingungen. Es heißt nicht, wenn wir zusammenbleiben, müssen wir den nächsten Schritt gehen. Es heißt nicht, wenn wir zusammenbleiben, müssen wir treu bleiben. Es heißt nicht, wenn wir zusammenbleiben, müssen wir investieren.

Leo streichelt weiter. So lange, bis meine Augen zufallen. Ich spüre seinen Atem, den er auf meinen Rücken haucht. Ich merke, wie der Schlaf mich packt und wegträgt. Und wie Leo mich an sich drückt, als würde ich dann nicht mehr gehen können. Dabei gehe ich schon morgen.

Wir sitzen im Wagen. Ich fahre, weil ich gerne fahre und weil ich etwas kontrollieren will. Das Auto riecht nach künstlichem Nadelwald. Ein kleiner Baum schwingt vor und zurück. Auf dem Weg hierher habe ich keine Tannen gerochen. Nur den Duft des heißen Asphalts, des Benzins an den Zapfsäulen, der Felder, an denen wir vorbeigekommen sind. Ich muss lachen. Ich lache Leo aus und frage ihn, ob er sich wirklich

Duftbäume ins Auto hänge. Tut er, sehe ich ja, lachen muss ich trotzdem.

„Ich liebe es, wie du lachst", sagt er.

Ich liebe es, wie du lachst, denke ich mir. Und wie Emil lacht, das liebe ich auch. Deshalb bin ich eingestiegen. Lieber hätte ich das alles vergessen, hätte Leo alleine zurückfahren lassen. Lieber wäre ich weggelaufen. Aber ich weiß, dass ich nach Hause muss, mit Emil reden, weil ich nicht so tun kann, als gäbe es kein Grundstück und kein Wir. Emil glaubt, ich säße in der Arbeit. Er denkt, ich hätte zwei normale Tage hinter mir, hätte daheim geschlafen. Es ist Vormittag, und wenn alles gut läuft, wir in keinen Stau geraten, kommen wir pünktlich zum Feierabend.

Wir haben gefrühstückt, gemeinsam, nicht nackt und nicht im Bett, sondern am Meer. Leo hat alles eingepackt. Wir haben gepicknickt. Wir haben gemeinsam gesehen, wie viel Platz zwischen uns und dem Horizont ist. Und dass dieser Strich in der Ferne trotzdem viel zu nah liegt.

Leo hat mir Erdbeeren in den Mund geschoben. Ich bin nicht rot geworden und habe mich nicht geschämt. Wie beim Tanzen im Sand.

Vor dem Frühstück hatten wir Sex. Ich habe mein Bein auf die Samtcouch gestellt und ihn mich ficken lassen. Harte Stöße, weiche nasse Finger. Meine Brüste haben gewippt, immer schneller, und Leo hat seine Hand an mir gerieben, hat alles Feuchte über meinem Schoß verteilt. Ich habe seine Finger genommen, sie geführt, damit wir uns synchron in meinem Tempo bewegen, und kurz vor dem Orgasmus war Schluss. Das Haus war da, Emil und unser Leben. Leo hat weitergemacht. Seine Stöße sind härter geworden, seine Finger verkrampft, und irgendwann habe ich seinen schlaffen Schwanz in mir gespürt. Ich habe darüber nachgedacht, was ihn beschäftigt. Ob er daran denkt, dass wir nach Hause fahren. Dass er mich abliefern muss, dass er selbst zurückmuss. Gefragt habe ich nicht.

Wir machen eine Pause, wir wechseln die Plätze, weil ich müde bin. Weil ich in unserer letzten Nacht zwar eingeschlafen, aber wieder aufgewacht bin. Weil ich die Augen nicht wieder zumachen wollte. Jetzt sehe ich die Landschaft, die an mir vorüberzieht. Das Ockerfarbene, das Braun und Grün der Erde und der Pflanzen. Alte Häuser, die verfallen, mit Graffitis an den bröckelnden Wänden und zersplitterten Fensterscheiben. Sie stehen allein da, rundherum Gestrüpp und Felder, als müsste man sich erst einen Pfad freischlagen zu ihnen, die Autobahn direkt daneben. Ich frage mich, wer darin gewohnt hat. Wer irgendwann in diesen Häusern gelebt und sie wieder verlassen hat. Ich stelle mir vor, dass darin noch Möbelstücke stehen, kaputte Kommoden und Nachttische, mit Staub bedeckt. Ich stelle mir vor, dass einzelne Räume zwischendurch bewohnt werden, dass auf den kalten Böden fleckige Matratzen liegen.

Die Landschaft erinnert mich, dass es ein Zuhause gibt und ein Fort-von-Zuhause. Dass es ein Vermissen gibt. Die Landschaft sagt mir, dass wir leben. Ich weiß, dass ich unsere Wohnung vermissen würde. Emils und meine. So wie ich die Kresse in Leos Küche vermissen würde, die gar nicht seine ist, sondern unsere.

Geantwortet habe ich Emil noch immer nicht. Er hat mir nicht geschrieben. Kein Anruf, kein Nachfragen. Nichts mehr. Ich stelle mir vor, wie ich die Wohnung betrete und wir uns streiten. Weil wir so enttäuscht sind. Voneinander. Von uns selbst. Ich will, dass seine Wut auf mich niederprasselt. Ich wünsche mir, dass er mich beschimpft.

Leo fährt. Er legt seine Hand auf mein Bein, das wackelt. Er fragt: „Wo soll ich dich hinbringen?" Ich weiß es nicht, denke ich.

Leo merkt, dass ich nichts sagen kann. Deshalb sagt er: „Ich glaube, ich fahre dich bis zur Ecke vor deiner Straße."

Ich nicke. „Danke", antworte ich.

Wir sind da. Zurück, daheim. In unserer Stadt. Leo fährt rechts ran und stellt den Motor ab. Das Brummen erstickt. Er nimmt meine Hände. Er legt eine davon an seine Wange. Wir küssen uns lange, obwohl das gefährlich ist. Hier könnte uns jemand entdecken. Emil. Leos Frau. Freunde von uns oder von ihnen.

Es regnet, die Wolken schlucken das Tageslicht, und der Wind bläst um das Auto. Die Tropfen fallen auf die Scheiben. Ich beobachte sie. Sie bahnen sich ihren Weg, schlängeln sich anderen hinterher, nehmen Abzweigungen, bis ihr Wasser aufgebraucht ist. Es fühlt sich an wie Herbst, denke ich.

Leo sagt: „Du kannst mich anrufen, immer."

Ich sage: „Was ist mit deiner Frau?"
Leo schaut mich an und sagt: „Ruf an."

Ich gehe zur Wohnung, auf dem Bürgersteig. Von dort
springe ich über die Kante in die Pfützen, die vor mir
liegen. Wie ein Kind springe ich hinein und durch-
tränke meine Hosenbeine und meine Schuhe, meine
Socken und meine Füße. Der Stoff saugt das Wasser
auf. Ich bleibe stehen, schaue hinauf zum Haus, schaue
zu den Fenstern. Ich kann nichts erkennen, aber ich
weiß, was dahinter liegt. Dahinter liegen wir, Emil
und ich, unsere Beziehung, alles zwischen uns, das
neue Grundstück, das nicht gebaute Haus, das nicht
gezeugte Kind. Alle beantworteten und offenen Fragen
liegen hinter diesen Ziegelsteinen.
Ich drehe den Schlüssel, gehe hinein, denke, vielleicht
gehe ich das letzte Mal durch diese Tür. Höre Emil, es
klimpert und raschelt. Er macht etwas, er liest nicht,
nicht so wie sonst, wenn ich heimkomme. Normalerweise ist da nur das Blättern der Seiten. Emil steht da, vor
mir, er erschrickt, als er mich sieht. So, als hätte er mich
nicht erwartet, als würde ich gar nicht hierhergehören.
Eine Außerirdische, eine Bedrohung. Er schaut mich an.
Emil hat geweint. Ich kann es sehen, weil seine
Augen leicht gerötet sind. Die kleinen Falten in den
Winkeln sind dunkler als die restliche Haut. Es mag
eine Weile her sein, aber ich kann es sehen. Ich sehe es,
weil ich Emil kenne, und weil Emil mich kennt, weiß
er, dass ich es sehe. Er dreht sich weg, nur ein wenig,
senkt seinen Kopf. Er sagt zur mir: „Wir müssen reden."

Ich setze mich hin und warte ab. Ich sage nichts, weil ich weiß, dass Emil jetzt etwas sagen muss, dass er es nicht aushält, jetzt meine Stimme zu hören oder Wörter, die nichts besser machen würden.

Emil sagt: „Ich habe eine andere gefickt."

Ich antworte nicht und fokussiere mich auf seine Haarsträhnen, die feucht sind vom Schwitzen. Ich denke über seinen Satz nach. Darüber, dass er mit einer Frau Sex hatte. Ich stelle mir vor, wie es aussieht, wenn Emil mit einer anderen schläft. Ich stelle mir vor, wie er sie fingert, sie leckt, ihr seinen Schwanz hineinsteckt. Ich habe kein genaues Bild, aber ich kann die Körperteile vor mir sehen. Ich bleibe an ihren blonden Haaren hängen. Denke daran, dass sie vielleicht doch eher braun sind oder schwarz. Ich stelle mir die beiden in unserem Bett vor, und auch das lässt mich innehalten. Ich frage mich, ob Emil das tun würde, eine andere Frau in unserem Bett ficken. Deshalb ändere ich die Umgebung in ein Hotelzimmer. Ich bin sicher, dass Emil keine andere hierher mitbringen würde. Das hier ist unsere Wohnung. Emil war auf Geschäftsreise. Mir fällt ein, dass sein Satz nicht eingeordnet wurde, dass er keinen zeitlichen Rahmen hat. Ich weiß nicht, ob er von den letzten Tagen oder von vor Monaten spricht. Es ist ein seltsames Gefühl, es tut weh, daran zu denken, und gleichzeitig tut es gut. Ich denke, ich bin nicht allein mit dem Andere-Leute-Ficken außerhalb unserer Beziehung.

Emil sieht mich an. Mein Gesicht kommt mir unkontrollierbar vor, meine Mimik falsch. Ich befürchte, dass ich loslachen könnte. Nur um nicht zu weinen. Dass ich jetzt loslachen könnte wie vor Jahren bei einer Rede, während derer alle Gäste still waren und ich mich plötzlich nicht mehr kontrollieren konnte. Ich überlege kurz, ich denke, dass ich dringend etwas sagen sollte. Ich frage mich, welcher Satz passend wäre. Ich frage mich, welche Antwort Emil sich erhofft. Vielleicht sollte ich schreien. Was würde ich hören wollen? Ich frage mich, ob ich ihn entlasten soll, ihm erzählen von Aglan. Von Leo kann ich ihm nicht erzählen, weil Leo etwas anderes ist als Sex.

Aber was eigentlich, denke ich dann.

Ich lege mein Gesicht in meine Hände, und ich hasse diese Situation. In der Wohnung ist es warm, der Regen klopft auf das Dach. Ich wünschte, wir könnten vergessen, was Emil gerade gesagt hat. Ich wünschte, wir könnten uns in eine Decke hüllen und den Wassertropfen zuhören.

„Wann?", frage ich.

Das ist nichts. Es ist keine angemessene Reaktion, mit der Emil etwas anfangen könnte.

„Wann?", schreit er mich an. „Ich bin unterwegs, und du meldest dich nicht. Wir schicken uns ein paar Herzen. Das ist alles. Du fragst nicht, wo ich bin. Du fragst nicht, ob alles gut läuft. Du fragst nicht nach meinen Terminen. Als wäre ich dir egal."

Ich nicke. Ich weiß, dass Emil recht hat. Dass ich ihm hätte schreiben sollen, ihn anrufen. Ihn nicht nur mit Symbolen abspeisen.

„Du bist mir nicht egal", sage ich.

„Und dann, dann schreibe ich dir. Weil das alles in meinem Kopf ist. Dieses Jahr, diese Reise, unsere Gespräche, deine Antworten. Ich denke mir, gut, vielleicht braucht sie Abstand, vielleicht braucht sie Zeit für sich. Aber sie weiß doch, worauf wir zugehen. Selbst wenn sie noch kein Kind will. Nicht jetzt. Nicht heute. Aber irgendwann."

Ich sehe mich aus der Dusche steigen, sehe mich auf dem Bett, das Handy in der Hand. Die Nachrichten von Emil vor mir. Ich habe das Handy den ganzen Tag im Zimmer liegen lassen.

„Also denke ich mir, ich erzähle dir das jetzt, ich erzähle dir, dass ich ein Grundstück für uns gekauft habe. Und weißt du was? Ich habe dieses Scheißgrundstück vor einem Jahr gekauft, nicht erst gestern. Ich habe mir gedacht, Emil, du musst das verstehen, sie ist so viel jünger, sie will das noch nicht, aber sie wird es wollen. Sie wird Kinder wollen und ein Haus und all das."

Ich nicke und nicke, weil mir keine andere Bewegung mehr einfällt. Weil ich keinen Laut machen will. Weil ich Emil signalisieren will, dass ich ihn verstehe. Dass ich verstehe, wie schrecklich das ist, dass ich verstehe, wie er sich fühlt.

„Und ...", schreit er, so laut, wie ich Emil noch nie schreien gehört habe. Weil Emil entweder redet oder nicht, er flüstert nicht und erhebt selten seine Stimme. Wir haben nie wirklich gestritten, nicht mit verzerrten Gesichtern und Nachbarn, die an der Tür klingeln, weil wir den Fernseher übertönen. Wir haben nie gestritten, weil man mit Emil nicht streiten kann.

„Und ich warte, ich warte und warte, die Monate vergehen. Glaubst du, ich merke nicht, wie du dich entfernst? Von mir? Von uns? Du läufst weg, du sagst mir nicht, was los ist."

Emil schnaubt, während er mir die Geschichte erzählt, in der wir beide die Protagonisten sind. Im Moment fühlt es sich anders an. Weiter weg, nicht so, als würde er über uns reden. „Ich bin fort. Wir beide sind getrennt voneinander, aber ich kann nicht abschalten, denke an uns, an mein Alter, an deines. Ich stelle mir vor, wie es wäre, wären wir nicht mehr zusammen. Ich stelle mir deinen Platz vor, der leer bleibt. Und ich schreibe dir, dass du dich melden sollst, aber du tust es nicht. Ich schreibe dir wieder. Keine Reaktion. Also denke ich mir, ich sage es dir jetzt, ich sage dir, dass ich dieses Stück Land gekauft habe und wir ein Haus bauen können. Jederzeit. Dass ich uns ein Haus baue. Ein Haus, wie ich es uns gezeichnet habe."

„Ich weiß nicht, ob ich ein Haus will, Emil", sage ich.

Emil steht vor mir, ich sehe, wie wütend er ist und wie verletzt. So verletzt, dass er ein Glas in meine Richtung wirft. Es knallt gegen meine Schulter und scheppert auf den Fliesen. Ich höre, wie es zerbricht. Ich denke daran, dass das Glas einen blauen Fleck hinterlassen wird, und fasse an meinen Arm. Die Haut unter meiner Hand ist warm. Ich glaube, ich spüre die rote Farbe, die sie angenommen hat. Tränen steigen mir in die Augen, weil ich nicht weiß, was ich tun soll. Weil ich nicht weiß, wohin mit mir. Mit der Wut und der Eifersucht, mit meiner Schuld. Also stehe ich auf und boxe gegen Emils Brust.

„Es tut mir leid", sagt Emil.

Ich kann sehen, wie er mit sich hadert, weil er eigentlich wütend sein will, weil er mich weiter anschreien möchte, es aber nicht mehr kann, weil er sich jetzt entschuldigen muss, weil man keine Gewalt anwendet, gegen die eigene Freundin schon gar nicht, weil Emil gebildet ist und erwachsen, weil Emil nicht aus der Haut fährt, niemals, weil Emil sich beherrschen kann, immer. Nur diesmal nicht, in diesem einen Augenblick, in dem er sich so sehr gewünscht hätte, sich zu beherrschen, da hat er es nicht geschafft. Und ich genauso wenig. Meine Fingerknöchel tun weh von dem Schlag, und am liebsten würde ich mich an Emil lehnen, ihn umarmen, auf ihn sinken, um zu schlafen, dieses Gespräch ungeschehen machen.

Stattdessen sage ich: „Vielleicht sollte ich ausziehen, eine Zeitlang."

Emil nickt. Er sagt nichts mehr, nickt nur, wie ich es vorhin getan habe. Seine Wangen sind rot, seine Augen glasig. Dann steht er auf und geht. Ich bleibe sitzen, ein paar Minuten noch. Ich konzentriere mich auf die Geräusche im Flur. Emil zieht seine Schuhe an, und die Wohnungstür fällt ins Schloss. Ich bin müde. Ich denke darüber nach, dass ich mich nicht erinnern kann, jemals so müde gewesen zu sein. Ich raffe mich auf, suche die Koffer, die wir im Kellerabteil verstaut haben. Es sind drei. Dann streife ich durch die Wohnung. Ich packe Kleidung ein, das Zeug, das auf den Kommoden steht, ein paar Kosmetikartikel, die ich im Bad finde. Ich fülle die drei Koffer, bis sie prall

sind, und sehe mich um. Die Wohnung sieht leerer aus,
anders irgendwie. Und ich frage mich, ob mein Leben
wirklich in drei Koffer passt. Ob sich unser Leben so
schnell aufteilen lässt. Ob es reicht, die Dinge, die mich
ausmachen und offen herumliegen, in die Koffer zu
stecken. Es sieht danach aus, denke ich und ziehe die
Tür hinter mir zu.

Ich hebe die Koffer über die Stufen nach unten und
bleibe vor unserer Wohnung stehen. Es regnet noch
immer. Die Tropfen fallen auf mich herab, an mir vorbei, auf den Boden, in die Pfützen. Sie sammeln sich, so
lange, bis die Pfützen zu groß werden, bis sie zu kleinen
Bächen werden, die die Straßen entlanglaufen, bis sie
in der Kanalisation verschwinden. Ich tippe die Telefonnummer der Taxizentrale ein, tippe fünfmal hintereinander, jedes Mal härter, weil das Display feucht
ist mittlerweile. Irgendwann höre ich das Läuten, höre
mich sprechen, diese Adresse nennen.

Als der Taxifahrer den Wagen an den Straßenrand
lenkt, bin ich nass. Klatschnass. Ich denke, nässer
kannst du nicht werden. Der Mann will nicht aussteigen, weil er sonst auch nass wird. Und wir müssen nicht
unbedingt beide nass sein, denkt er sich vielleicht. Das
Fenster zur Beifahrertür ist einen Spalt geöffnet, und
ich kann den Rauch von Zigarillos riechen, der sich mit
der frischen Luft mischt. Der nächste Schritt kommt
mir unüberwindlich vor, und doch hieve ich die Koffer
in den Kofferraum. Ich sage es laut, während ich auf
die dunkle Auskleidung schaue und auf die Fusseln,

die alles bedecken: K o f f e r r a u m. Das Aussprechen hilft mir zu handeln.

„Wohin?", fragt der Taxifahrer.

„Ich weiß es nicht", antworte ich. Er hat seine Haare zu einem Pferdeschwanz zusammengebunden. Ich nehme den Schweiß wahr und stelle mir die Flecken unter seinen Achseln vor.

„Wie, du weißt es nicht?", sagt er und sieht mich im Rückspiegel an.

„Na ja", sage ich dann, „wohin fährt man, wenn man sich gerade getrennt hat?"

„Zu Eltern, zu Freunden, in eine Bar?", schlägt er vor.

„In eine Bar?", frage ich. „Ich habe drei Koffer dabei. Sie sind schwer, weil das Meiste, was ich besitze, da drin ist."

„Na, dann streich die Bar", sagt er. „Zu Eltern, zu Freunden?"

„Gib mir ein paar Minuten", sage ich. „Ich muss nachdenken."

„Gut, dann denk mal, ich lass das Taxameter laufen."

Ich denke nicht. Mein Blick fällt durch die Scheibe, die Sicht ist verschwommen. Hinter der Scheibe liegt unser Haus, dahinter ist Emil, immer noch, dahinter sind wir, noch immer. Aber es scheint, als wären da keine offenen Fragen mehr. Nicht, weil sie beantwortet worden wären, einfach, weil sie niemand mehr ausgesprochen hat.

„In die Amalienstraße", sage ich schließlich.

Der Taxifahrer startet das Auto, und der Luftzug, der hereindringt, lässt mich frösteln. Ich lehne mich zurück, sinke tiefer in die Rückbank. Vielleicht löst sie sich auf, diese Situation hier, wenn ich meine Augen lange genug schließe.

Dreißig Euro kostet die Fahrt. Das Nachdenken war teurer als die Kilometer, die wir zurückgelegt haben. Es vergehen nur fünfzehn Minuten, bis wir vor dem Haus stehen bleiben. Er hilft mir wieder nicht mit den Koffern. Weil er wahrscheinlich immer noch denkt, dass eine nasse Person genügt. Und weil ich, seit ich eingestiegen bin, keine Sympathiepunkte gesammelt habe. Jemand, der sich trennt und nass ist und drei Koffer mit seinem Lebensinhalt mit sich trägt und nicht weiß, wohin er fahren soll, der soll den Kofferraum selbst füllen. Leeren auch. Zum Abschied brummt er leise, und trotz allem, hätte ich die Möglichkeit, ich würde mich hinten zusammenrollen, die ganze Nacht lang mit ihm durch die Dunkelheit fahren.

Ich schleppe die Koffer über die Straße. Ich bin vor Leos Wohnungstür. Nicht vor der, hinter der er lebt, vor der, hinter der wir Sex haben. Mir ist der Schlüssel in meiner Tasche eingefallen. Hierhin gehe ich nur, wenn ich Leo treffe, wenn wir miteinander schlafen. Deshalb fühlt es sich eigenartig an. Alles fühlt sich eigenartig an. Ich bin an denselben Orten, nur in anderen Situationen. Und schon sind sie fremd. Die Eingangstür sieht seltsam anders aus, als wäre ich noch nie hier gewesen.

Ich setze mich an die lange Tafel in der weißen Küche. Allein ist diese Tafel noch viel länger als zu zweit. Keine Menschengeräusche, kein Rascheln der Laken, kein Wasserhahn, der nach dem Orgasmus aufgedreht wird, keine Kühlschranktür, keine Gürtelschnalle, die scheppert. Nur das Prasseln des Regens und die wohnungseigenen Klänge, die man sonst nicht hören würde.

Denken. Wieder. Ich überlege, ob ich Leo anrufen soll. Ihm sagen, dass ich hier bin, dass ich getrennt bin. Oder auch nicht. Eigentlich weiß ich nicht genau, was ich bin. Vorübergehend ausgezogen. Ich rufe an. Es läutet lange. Normalerweise würde ich auflegen. Aber irgendwie ist jetzt nicht die Zeit für abgebrochene Telefonate. Fünfzehn Töne später nimmt Leo ab. Ich habe mitgezählt. Er flüstert.

„Was ist los?", haucht er. Leo klingt außer Atem, als wäre er die Treppen nach oben gerannt und hätte dabei zwei Stufen auf einmal genommen.

Ich sage ihm, wo ich bin, warum ich bin, wo ich bin, und was passiert ist. Stille. Leo sagt nichts. Dann doch. Er sagt, dass er nicht wegkönne und eigentlich auch nicht reden. Dass seine Frau schon nach ihm rufe, dass er zurückmüsse zu ihr und den Kindern, zurück ins Wohnzimmer. Da säßen alle und warteten auf ihn. Warteten, dass er komme. Ich verstehe das, denke ich. Leo hat eine Familie. Ich kann trotzdem nicht antworten. Ich nicke nur, kann nichts mehr sagen, weil ich seine Stimme höre, am Telefon, und Emils Stimme, in meinem Kopf. Und lege auf.

Die Zeit ist zäh. Ich schaue den Zeigern auf der Küchenuhr zu, die mir noch nie aufgefallen ist. Sie hat ein dunkles Ziffernblatt und schnörkellose Zahlen. Man könnte sie in jede Küche hängen, und doch wäre der richtige Ort für sie nur hier. Ich habe die Spülmaschine angestellt und atme jetzt gemeinsam mit dem Waschgang. Wieder denken. Leo, das war nichts. Leo ist nicht der Typ, den man anrufen kann, der dann einfach da ist. Weil er verheiratet ist und Vater, weil man dann nicht einfach sagen kann: Du, Schatz, ich muss schnell zu meiner Geliebten. Sie hat sich gerade getrennt. Eine stressige Zeit, du weißt ja ... Um zehn Uhr bin ich sicher zurück, warte nicht auf mich.

Ich denke mich durch meine Freunde. Ich denke an Sylvie. Ich denke an Vero und deshalb auch an Aaron. Ich denke an meine Studienkolleginnen, die ich immer wieder treffe, und daran, wie laut wir lachen, wenn wir zusammensitzen. Ich denke an Freunde aus Grundschulzeiten. Jeden Herbst legen wir uns auf eine Wiese, die letzten Sonnenstrahlen in den Gesichtern und Bierdosen in den Händen, und erzählen uns von unseren Leben. Dieselben Geschichten jedes Jahr. Ich lese alle Namen im Adressbuch auf meinem Handy. In meinem Kopf ziehe ich die Vokale dieser Namen lang, bis sie verklingen.

Ich denke an meine Mutter. Daran, dass wir telefonieren sollten. Daran, dass sie verstummen würde, würde ich ihr erzählen, dass Emil und ich uns wahrscheinlich trennen. Daran, dass sie sich nie dafür entscheiden würde, allein zu leben. Ich stelle mir vor, dass ich ihr von Leo erzähle. Und beinahe muss ich lachen. Ich sehe ihr Gesicht vor mir, ihre Züge, die sich verhärten. Niemand weiß von Leo. Und warum auch? Ich könnte mich nicht erklären, ihn nicht erklären. Ich würde uns nicht zu jemand anderes Geheimnis machen wollen. Würde nicht beschreiben wollen, wieso ich ihn treffe, wieso ich ihn ficke, wieso wir miteinander reden, wie wir es tun. Weiter denken. Noch länger. Geht das überhaupt?

Ich versuche, mich zu ordnen, meine Dinge. Ich öffne die drei Koffer, in die ich hauptsächlich Kleidung gestopft habe. Winter, Frühling, Sommer, Herbst. Ich bin gewappnet. Ein paar andere Sachen, die offensichtlich mir gehören und die es irgendwie in die Koffer geschafft haben. Bodylotions und andere Pflegeprodukte, die in einem der letzten Jahre unter dem Weihnachtsbaum gelegen haben und die niemals verwendet werden. Ansonsten: ausgelesene Bücher, ein paar Fotografien, Notizhefte, Mitbringsel aus Urlauben, ein Kirschkernkissen, eine Thermoskanne. Das war's. Das bin ich, denke ich dann. Ich bin ein Haufen Blödsinn und ein Haufen Kleidung. Ich weiß sicher, dass ich ein noch viel größerer Haufen Blödsinn bin als der, der gerade vor mir liegt. Der ist aber verstaut in Kommoden und Kästen. Um all das zu sortieren, hätte ich länger gebraucht als eine Dreiviertelstunde. Vielleicht eine Woche. Ich habe das Offensichtliche von mir eingepackt. Das, was man sehen würde, würde man einen Rundgang in unserer Wohnung machen. Die Dinge, die verraten, dass Emil und ich zusammen sind, und preisgeben, dass wir ein Leben teilen. Nicht nur vorübergehend, nicht nur als Übernachtungsgäste.

Ich stehe auf, lehne mich gegen den Fensterbalken und schaue nach unten, zur Straße. Ich schaue die

Menschen an. Eigentlich die Regenschirme, die sie über ihren Köpfen halten. Diese Regenschirme als Zeichen der Vorbereitung. Die da unten, sie sind gefasst auf das, was kommt. Auf das Unwetter, das tobt, und auf alles andere. Ich spüre die Nässe. Ich ziehe mich aus, alles klebt an meiner Haut. Die Haare, die Hose, die Jacke. Unter dem Stuhl in der Küche hat sich eine kleine Pfütze gebildet.

Das Badezimmer riecht nach unbekannter Seife und nach Chlorreiniger. Es wirkt wie alles andere hier, als wäre es fremd. Vielleicht wie ein Bad in einem Hotelzimmer, einem Appartement, das man für einen Städtetrip gemietet hat. Dabei habe ich mich erst vor ein paar Tagen auf dem Boden der Duschwanne gekrümmt und in den Abfluss gekotzt.

Der Wasserstrahl ist heiß. Mir ist noch immer kalt. Ich drehe heißer, so lange, bis es wehtut. Ich sehe, dass sich mein Körper rot färbt. Der Schmerz tut gut. Irgendwann steige ich doch nach draußen. Der Raum ist eingenebelt. Der Wasserdampf sammelt sich darin. Ich öffne ein Fenster und spüre die kalte Luft, die mich einhüllt. Weil der Spiegel noch beschlagen ist, wische ich mit dem Handtuch einen kleinen Kreis frei. Jetzt kann ich mich sehen. Kein guter Anblick. Wenn ich könnte, würde ich den Beschlag zurück auf den Spiegel wischen, nur ein Handgriff rückwärts, denke ich. Stattdessen drehe ich mich um und gehe ins Schlafzimmer.

Das Fickbett von Leo und mir kommt mir leer vor, ist es auch, zumindest halb. Ich sage mir, dass ich dringend nachdenken muss, weil ich abdrifte, nie bei der Sache bleibe, nur vom Badezimmer bis zum Schlafzimmer denke. Aber das sind die falschen Kategorien.

Nachdem ich die weiße Wand über mir lange genug beobachtet habe, beschließe ich wegzufahren, den Kopf auszulüften. Gleich morgen früh. Ich hole mein Handy aus der Tasche. Nichts. Keine Nachricht von Emil. Was mich nicht überrascht. Keine von Leo. Was mich nicht überrascht, aber verletzt, stelle ich fest. Sylvie schreibt etwas vom nächsten Freitag und einer Party. Darunter ein Link zu einer Playlist.

Ich lasse die Musik laufen, während ich das Mailprogramm öffne. Am Display leuchten die kleinen Buchstaben auf, die ich antippe. Ich schreibe, dass ich Urlaub brauche. Dass es etwas kurzfristig, aber dringend nötig sei. Die Sätze, die man schreibt, wenn man klarmacht, dass man am nächsten Tag nicht zur Arbeit kommt. Ich kenne diese Sätze nur von anderen, weil ich nie kurzfristig Urlaub genommen habe. Ich versuche, mich zu erinnern, warum. Warum ich das nie getan habe. Nie ausgeflippt, nie weggelaufen. Ich hatte bereits Urlaub diese Woche, und jetzt muss ich das Ganze verlängern. Zwei Wochen, denke ich? Ich bin unsicher. Alles ist unsicher. Ohne Wohnung. Mit drei Koffern. Trotzdem. Zwei Wochen, um zu planen. Um durchzuatmen. Um das alles zu ordnen.

Dann schreibe ich an Sylvie. Dass ich wegmüsse, den Kopf auslüften, dass ich Streit mit Emil gehabt hätte, dass ich nicht sicher sei, was daraus werde. Dass ich deshalb nicht in die Redaktion kommen könne. Ich tippe ewig, wäge ab, wie die Satzteile klingen, ob man etwas falsch verstehen könnte. Das Schreiben strengt mich an, und ich schicke die Nachricht ab.

Ich denke daran, was Leo jetzt sagen würde: Wir brauchen einen Plan. Emil würde etwas Ähnliches sagen, vielleicht eher: Ich habe einen Plan. Ich habe keinen. Nachdem ich das Mail und die Nachricht abgeschickt habe, fühle ich mich besser. Schritt eins des nichtexistenten Plans abgehakt. Ich sollte eine Checkliste anlegen. Vielleicht wäre es befriedigender, würde ich die Punkte zuerst aufschreiben, um sie anschließend durchzustreichen.

Ich denke daran, dass ich auch Emil Bescheid geben sollte, dass ich ihm sagen sollte, wo ich bin, sobald ich es weiß. Dass ich ihm diese Information schuldig bin. Nur weiß ich nicht, wo ich hinfahren werde. Ich fange an, zwei weitere Mails zu verfassen, eines an Emil und eines an Leo. Ähnlich wie bei Sylvie tippe ich herum, lösche die Buchstaben weg, merke, dass sich nichts von diesen Wörtern richtig anhört. Also bleiben sie Entwürfe.

Die Nacht war ruhig, immer nur das Ticken der Küchenuhr. Ich bin nicht sicher, dass ich geschlafen habe, und trotzdem sind die Stunden vorbeigegangen und der Morgen ist da. Durch den Vorhang schimmert Licht. Es ist ein Morgen, an dem man gerne aufwacht. Wegen des Regens gestern, der noch nachwirkt.

Ich denke mich in unser Bett, Emils und meines, und spüre seinen halbwarmen Körper und seine Hand, die auf meinem unteren Rücken liegt, knapp über meinem Arsch. Ich sehe Emil aufstehen, höre das Rumpeln, wenn er durch den Raum steigt, über einen meiner Kleiderberge, über meine Bücherstapel oder seine, das Einzige, was er selbst in jedem Raum verteilt.

Die Koffer liegen noch offen in der Ecke des Schlafzimmers. Ich habe gestern versucht, sie umzupacken, das Wichtigste auszusortieren, damit ich es mitnehmen kann. Aber da war nur Überforderung. Und auch jetzt fällt es mir schwer auszuwählen. Zwei Stunden vergehen, bis ich alles ausgepackt habe. Ausgepackt und umgepackt und eingepackt. Zwei Koffer bleiben bei Leo. Ich hoffe, dass er sie behält, bis ich zurück bin.

Mein Handy leuchtet immer wieder auf. Eine Nachricht von Sylvie, die fragt, wie es mir gehe, was geschehen sei, wohin ich fahre. Ein Mail meines Arbeitgebers, die Urlaubsbestätigung. Keine Fragen.

Ich ziehe die Tür hinter mir zu. Die Stadt bewegt sich anders heute, riecht anders, ist neu. Der Regen hat das Alte weggespült und mich mit ihm. Ich laufe zum Bahnhof. Ich werde in einen Zug steigen. Einsteigen und so lange fahren, bis eine Grenze auftaucht, bis ich Meer sehe. Salzwasser mit Emil, Salzwasser mit Leo, Salzwasser mit mir.

In der Bahnhofshalle tummeln sich Menschen. Es sieht aus wie bei einem Spiel in einem Gymnastiksaal, in dem die gegnerischen Mannschaften den jeweils anderen Raumteil erreichen müssen. Mein Blick bleibt an dem Obdachlosen hängen, der seinen Schlafsack zusammenrollt. An seinen Händen, die dunkel sind, gegerbt. Vielleicht sind sie das einzige Körperteil, das er in die Sonne hält. Ich beobachte seine Bewegungen, die perfekt sind. Diese Bewegungen, die Ruhe in die Hektik dieser Halle bringen. Und dann schiebt sich eine Securitymitarbeiterin vor mein Gesicht, neben den Obdachlosen, und weist ihm den Weg nach draußen.

Ich stelle mich vor den Ticketautomaten und entscheide mich, Richtung Süden zu fahren, in eine neue Stadt. In dieser Stadt, von diesem Bahnhof aus, werden hunderte Züge abgehen. Hunderte neue Möglichkeiten. Hunderte neue Leben.

Der Bahnsteig ist kaum groß genug, um mich zu tragen. Ich stehe da mit meinem Koffer, der lächerlich klein aussieht, und würde am liebsten losrennen. Losrennen, mein Gepäck von der Kante werfen, nach unten springen. Weiter über die Steine, die den Platz zwischen den Gleisen auffüllen. Mich vergessen, diesen Dreck vergessen, alle hier.

Der Zug pfeift, und ich kann ihn hören, bevor ich ihn sehe. Die Luft, die er aufwirbelt, riecht nach Öl. Ich atme sie ein, bevor ich die Tür öffne und meinen Koffer nach oben hebe. Kaum jemand steht sonst hier, steigt ein oder aus. Als wären alle schon irgendwo angekommen. Aber die Abteile und die Gepäckablagen sind besetzt. Bananenschalen liegen auf den Tischen, und Lachen erfüllt den engen Gang. Ich suche nach einem freien Platz. Und dann ist da das Ende des Zuges und ein letztes Abteil, in dem eine Familie sitzt. Ich schlüpfe durch die klapprige Tür, lasse mich in den Sitz fallen. Der Koffer steht im Gang. Die Eltern nicken mir zu, ihre Gesichter sind freundlich, wenig beeindruckt davon, dass ich ihr Familienidyll störe.

Obwohl ich weiß, dass die ganze Strecke noch vor mir liegt, kann ich spüren, wie sich mein Körper lockert in diesem Zug, neben dieser Familie. Die Kinder glucksen. Sie sind gierig nach der freien Zeit, die sie miteinander verbringen werden, nach dem Chlorwasser im Schwimmbecken, das ihre Haare verfilzt, nach dem gelben Wassereis, das vom Stiel tropft und über ihre Unterarme rinnt.

Ich wache auf. Die Sonne scheint durch die Scheibe, direkt auf meinen Kopf. Ein Kind liegt halb auf meinem

Schoß. Der Zug rattert. Gleichmäßig. Es ist ein schönes Tuckern, es klingt nach einer Welt, die in Ordnung ist. Ich schaue nach draußen. Nach oben. In das Blaue, in den Himmel. Keine Wolken. Ich kann bis ans Ende sehen, denke ich.

Ich frage mich, wie weit wir gekommen sind. Wie viele Stunden ich geschlafen habe. Oder Minuten? Ich bleibe angelehnt an der Plastikwand des Abteils und beobachte die Landschaft. Sie erinnert mich, dass ich fort bin, fort von zuhause. Die Bäume sehen anders aus. Die Häuser auch.

Ich lese die Schilder neben den leeren Bahnsteigen. Wir halten selten an, fahren durch die kleinen Bahnhöfe, die in der trockenen Umgebung einsam wirken. Ich versuche, mich zu erinnern, ob ich die Ortsnamen schon einmal gehört habe. Ob mir einer davon bekannt vorkommt. Aber ich bin mir nicht sicher. Alles klingt ähnlich, sieht ähnlich aus, doch nichts davon geläufig. Nicht so, als wäre ich selbst einmal hier gewesen. Ich frage mich, ob ich jemals mit dem Zug Richtung Süden gefahren bin. Ob ich nicht jedes Mal in ein Auto gestiegen, über die Autobahn gerast bin, von der aus man nur die Ausfahrtsschilder sehen kann. Solche von großen Orten, von wichtigen Urlaubszielen. Der Rest bleibt verborgen.

Die Kinder quatschen neben mir, bemalen ihre Haut mit grellen Filzstiften, und ich beobachte die Mutter. Beobachte, wie sie ruhig dort sitzt und aus dem Fenster stiert. Wir fahren schneller, und die Farben der Außenwelt vermischen sich ineinander.

Stunden später bleiben wir stehen. Auf dem Fahrplan ist ein Halt von fünfzehn Minuten eingezeichnet, und die Familie beginnt, ihre Sachen zusammenzusuchen und einzupacken. Es ist Nachmittag. Ich kann den Süden erkennen, an allem, was plötzlich da ist: Pflanzen, Luftzüge, kurze Kleidungsstücke.

Sie steigen aus und winken mir zu. Ich sehe, wie sie um die Ecke biegen, und schaue auf die Tafel. „Resort Famiglia" und blinkende Pfeile. Sie sind viel zu groß, geradezu gigantisch kommen sie mir vor. So als würden sie sich aufplustern. Als wäre das hier gar kein Familientraum. Wahrscheinlich doch: Ich glaube, Kinderstimmen zu hören. Und während sich der Zug in Bewegung setzt, kann ich auch das Wasser hören, das an den Beckenrand spritzt. Kichern und Gelächter und lautes Schreien. Ich stelle mir vor, wie sie dastehen, die kleinen Beine nass und braungebrannt, weil Kinder immer braun werden.

Die nächste Stunde sitze ich allein in unserem Abteil. Die Landschaft rauscht vorbei, und seit sie sich geändert hat, bleibt sie gleich. Das Grün der Pflanzen ist blasser geworden, es zeigt, dass der Sommer seinen Höhepunkt erreicht hat und sich bald zurückzieht. Auch hier, auch wenn es noch heiß ist, denke ich an das sanfte Zittern am Abend. Und dann bremst der Lokführer, der Zug stottert. Wir stehen. Das hier ist meine Station. Ich habe nichts, was ich zusammensuchen müsste. Die Tür klemmt ein wenig, als ich sie aufdrücke. Kurz überkommt mich eine Angst, die irrational ist, weil es egal wäre, würde ich erst im nächsten

Ort aussteigen. Es würde keinen Unterschied machen, weil da niemand ist, der auf mich wartet. Weil da kein Café ist, keine Bar, die ich finden muss, nichts, was mir den Weg vorgibt oder eine Zeit. Und doch bin ich froh, meine Beine auszustrecken, den Wind um mich fegen zu spüren. Weil es auch bedeutet, etwas geschafft zu haben. Weil es bedeutet, ich habe ein Ziel gehabt. Es heißt, ich habe dieses Ziel erreicht.

Die Stadt vor mir könnte jede Stadt sein. Es ist noch warm, auch wenn das Licht bereits golden ist. Kein greller Strahl, der die Wirklichkeit aufdeckt. Ich binde mir den Schal um die Schultern, nehme meinen Koffer und bleibe vor dem Eingang des Bahnhofs stehen. Er ist alt, aus alten Ziegeln, wie die Zughäuschen zuhause, in denen früher die Bahnhofswärter gelebt haben. Jetzt sind sie leer. Nur für sich. Vergilbte Plakate hängen an Wänden, und die Farbe an den Türen blättert ab. Hier sieht es ähnlich aus, nur unruhiger. Menschen sitzen und warten und schreiten durch die Halle.

Der Zug, der mich weiterbringen könnte, fährt erst morgen früh. Weil es Fahrpläne gibt und Vorgaben und die Welt sich nicht plötzlich in tausend Varianten teilt, sobald man in einer anderen Stadt oder in einem anderen Land aufkreuzt. Ich hole mein Handy aus der Tasche, das ich am liebsten aus dem Zugfenster geworfen hätte. Um die echte Freiheit zu fühlen. Oder das, was ich mir darunter vorstelle. Jetzt bin ich froh, es nicht getan zu haben. Ich setze mich auf eine der Bänke vor dem Eingang und suche nach einem Zimmer.

Mir ist egal, wo ich schlafe, und während ich das denke, denke ich an Emil. An den weißen Strand in Vietnam und wie er mich angesehen hat damals.

Nach zehn Minuten habe ich die Unterkunft gebucht. Ich versuche, die Karte zu lesen, ohne den kleinen Pfeil, der mich darstellt und mir zeigt, dass ich in die richtige Richtung gehe. Aber ohne den Pfeil bin ich verloren. Ich bin ein Punkt, der sich nicht bewegt, auch wenn ich mich drehe und einen Schritt nach dem anderen mache. Ich habe Angst vor diesem Punkt und seiner Bedeutungslosigkeit. Also stöpsle ich die Kopfhörer in meine Ohren und lasse mich von der Stimme leiten.

Trotz ihrer Anweisungen mache ich drei Runden um denselben Block, bis ich die Tür zum Hotel finde. Sie ist dunkel, versteckt in einem Schlurf. An der Wand sind Buchstaben mit dem Hotelnamen angebracht, dezent und schwarz und ohne Beleuchtung. Ich muss klingeln. Nach ein paar Sekunden summt es.

Das Hotel ist kein richtiges Hotel, es ist nur ein Stock, in dem sich Zimmer befinden und eine Rezeption. Lina steht auf dem Namensschild, das über ihrer rechten Brust befestigt ist. Lina und sonst nichts. Sie trägt eine weiße Bluse. Ich sehe ihre Brustwarzen, nicht richtig, eher angedeutet, und schaue zu lange darauf. Sie sehen aus, als wären sie gemalt. Lina lächelt mich an, gibt mir ein Blatt, auf dem ich meinen Namen eintragen soll. Meinen Namen und meine Adresse, und kurz stocke ich, weil ich nicht weiß, welche Straße ich angeben soll. Also fange ich mit der Passnummer an und schreibe den Straßennamen als Letztes auf die dafür vorgesehene Linie. Eine Adresse, die es nicht gibt. Nicht für mich zumindest. Was auch egal ist. Lina sagt nichts, schiebt den Zimmerschlüssel über den Tresen und lächelt wieder. Die Plastikblumen hinter ihr haben Staub gefangen. Wahrscheinlich stehen sie dort seit Jahren und werden es für die nächsten tun.

Das Bett quietscht, als ich mich darauf fallen lasse, und ich stelle mir die Federn vor, die sich unter meinem Gewicht biegen. Der Zug, die Familie, die letzte Nacht, Leos Stimme, Emils Schreie haben sich in mich hineingefressen. Unter der Dusche schrubbe ich an meiner Haut, aber sie lassen sich nicht wegbürsten, nicht abspülen mit dem Wasser. Sie bleiben. Der chemische Rosenduft der Seife breitet sich aus.

Ich öffne das Fenster, und mit einem Mal verlässt mich der Mut. Er sackt nach unten, wird schwer, so dass er aus mir herausbrechen muss. Nur keine Erlösung danach. Ich starre an mir hinunter. An meinem Körper, der fremd aussieht und immer noch dreckig.

Irgendwann gehe ich nach draußen, kaufe Wasser und Müsliriegel. Und ich hatte recht, es ist kälter geworden. Es riecht nach Herbst. Damit ich nicht zurück auf mein Zimmer muss, setze ich mich auf den Bordstein vor dem Hoteleingang. Die Laternen werfen sachtes Licht auf die Straße vor mir. Hinter mir knarrt die Tür, und Lina kommt heraus. Sie setzt sich neben mich, bietet mir eine Zigarette an. Dankbar greife ich nach der Schachtel. Lina gibt mir Feuer. Ich inhaliere tief, und sie lacht, während sie an ihrer Zigarette zieht.

Ich erinnere mich an die Nacht mit Sylvie in dem Club, an den Wodka und die vielen Zigaretten, an Aglan und das Koks. Lina erkundigt sich, woher ich komme, warum ich hier sei, in dieser gottverlassenen Stadt, in diesem gottverlassenen Hotel. Ihr Englisch klingt vorsichtig, ihre Stimme tief und rau. Ich mag, wie sie spricht. Sie wählt jedes Wort mit Bedacht, als würde sie es abwägen, als würde jedes Wort die Weltgeschichte verändern können. Linas Lachen ist laut, ganz anders als ihre Sätze. Sie erzählt von sich, von der Langeweile hier und von ihren Plänen, im Herbst die Stadt zu verlassen. Und diese Plastikblumen, sagt sie noch.

Irgendwann kaufen wir uns eine Flasche Wein in dem Kiosk gegenüber. Die grüne Leuchtreklame flackert. Lina muss die ganze Nacht wach bleiben. Die Rezeption muss besetzt sein, auch wenn kein Gast ein Zimmer gebucht hat. Also bleiben wir sitzen, auf dem Bordstein, bis die Flasche leer ist. Mit dem Wein wird Linas Lachen noch lauter, und ihre Sätze werden fester. Lina spricht davon, sich verloren zu fühlen. Hier an diesem Ort und überhaupt, als Mensch. Ich nicke. Sie versucht neue Wörter zu finden, sich besser zu artikulieren. Und gleichzeitig wird alles leichter. Ich denke, dass ich Lina verstehe. Dass sie sich nicht zu erklären braucht. Dass ich nachvollziehen kann, was sie denkt, auch ohne Details. Ich schaue mich um, schaue auf den einsamen Gehweg, vereinzelte Räder, eines davon umgefallen, auf den überquellenden Mülleimer, auf die Plastikpapiere, die unachtsam weggeworfen wurden und auf dem Asphalt liegen geblieben sind. Ich denke daran, dass meine Freiheit hier Linas Verzweiflung ist. Dass ihr dieser Platz nicht fremd ist. Dass die Gegenstände, die mir auffallen, zu ihrem Leben gehören. Dass sie jeden Tag dasselbe sieht, dieselben Wege geht, sich jeden Tag überlegt, was aus ihr werden soll. Was sie will.

Lina erinnert mich an eine Freundin, mit der ich die Schulzeit verbracht habe, mit der ich jedes Wochenende bis mittags im Bett gelegen habe, nach dem Tanzen in irgendeinem Club. Nach dem nächtlichen Toastbrotverschlingen, bevor wir auf die Matratze geklettert sind. Sie ist irgendwann weggezogen, und wir haben uns nicht mehr gesehen.

Lina sitzt da und bläst den Rauch in die Luft. Ich beobachte sie dabei und zünde mir die letzte Zigarette aus der Packung an. Es fühlt sich normal an. Als hätten Lina und ich schon oft miteinander geredet. Schon immer. Irgendwann poltern wir über die Treppe nach oben. In meinem Kopf schwirrt es. Lina setzt sich hinter die Rezeption, und mir fallen die Kissen und die Decken in meinem Zimmer ein.

„Wenn du nicht schlafen kannst, schlafe ich bei dir", sage ich. Lina kichert, und ich breite alles auf dem Boden vor dem Tresen aus. Ich denke nicht an Leo und nicht an Emil, während ich mich zudecke und Lina sich neben mich legt. Während ich mich zur Wand drehe und Lina sich zu mir, während wir versuchen einzuschlafen und sie an meinen Haaren riecht. Während Lina mich auslacht, weil meine Haare nach falschen Blumen riechen, genauso wie der Rest meines Körpers. Und sie noch einmal sagt, dass sie diesen Herbst endlich wegkomme von hier. Von allem, auch von dieser gottverdammten Rosenseife.

Lina rüttelt an meinem Arm. Ich glaube, ich habe mich nicht bewegt. Der Wein von gestern schmeckt sauer in meinem Mund. Ich muss mich erst orientieren, mir muss erst einfallen, dass ich hier bin, wo dieses Hier ist. Die Türklingel scheppert. Es gibt eine Frühstücksnische, die mir bisher nicht aufgefallen ist. Lina hat Schüsseln auf dem Tisch mit dem fleckigen Überwurf platziert. Ein Plastikspender mit Cornflakes und eine Milchkanne stehen daneben. Jetzt läuft sie zur Gegensprechanlage, ruft ein paar Wörter und drückt den Öffner.

„José", schreit Lina. Und José trampelt über die Stufen nach oben. Ich denke, dass es José ist. Er trägt zwei Getränkekisten auf den Schultern. Sein Atem ist flach. Ich sehe ihn an und denke, dass er Linas Vater sein könnte. Seine Haare sind dunkel, ein paar von ihnen weiß. Aus dem offenen Hemd zwirbeln sie dem Licht entgegen. Lina wartet, bis er die Kisten abgestellt hat. Dann umarmt sie ihn. Es ist keine lange Berührung, keine Begrüßung nach langer Zeit, aber da ist Nähe. Um seinen Mund spinnen sich zarte Falten. Er muss oft pfeifen, denke ich, und dass das auch zu Lina passt.

Ich rapple mich hoch, sitze da, ziehe die Knie an und streife die Decke darüber. Die Nacht war kalt, und ich habe in einer dicken Strumpfhose geschlafen. José setzt sich an einen der Tische und trinkt einen Kaffee. Lina kramt in der Schublade nach Zucker. Sie wirft José das Päckchen zu, dann hält sie in ihrer Bewegung inne.

„Du könntest mit José fahren", sagt Lina. Und dreht sich zu ihm um. Die Vokale klingen groß, und ihr Mund formt sie schnell. Es hört sich an, als würde sie José überzeugen wollen. José nickt mir zu. Und Lina erklärt mir, dass ich José begleiten werde. Dass er hunderte Kilometer fahre mit seinem Lastwagen. Dass er kein Englisch spreche, was egal sei, weil man kein Englisch brauche, um nebeneinander zu sitzen. Ich stimme ihr zu. Die Nervosität klingt ab. Ich kann mit José fahren. Ich kann fahren, solange er fährt, und solange er fährt, muss ich keine Entscheidung treffen. Ich muss keinen Zugplan studieren, kein Ticket lösen, keinen Platz auswählen, nicht darauf achten, den Ausstieg nicht zu verpassen.

José nippt an seiner Tasse, und ich hole meinen Koffer, der in der Zimmerecke steht. Er sieht mitgenommen aus, schon jetzt, nach nur einem Tag und einer Nacht. Die Hartplastikschale ist zerkratzt. Ich ziehe ihn hinter mir her. Lina umarmt mich, wie sie José umarmt hat, und ich wünschte, ich könnte sie länger drücken, ihr über den Kopf streichen, mehr von mir bei ihr lassen. Sie steckt mir die Visitenkarte des Hotels zu, auf die sie ihre Handynummer gekritzelt hat. LINA hat sie in Großbuchstaben darauf geschrieben, so wie es auf ihrem Namensschild steht. Lina und sonst nichts.

José und ich, wir steigen ein. Ich klettere über die Stufen in den Lastwagen. Von hier sieht es aus, als wären wir unbesiegbar. Wir sind größer als alle unter uns. Als die Menschen, die an dem Laster vorbeispazieren, als die Autos, die vorbeirollen. Wir sind größer.

Damit wir uns verstehen, formen wir unsere Finger zu Zeichen. Obwohl es nichts gibt, über das wir reden müssten. Lina hat ihre Sätze für mich gesprochen.

José dreht das Radio auf. Er singt mit, er klatscht in die Hände, manchmal, wenn wir an einer Ampel warten. Die Scheiben sind auf beiden Seiten nach unten gekurbelt, die Lieder dröhnen so laut, dass die anderen Autofahrer lachen und hupen. José sieht mich an, neugierig, als wäre ich etwas, was nicht hierhingehört.

So fahren wir. Wir fahren lange. Ich bin wie in Trance. Von dem gleichmäßigen Rattern des Lasters, von der Musik und der Konzentration auf die Straße. Geraden. Stundenlang. Wir haben zwei Grenzen hinter uns, und vielleicht hat dieses neue Land keine Grenze, vielleicht hört es niemals auf, denke ich. Ich frage mich, wo ich landen werde. Und gleichzeitig ist es mir egal. Die Autobahn zieht sich durch die Gegend, als würden wir sie mit jedem Meter, den wir fahren, gerade erst erschaffen. Der Himmel sieht verklärt aus, pastellfarben. Wir preschen an den rostigen Leitplanken vorbei. Das Gras auf den Feldern, die rundum liegen, wird vom Wind nach unten gedrückt. Hohes, tanzendes Gras.

Dann halten wir an einer Raststätte. Eine Gruppe von Männern sitzt an einem der großen Plastiktische und trinkt Bier, sie stieren in die Luft. Ich schaue mit ihnen. Ich denke, sie sehen etwas, was ich nicht erkennen kann. In der Ferne ist alles verschwommen. Ich schaue, bis José mich antippt. Wir müssen weiter. Weiter ist gut.

Wieder Stunden. Nachtstunden. Es ist ruhig, die Musik ist aus, José scheint müde zu sein. Aber er fährt.

Beide sind wir müde, aber wieso soll er alleine wach bleiben müssen, denke ich, auch wenn wir uns nicht unterhalten können? Manchmal dreht er seinen Kopf zu mir, wir lächeln uns an. Irgendwann bleiben wir doch stehen, um uns auszuruhen. José schläft ein bisschen, endlich, und ich drehe mich auf die Seite, während ich seinem gleichmäßigen Atem zuhöre. Wir liegen da, bis Josés Wecker klingelt und wir weiterfahren.

Es dämmert. Die Luft ist rein wie in keiner anderen Stunde des Tages. Noch nichts ist passiert. Die Welt erwacht erst, wie in Watte gepackt, alle Geräusche dringen nur gedämpft zu uns durch. Nur leises Rascheln, nur sanfte Laute. Alles ist vorsichtig, denke ich. Sogar die Reifen klingen leiser als sonst.

Noch ein paar Stunden, bis da wieder eine Grenze ist, wieder eine Stadt. José blinkt, er zeigt auf ein Schild, es sieht nach einer Firmentafel aus, Flaschen sind darauf abgebildet. Ich verstehe. Er ist am Ziel. Ich steige aus. Bevor ich das tue, umarme ich ihn, bedanke mich und gehe.

Ich gehe geradeaus, weil mir nichts anderes übrig bleibt. Ich weiß nicht, wo ich gelandet bin, welche Abzweigung die richtige ist, ob ich hierbleiben werde. Die Sonne steht am Himmel, und die Wärme hat sich ausgebreitet. Trotzdem richten sich die Härchen auf meinen Armen auf. Ich schaue auf die Gänsehaut und streife mit meinen Händen darüber.

Menschen rennen an mir vorbei, und ich glaube, dass sie mich ansehen. Mir ansehen, dass das nicht mein Zuhause ist. Mir ansehen, dass ich keine normale Touristin bin. Dass ich verloren gegangen bin. Ich glaube, das Meer riechen zu können. Das Salz des Wassers ist in dieser Stadt, in den Pflastersteinen, in den Hausmauern, in den Falten der Haut, in jedem Satz. Es hat sich wie ein feiner Hauch über jede Fläche und Kante gelegt, und jeden Tag trägt die Luft es von der Küste hierher.

Ich habe Leos Stimme in meinem Kopf, das letzte Telefonat, und Emil, den ich seit unserem Streit nur mehr flüstern höre. Ich fühle seine Hand an meinem Hinterkopf. Sanft drückt er mich vorwärts, als würde ich mich nicht weiterbewegen, würde er es nicht tun. Auf meinem Handy blinken die Nachrichten von ihnen auf. Ich habe nichts gelesen, mir nichts angehört. Ich weiß, dass ich den beiden Bescheid geben muss. Nur Sylvie habe ich geantwortet. Vero hat mir ein Foto gesendet. Ein Bild von einem orangefarbenen Strampler. Wir wollen überrascht werden, hat sie geschrieben und drei Herzen nachgeschickt. Das dunkle Orange passt zu ihrem Haus, denke ich. Es passt zu der Einrichtung, zu den Laken und Polstermöbeln. Das Orange passt zu ihrem Dasein.

Ich schäme mich für diese Gedanken und dafür, dass ich mich nicht mit Vero freue.

Mein Inneres sträubt sich. Gegen das Penible in der Planung ihres Lebens, des Lebens der Kinder und vielleicht auch der Enkel, sobald der eigene Nachwuchs ein gebärfähiges Alter erreicht hat.

Und ich bin wütend auf die beiden, Vero und Aaron, seit sie diese Frage nach unseren Babyplänen wie beiläufig ausgesprochen haben. Ich hasse die Formulierung ihrer Frage, die keine Alternativen zulässt. Nur wenn wir biologisch nicht dazu in der Lage wären, ein Kind zu bekommen, gäbe es dafür Verständnis. Dann hätten wir ihr Mitleid spüren dürfen, das wir bis zum letzten Schluck Wein und zum letzten Tropfen Traubensaft in ihren Augen glitzern hätten sehen können. Ich kann ihre Stimmen hören, das Klirren der Gläser.

Während ich das alles denke und jeder Moment dieses Abends in meinem Nacken sitzt, vergesse ich mich und den Weg. Ich achte nicht darauf, in welcher Straße ich mich befinde, nicht darauf, wie die Leute um mich herum aussehen, wie die Radklingeln die Stadtstille durchbrechen, welche Farben die Markisen der Läden haben. Ich gehe geradeaus, immer weiter, und alle Geräusche und Gedanken und Bilder sammeln sich in mir zu einem Knäuel, das mich dennoch leicht bleiben lässt. Weil ich hier bin und nicht zuhause. Weil ich meine Gebärmutter mitgenommen habe.

Und irgendwann treffe ich auf einen Widerstand, nicht in mir, außerhalb. Mein Körper prallt auf einen anderen Körper, der sich trotzdem weich anfühlt. Ich spüre Brüste. Die Frau sieht mich an, sie lächelt, kein Zorn. Blätter sind ihr aus der Hand gerutscht, sie schweben zwischen uns. Sie spricht mich an, vielleicht entschuldigt sie sich. Dabei läge es an mir, das zu tun. Ich erkläre ihr, dass mir der Zusammenstoß leidtue und dass ich nur Englisch spräche.

„Francesca", sagt sie und reicht mir ihre Hand. Ich gebe ihr meine. Sie packt sie fest, aber nicht unangenehm. Ihre Finger umschließen mich, und ich glaube, dass ich sie eine Sekunde zu lange halte. Ich höre mich lachen. Francesca fragt mich, wonach ich suche, ob nach einer Straße oder einer Adresse. Die Stadt sei verwinkelt, erklärt sie.

„Eine Unterkunft", antworte ich. Ich bin nicht sicher, was ich in dieser Stadt tun soll. Und auch das Wasser fehlt. Ich kann es nicht sehen, nur riechen. Francesca fängt an zu reden, erzählt von der Stadt, erzählt von den Hotels und auch von den Stränden, die mit dem Auto nicht weit entfernt liegen würden. Wenn man viel Zeit zur Verfügung hätte, könnte man auch zum Meer wandern. Francesca spricht von der Nacht, davon, dass in der Ferne das Leuchtturmlicht blinke. Manchmal würde der Sonnenuntergang die Fassaden der Häuser rot färben.

Ich will sie nicht unterbrechen, weil ich Angst habe, sie zu enttäuschen. Francesca legt ihren Kopf schief, als würde sie auf eine Entscheidung warten. Ich räuspere mich und erkläre ihr, dass die Stadt vielleicht nicht das Richtige für mich sei. Dass ich mich nach einem Dorf sehne, nach wenigen Menschen, wenigen Lauten und Düften. Ich erwarte, dass ihr Lächeln in sich zusammenfällt, und frage mich, warum ich das tue. Warum ich glaube, ihr würde etwas an diesem Gespräch liegen und an meiner Entscheidung.

Aber Francescas Gesicht hellt sich auf, beinahe unmerklich. So dass ich es nicht erkennen könnte, würden uns ein paar Zentimeter mehr trennen. Und dann spricht sie von dem Dorf, in dem sie lebt. Dass es eine Stunde entfernt sei von dieser Stadt, in der sie arbeite. Dass sie kaum Besucher hätten in diesem Dorf, aber ein Häuschen, das sie an Touristen vermieten würden. Ob ich Interesse hätte, fragt sie.

Ich nicke. Francesca sagt, sie könne mich mitnehmen, am späteren Nachmittag. Und dass das Haus nicht groß sei, aber eingerichtet mit allem, was man brauche. Sie fragt nicht, wie lange ich bleiben wolle, und nennt mir den Mietpreis für einen Monat. Einen Monat, denke ich, und dass ich nur zwei Wochen Urlaub genommen habe. Trotzdem beschließe ich mitzufahren. Ich denke, wie es zuhause in einem Monat aussehen würde. Welche Pflanzen noch blühen würden, ob überhaupt noch welche blühen würden, welche Gelbtöne die Blätter hätten, wie die Tage kürzer werden würden und das Licht weniger. Ein Monat, denke ich, ist nur eine Woche länger, als Emil und ich in Vietnam waren. Und doch, in einem Monat wird eine andere Jahreszeit herrschen. Die Haare der Menschen werden gewachsen sein, die dickeren Jacken ausgepackt und die Zehen werden abends auf kühlen Fliesenböden frieren.

Francesca und ich vereinbaren, uns etwas später wiederzutreffen. Genau an dieser Stelle. Vorsichtshalber gibt sie mir ihre Telefonnummer, dann verabschiedet sie sich, dreht sich noch einmal um und winkt mir zu. Ich schaue ihr nach, ihren weichen Körper an, den ich noch spüre, bis sie um eine Ecke biegt. Ich beschließe zu spazieren, einfach weiterzugehen. Der Koffer rattert über die Pflastersteine. Ein beruhigendes Geräusch mittlerweile, denke ich. Und an Lina, der ich schreiben will, wo ich bin, sobald ich es weiß. Vielleicht würde sie nachkommen, eine Woche gemeinsam mit mir ein Zwischenleben führen, bevor sie loszieht. Weg von dem Hotel, den Plastikblumen und der verdammten Rosenseife.

Die Stadt ist nicht groß. Aber groß genug für Touristen, für Lastwagenfahrer, die Getränke ausliefern, Schülerinnen, deren Faltenröcke es nach oben weht, wenn sie sich drehen. Eine schneller als die andere. Ich setze mich auf eine Bank und warte. In meiner Tasche steckt das Handy mit den Nachrichten, die ich mich nicht zu öffnen traue. Also will ich es nicht herausholen. Damit ich nicht in Versuchung gerate. Damit ich nichts sehe von Emil und Leo und dem Rest der Menschen, die zuhause geblieben sind. Ich beobachte die Leute, die hier leben, und die, die mit den Kameras durch die Gassen tänzeln, die Köpfe nach oben gerichtet. Eine Frau setzt sich neben mich. Ich höre zu, wie sie am Telefon spricht. Schnell und laut, beinahe brüllt sie in das Handy, das sie an ihren Mund hält. Und ich höre die Stimme am anderen Ende, den Menschen, der ihr antwortet. Die Frau blickt mich an, als würde ich sie belauschen. Nur dass ich nichts verstehe von ihrem Gespräch. Ich lächle, und sie redet weiter. Irgendwann zünde ich mir eine Zigarette an und inhaliere tief. Ich kann spüren, wie das Nikotin in meinem Körper wirkt. Und dann lächelt auch die Frau, als sie mich um eine Zigarette bittet, bevor sie weiterschreit. Irgendwann steht sie auf und geht. Ich bleibe sitzen.

Francesca wartet auf mich. Sie wirkt erleichtert, als sie mich sieht. Als hätte sie Angst gehabt, die Stadt hätte mich verschluckt oder ich hätte jemand anderes

getroffen mit einem Ferienhaus und einem Dorf. Als
wäre das alles hier möglich.

Gemeinsam gehen wir zu ihrem Auto. Und eine Stunde später fahren wir auf der Dorfstraße. Francesca hat
geredet, hat mir erzählt, was ihr eingefallen ist. Der
Asphalt seitlich der Fahrbahn ist aufgesprungen, Risse ziehen sich um das eingesunkene oder abgetragene
Straßenmaterial. Die Einfahrt zum Haus ist ein blanker
Schotterweg, und die Steine knirschen unter den Reifen.

Es liegt nicht wirklich am Meer, dieses Dorf, nicht
wenn man in die Suchmaske einer Buchungsseite „di-
rekter Zugang zum Strand" eintippen würde. Weit weg
ist es nicht, ein paar Autominuten, denke ich. Wir sind
daran vorbeigefahren, der Küste entlang, die leicht
nach unten abfällt. Ich habe die Wellen gesehen und
das Weißwasser, das aufschäumt. Am liebsten wäre
ich mit Francesca hineingerannt. Ich hätte sie an der
Hand genommen.

Wenige Häuser stehen da, umgeben von trockenen
Feldern, einzelnen Bäumen, orangefarbener Erde. Viel-
leicht weil schon lange kein Regen mehr gefallen ist.
Zumindest nicht genug.

Wir sitzen nebeneinander im Wagen vor dem weißen Haus. Ihrem Haus. Weißgrau eigentlich, weil es
alt ist und der Schmutz die Wand hochkriecht. Die
Tür trägt eine dunkelblaue Farbschicht, sie sieht neu
aus, so dunkel ist sie. Keine Splitter, keine Kratzer. Wir
steigen aus dem Auto.

„Niemand spricht Englisch", sagt sie, „in meiner Familie."

Im Dorf schon, weil im Sommer die Touristen an-
reisen. Sie kommen an die Strände, sie wohnen in den
Hotels am Meer oder in der Stadt, manchmal kommen
sie auch hierher. Francesca zeigt auf das kleine Haus,
das hinter dem eigentlichen Haus steht, hier könne
ich bleiben, sagt sie.

Das Wohnzimmer ist fast leer, weil zu viel Stoff zu viel
Wärme speichern würde. Wir trinken Kaffee aus einer
silbernen Kanne und silbernen Tassen. Francescas
Mutter streicht mir über den Kopf, sie drückt meine
Hände. Ich wundere mich nicht. In einer anderen Situation wäre das anders. Ich würde mich wundern über
die Frau, die ich nicht kenne und die mit ihrer Haut
meine berührt. Aber heute nicht. Hier nicht.

Francesca sagt mir, dass ich ihrer Schwester ähnle,
nur mit etwas helleren Haaren. Die Schwester hätte
lange Haare gehabt, ihren ganzen Rücken hätten sie
bedeckt. Sie sei tot. Vor vielen Jahren gestorben.

„Wir vermissen sie", sagt Francesca und zeigt auf die
Bilder, die die Wand zieren. Schwarze, dicke Rahmen
geben ihnen Halt. Sie sind aneinandergereiht wie in
einem Album. Eines nach dem anderen, sortiert nach
Alter von rechts nach links. Lachende Münder, runde
Hüften, zierliche Schultern. Menschen, die die Kamera
eingefangen hat. Ich erkenne sie, zumindest glaube ich
das, weil ich Francesca erkenne und ihre Mutter und da
noch dieses andere Mädchen ist. Zuerst sind die beiden
klein, einander ähnlich, wie sie dann heranwachsen an
der Wand, werden sie zu zwei Personen.

Ich bin nicht sicher, dass ich mich in der Schwester sehen kann. Aber weil Ähnlichkeit stärker mit der Haltung der Arme und Beine, mit der Stimme, mit der Mimik zusammenhängt, stelle ich mir vor, dass meine Gestik an ihre erinnert oder dass sie wie ich geredet hat.

Ich setze mich neben Francescas Mutter. Sie legt meinen Kopf an ihre Schulter und hält ihn in ihrer Hand, als könnte er jede Sekunde zerbrechen.

Nach dem Kaffee bringt mich Francesca in das Ferienhaus. Wir ziehen meinen Koffer in den Raum. Ein Bett steht da, daneben ist eine kleine Küchenzeile in einer Ecke, und es gibt eine Tür, die zum Badezimmer führt. Sie sagt, das Haus hätten sie für Touristen gebaut. Es stehe meist leer. Ich könne es haben, so lange ich möchte. Dann geht sie.

Es ist heiß in dem Zimmer, obwohl die Wände gemauert sind, stabil und undurchdringlich. Die Hitze aber schafft es hinein, steigt durch die kleinen Löcher zwischen den Ziegeln in den Raum und bleibt. Ich stelle mir vor, dass es im Winter andersherum ist, und vielleicht ist es in der Nacht bereits kalt. Aber Kälte, denke ich, passt nicht hierher. Die Wolldecke auf der Matratze sieht nach Zierde aus, nicht nach Gebrauch. Es riecht nach wenig, kein persönlicher Geruch, Ferienhausduft. Fremd, so riecht es. Ich lege mich aufs Bett und schaue von dort aus auf die Decke über mir. Die Wolle kratzt meine Haut knapp über den Oberschenkeln, noch nicht am Arsch. Wie ein Zwischenkörperstück, denke ich. Ich überlege, wie lange ich unterwegs war, und zähle die

Nächte. Die Nacht im Hotel mit Lina. Den Tag und die Nacht mit José im Laster. Jetzt bin ich hier. Es kommt mir vor, als wären Wochen zwischen diesem Tag und meinem Streit mit Emil vergangen. Mir fallen die E-Mail-Entwürfe ein, die ich nie abgeschickt habe. Also nehme ich mein Handy. Mir wäre es lieber, dieser Zustand würde anhalten. Keine Verbindung nach Hause. Aber ich weiß, dass Emil sich Sorgen machen würde. Trotz allem. Und auch Leo. Ich weiß, dass sie mir eine Nachricht geschickt haben. Statt sie zu öffnen, schreibe ich beiden eine E-Mail. Dass ich weggefahren bin, dass ich mir zwei Wochen freigenommen habe. Dass ich mich melden werde, wenn ich zurück bin.

Zum ersten Mal spüre ich echte Müdigkeit, seit ich losgefahren bin, richtige Müdigkeit mit schweren Augen. Zum ersten Mal spüre ich, wie ich tief atme, nicht kurz und abgehackt, tief in den Bauch hinein, sodass sich meine Lungen mit Luft füllen, bis es wehtut.

Ich atme weiter, und die Zeit fließt. Egal, ob man will oder nicht. Ich stehe auf. Ich muss mich waschen. Der Staub der letzten Stunden hat sich auf mich gelegt. Vermischt mit dem Schweiß, mit der Nervosität, mit der Erleichterung. Alles liegt auf meiner Haut, es ist eingetrocknet, in den kleinen Falten, in den Gruben der Schlüsselbeine, in den Kniekehlen. Ich fürchte mich. Vielleicht ändert sich etwas, wenn ich alles abwasche. Vielleicht verpufft das Haus, in dem ich stehe. Vielleicht Francesca, José, Lina. Vielleicht auch Leo und Emil.

Ich schaue mein Gesicht an, es ist dunkel. Ich sehe älter aus, denke ich. Jahre älter, nicht drei Tage. Auch dahin ist der Schmutz gezogen. In die dünnen Linien rund um meine Augen und um meinen Mund. Ich habe Angst davor, dass er nicht mehr abgeht. Dass es kein Dreck ist, sondern ich. Ich stelle mich unter die Dusche und drehe das Wasser auf. Plötzlich möchte ich alles loswerden. Das Wasser ist ein Rinnsal. Ich stelle mich darunter, kalt läuft es an mir herab. Langsam fahre ich mit der Zunge über die Oberlippe und schmecke das Salz. Mein Körper fühlt sich müde an, jetzt noch mehr. Ich stehe da, und es knackst. Es knackst durch die Bewegungen, durch das Bücken, damit ich meine Beine erreiche. Ich muss sie schrubben, meine Füße, die Sohlen sind schwarz. Sie tun mir weh, es fällt mir erst jetzt auf.

Danach strecke ich mich auf dem Bett aus. Langsam fallen mir die Augen zu, ich schaue auf die Wand gegenüber, an der ein Gemälde von einem Ferienhaus angebracht ist. Nicht von diesem hier. Von einem allein stehenden Haus am Meer, von Wellen und einem einzelnen Sonnenschirm. So lange, bis ich nicht mehr kann. Bis ich keinen Funken Konzentration mehr aufbringen kann. Alles ist zu viel. Oder zu wenig. Ich weiß es nicht.

Als ich aufwache, ist es fast Nacht. Ich schwitze und drücke meine Schultern in das feuchte Laken unter mir. Ich hatte einen Albtraum, erinnere mich aber kaum. Nur Fetzen von Menschen, die sich in mir zurückziehen. Ich will, dass es so bleibt. Zwischen meinen Beinen klebt es, sachte öffne ich meine Schenkel. Ich bin nackt, und die Haut glitzert von dem Schweiß, der sich nach dem Waschen erneut gebildet hat. Als wäre er nie fort gewesen. Er frischt den Geruch des Duschgels auf, das ich mitgebracht und verwendet habe. Zum ersten Mal habe ich das Gefühl, nach mir zu riechen, was mir seltsam vorkommt. Als wäre es nicht erlaubt, meinen Geruch hier zu verströmen.

Ich greife zwischen meine Lippen, wo es ebenfalls nass ist. Dann drehe ich mich um und schiebe mir ein Polster zwischen die Beine. Kurz denke ich an meinen Vibrator zuhause, ich denke daran, in welcher Schublade er verstaut ist und dass ich ihn auf der Kommode liegen lassen hätte sollen. Vielleicht hätte ich ihn eingepackt. Aber es schickt sich nicht, Plastikschwänze im Wohnzimmer aufzustellen. Dann fokussiere ich mich. Es dauert nur ein paar Minuten, bis ich zucke und das Kissen unter mir einen feuchten Fleck hat, auf dem ich liegen bleibe und warte, dass sich mein Puls normalisiert. Weil ich ganz ruhig bin, kann ich das Herz schlagen hören. Ich höre mich selbst, spüre die Muskeln in meinen Beinen und ihre kurzen Stöße. Und irgendetwas in mir löst sich. Ich schaue mich um. Es kribbelt. Ich bin weg, denke ich. Weg von der Enge zuhause, weg von der Enge der Wohnungen daheim, den Erwartungen, den Straßen, die sich nie verändern. Es fühlt sich gut an. Frei.

Ein paar Minuten später ziehe ich mich an und reiße die Tür auf. Die noch schwüle Luft drückt mir entgegen. Ich schaue nach draußen, in den dunklen Himmel, zu den Sternen, die sich darauf ausgebreitet haben. Man kann sie hier besser sehen als zuhause. Ich denke an Leo und meine Erzählung über die Milchstraße in

Vietnam. Vor dem Haus steht eine Bank. Dort setze ich mich hin. Ich fühle mich sauber, trotz des neuen Schweißes. Sauber sein hilft.

Im großen Haus rumpelt es. Musik schwebt zu mir, ich höre Klappern. Langsam öffnet sich die Tür, ein Fuß tritt nach draußen. Es ist Francesca. Sie trägt einen Teller, kommt zu mir. Sie setzt sich, sagt, ich solle essen. Und sieht dabei auf meinen Bauch. Als wüsste sie, dass er leer ist. Sie sagt auch, dass ich gerne mit ihnen essen könne, dass sie aber glaube, ich hätte heute vielleicht keine Lust dazu.

Ich nicke und versuche, den Knoten in meinem Hals zu schlucken. Weil Francesca mich mitgenommen und in ihr Dorf gebracht hat. Ich mustere ihr Gesicht, ihre Arme und von dort aus den Rest des Körpers. Francesca geht zurück zu ihrer Mutter. Mir fällt auf, dass ich nicht weiß, wie alt sie ist. Und dass ich es nicht einschätzen kann. Ich kann sie mir in keinem Alter vorstellen. Trotz der Bilder an den Wänden kann ich es nicht sagen. Francesca könnte Mitte dreißig sein, vielleicht aber auch fünfzig.

Das Essen schmeckt. Ich stopfe es in mich hinein. Mir wird klar, dass ich ewig nichts zu mir genommen habe. Die Kraft kommt zurück. Ich spüle das Geschirr ab, in meiner neuen Küche, und stelle es vor der blauen Haustür ab, als ich mich auf den Weg mache. Ich habe beschlossen, mir das Meer anzusehen.

Fünfzehn Minuten dauert es, zu Fuß zum Strand zu gehen. Es ist finster, und ich habe eine Taschenlampe eingepackt. Die Richtung ist nicht schwer zu finden, es gibt nur zwei Straßen aus dem Dorf hinaus, eine ins Landesinnere, die andere zum Meer. Es ist still. Und ich kann mich nicht erinnern, dass es in meinem Leben jemals so ruhig und laut zugleich war. Mir kommen zwei junge Männer entgegen. Sie lachen. Der eine trägt ein Handy in der Hand, mit dem er Musik abspielt. Ich höre die Töne und Stimmen, zu denen sich ihre Körper wie automatisch leichter bewegen. Nur der Bass fehlt. Sie grüßen mich, als würden wir uns kennen, als würde ich in diesem Dorf leben. Vertraut.

„Wohin gehst du?", fragt einer der beiden.

„Ich will zum Meer, ins Wasser springen."

„Wir kommen mit dir", sagen sie. Nicht, dass es hier gefährlich sei, aber so müsse ich nicht alleine gehen. Niemand gehe gerne alleine.

Ich möchte nicht unhöflich sein, also nicke ich. Sie drehen um und begleiten mich. Ein Lied nach dem anderen rauscht mit uns durch die Nacht.

„Dass du im Haus hinter Francesca wohnst, das wussten alle, da warst du noch keine fünf Minuten im Dorf", sagen sie.

Ich muss lachen. Die beiden sind jünger als ich, Anfang zwanzig vielleicht. Sie haben schöne Gesichter, zart und groß. Gemeinsam wandern wir dem Geräusch der Wellen entgegen.

Schon am Anfang des Strandes ziehen wir unsere Schuhe aus. Der Sand drückt sich zwischen meine Zehen, unter den Sohlen spüre ich Muschelstückchen. Wenn es ein sehr spitzes Teil ist, fühle ich kurz den Schmerz, ähnlich dem Nadelstich einer Impfung. Ich mag das Gefühl, dass etwas in mich stößt und sich Platz verschafft. Eine Muschel bleibt stecken, und ich muss anhalten, um sie aus meinem Fuß zu zupfen. Ein winziger Blutstropfen hat sich gebildet, den ich abtupfe und von meinem Finger lutsche.

Jetzt halten wir unsere Füße ins Wasser. Es ist kalt, sehr sogar. Der Wind bläst um unsere Nasen. Sie schauen mich an, erwarten eine Anweisung. Irgendetwas, was jetzt passiert. Ich sage ihnen, ich wolle schwimmen.

„Wir gehen mit dir. Wenn du ins Wasser gehst, gehen wir auch", sagen sie.

Also beginne ich, mich auszuziehen. Ich streife mein Oberteil ab, unter dem ich nichts trage. Meine Brustwarzen sind steif, seit wir hier sind. Seit die Kälte des Wassers und des Windes unter meine Kleidung kriecht. Sie schauen mich an, dann einander. Sie ziehen sich aus, ihre Brustwarzen sind genauso hart. Jetzt warten sie. Sie warten, was als Nächstes passiert, ob wir uns nackt sehen werden. Ich öffne meine Hose, ziehe sie nach unten, gemeinsam mit meiner Unterhose. Es ist dunkel.

Die beiden sind unsicher, schauen einander wieder an, ziehen ihre Hosen nach unten. Aber sie können sich weniger verstecken als ich. Ich will, dass wir uns noch lange so ansehen. Dass dieser Moment, in dem wir so voreinander stehen und der nicht merkwürdig ist, nicht vergeht. Lina würde sich perfekt in diese Szenerie einfügen. Ich denke an ihre gemalten Brüste und wie schön sie jetzt aussehen würden.

Und dann pruste ich los, muss über mich lachen und über sie und über uns. Ich laufe, spüre das Meer, wie es sich ausbreitet, rund um mich. Ich laufe, so schnell ich kann. So schnell mich die Wellen lassen. Um endlich unterzutauchen. Ich will nicht warten, bis sich meine Beine an die Kälte gewöhnt haben. Wer zögert, hat verloren. Ich will nicht verlieren. Die beiden laufen hinter mir. Sie stürzen sich mit mir hinein.

Danach hüpfen wir zurück, über die Wellen, die uns entgegenpreschen, und sind wieder draußen, trocknen uns ab. Zwei Handtücher habe ich dabei, sie müssen sich eines teilen. Ich rubble mein Haar, bis es nicht mehr tropft, werfe es nach hinten und binde es hoch. Langsam gehen wir wieder ins Dorf. Sie begleiten mich bis zu meinem neuen Zuhause, bringen mich zur Tür. Vorher zeigen sie mir noch, wo sie wohnen, welche Häuser ihren Familien gehören. Wir winken einander zu, bevor sie gehen. Luis und Rui.

Ich schlafe, bis die ersten Hähne krähen. Vielleicht sind es nicht die ersten, nur das erste Mal, dass ich sie wahrnehme. Aber es ist früh. Das Meer, denke ich, und dass es nicht weit entfernt ist. Der Sand befindet sich noch in den Rillen und Hautfalten. Ich rieche nach dem Wasser, denke an die beiden, Luis und Rui.

Zwölf Stunden habe ich in diesem Bett gelegen. Ohne Träume, an die ich mich erinnere. Ohne Angst vor der Nacht oder den Geräuschen, die die Stille unheimlicher machen. Mir wird bewusst, dass ich hierbleiben werde. Dass das Haus ein Haus für mich ist, die Zeit mir gehört. Ich kann mir nicht vorstellen, in ein paar Tagen zurückzufahren. Meine Koffer in Leos Wohnung abzuholen. Seinen Gesichtsausdruck zu sehen.

Nach dem Zähneputzen gehe ich in das große Haus. Auf dem Stuhl im Wohnzimmer sitzt Francescas Mama. Marta. Sie steht auf, als sie mich sieht, geht mir entgegen. Sie nimmt meine Hand und sieht mich an. Als hätte sie etwas wiedergefunden, was sie verloren hat. Es ist mir unangenehm, und ich kenne das Gefühl. Ich habe Angst, sie zu enttäuschen.

Ich denke an meine Mutter, der ich noch nicht geschrieben habe. Daran, dass sie sich wünscht, ich würde eine Familie gründen. Eine vollzählige Familie, eine, in der es Mutter und Vater und Kinder gibt. Ich sehe das Album mit den Fotos vor mir, ihre langen Haare, die über die Schultern fallen. Ich erinnere mich, dass sie meine Nase gekitzelt haben, wenn sie sich über mich gebeugt hat. Um meine Wange zu küssen. Ich denke, dass ich ihr eine Nachricht schicken werde, sobald ich zurück im Ferienhaus bin.

Marta zieht mich mit sich ins Wohnzimmer, dort webt sie. Sie webt Teppiche, die sie auf den Märkten im Sommer verkauft. Ich streichle über die Teppiche, fahre mit dem Zeigefinger die Muster nach, beuge meinen Kopf nach unten und rieche daran.

Marta und ich sind leise. Nur wenige Geräusche dringen zu meinen Ohren. Wenn sie etwas vom Tisch schiebt, um mir Platz zu machen. Das Rascheln des Zeitungspapiers. Ihr Atem, der den Rest übertönt. Er ist nicht hektisch, nur etwas unstet.

Marta setzt sich mit mir an den Webstuhl. Sie deutet auf die Garne und die Farben, auf ihren Fuß, der vor- und zurückwippt. Immer wieder hält sie inne und spricht die dazugehörigen Namen aus. Ich kann nicht alles verstehen, manchmal sind es mehr Wörter als Dinge. Ich schaue ihr bei der Arbeit zu, und das Klackern beruhigt den Raum.

Stundenlang sitzen wir so da. Ich reiche ihr die Garne und versuche, mir die richtige Aussprache einzuprägen. Ich denke, dass ich gehen müsste, Marta allein lassen, mit mir allein sein, nur kann ich mich nicht losreißen. Marta summt, während sie arbeitet, und ich stelle mir vor, wie ich mich auf dem ausgeblichenen Sofa strecke, ihr zuhöre, und wie ich einschlafe in der Geborgenheit ihrer Anwesenheit.

Es ist Mittag geworden, die Sonne steht hoch. Marta nimmt mich mit in den Garten, in dem es blüht. Versehentlich streift ihre Hand über eine meiner Brüste, und ich spüre, dass sie angeschwollen sind. Fast tun sie weh, ein süßer Schmerz, kurz vorm Aufspringen. Marta lächelt verlegen, und ich winke ab. Ich sehe Lina vor mir und denke, dass da nur mehr ihre Brüste sind. Wenn ich meine ansehe, denke ich an ihre und dass ich sie mir nackt wünsche, damit ich prüfen kann, ob sie meiner Fantasie gleichen. Der Wind zieht über den Platz, der überwuchert ist, und lässt die Grashalme schwingen.

Wir legen uns auf eine Decke, die in der Wiese ausgebreitet ist. So kann man alles viel besser spüren, denke ich, besser fühlen und riechen, nahe an der Erde.

Wir liegen da, bis Francesca kommt. Sie setzt sich zu uns, muss lachen, als sie uns sieht, gemeinsam auf der Decke, auf der Marta sonst allein ist. Sie plaudern miteinander, Francesca erzählt mir, dass Marta von unserem Tag berichte. Dass wir uns in Garn- und Farbwörtern unterhalten hätten. Ich muss alles aufsagen, woran ich mich erinnere. Die beiden klatschen in die Hände.

Ich mag Francesca und Marta, denke ich, und Luis und Rui, die mit mir ins Meer gesprungen sind. Ich mag das Haus und den Webstuhl und den Garten. Ich mag die brüchigen Straßen und die Luft, die mild ist.

Später setze ich mich vor das Ferienhaus, halte mein Handy in der Hand. Es ist beinahe Abend. Ich schreibe die Nachricht an meine Mutter. Wie es ihr gehe, frage ich. Und dass ich spontan Urlaub mache. Allein. Dass wir uns danach treffen könnten. Dass ich mich zu lange nicht gemeldet hätte. Dass es mir leidtue. Ich denke daran, was sie sagen würde, würde sie von Emils und meiner Trennung wissen.

Vielleicht würde sie mich umarmen und ihren Kopf schütteln.

Die Tage vergehen. Ich bin früh auf, nackt auf dem Bett, über das ich jeden Abend das Mückennetz spanne. Dann liege ich da und fange an, mich zu untersuchen. Ich suche nach den kleinen roten Stichen. Manche sind offen durch das Kratzen, das ich nachts nicht kontrollieren kann. Ich schabe mit den Fingernägeln über die Stellen. Und morgens streichle ich sie. Ich fahre sanft von einem Punkt zum anderen, ein paar sind an meinen Füßen, rund um die Fessel. Weil sie jede Nacht unter der Decke hervorschauen. Ein großer Punkt, der schon wieder heilt, ist an der Innenseite meines Oberschenkels. Ich umkreise ihn sanft. Bald wird die kleine Kruste abfallen. Ich versuche, sie nicht abzukratzen, und bin stolz, wenn ich es schaffe.

Von dort aus kreise ich weiter, runde Bewegungen, abseits der Beulen bis zu meiner Klitoris. Dann spucke ich auf meine Finger, reibe sie ein, schiebe mir einen Finger hinein, heraus, hole etwas Nasses aus meiner Spalte und mache es mir. Es gehört zum Aufwachen, zu den Mücken, zu diesen Tagen. Ich denke an einen gesichtslosen Mann, vom Hals abwärts, der mich gegen die Wand in diesem Zimmer drückt und fickt. Genau sehe ich nur seinen Schwanz und mich selbst. Selten stelle ich mir Luis und Rui vor, die mich gemeinsam nehmen. Als gäbe es sie nur zu zweit.

Jetzt stehe ich an der Haltestelle. Ich warte auf den Bus, der mich in das Nachbardorf bringt. Es ist etwas größer als dieses hier, mehr kleine Einkaufsläden, mehr Cafés, mehr Zimmer und Appartements. Aber insgesamt doch klein. Vielleicht dauert es dreißig Minuten, bis man durch alle Straßen gegangen ist und in jede Einfahrt gelinst hat. Ich mag dieses Dorf, durch das ich die letzten Tage manchmal geschlendert bin, ich mag die Bar, in der leise Musik gespielt wird, ich mag das gedämpfte Licht innen und das Gefühl des warmen Windes, wenn ich mich draußen an einen der Tische setze.

Die Bushaltestelle liegt neben der Landstraße. Eine Bank steht da, dahinter kleben angefressene Plakate, Zettel, die mit der Schere eingeschnitten wurden. Man kann die Telefonnummern abreißen. Wenn ich hier sitze, starre ich diese Nummern an und stelle mir die Stimme vor, die ich hören würde, würde ich eine der Nummern wählen. Wie dunkel sie wäre oder wie hell und wohin sie mich verschlagen würde. Kurz bevor das Gespräch in meinem Kopf zu Ende geht, hält der Bus. Der Staub rund um meine Füße wird aufgewirbelt, und ich atme die Partikel ein, die vor mir fliegen.

Meistens ist die Bar halbleer, und das ist sie auch heute, weil nur wenige Touristen hier sind. Ein paar Einheimische sitzen an den runden Tischen draußen. Ich komme hierher, um die Menschen zu beobachten. Ihnen zuzusehen bei ihrem Leben. Ich lege ein Buch auf den Tisch, nur lese ich kaum darin. Weil ich nicht von den Gesichtern ablassen kann. Von den Gesprächen, die sie führen, auch wenn ich sie nicht verstehe. Ich mag den süßen Wein und die Zigaretten, die dazu besonders schmecken. Es ist dunkel geworden. Die Kerzen auf den Tischen zittern mit dem Lufthauch. Drei Tische sind besetzt.

Manchmal denke ich an Vero, an ihren Bauch, daran, dass er sich wahrscheinlich nach vorne gestülpt hat. Ich sehe Aaron vor mir, wie er Gästen Wein einschenkt und die Packung Traubensaft öffnet. Ich vermisse Papa und die Kirschbaumblüten. Aber auch wenn ich daheim wäre, gäbe es dort keine Kirschblüten. Sylvie hat mir eine Nachricht geschickt. Ein Foto von meinem

Schreibtisch, der leer aussieht, obwohl er voll ist von meinen Sachen, die sich türmen. „Du fehlst", stand unter dem Bild.

Manchmal holen mich Luis und Rui bei der Bar ab. Seit diesem Abend, an dem wir schwimmen gegangen sind, tun wir das immer wieder. Ich sehe sie an, präge mir die Konturen ihrer Körper ein, schaue ihre krausen Haare an, die Schamhaare, die Haare, die vom Nabel nach unten führen, die an den Beinen und unter ihren Achseln. In der Nacht sind sie nur dunkle Flecken. Wir berühren uns nicht, obwohl ich mir wünsche, meine Hand auf ihre Bäuche zu legen und die Kälte ihrer Haut zu spüren.

Ich bin so frei wie nie, denke ich. Ich kann sein, wer ich will. Niemand kennt mich hier, niemand weiß, wie es bei mir zuhause aussieht. Ich bin weiter ich. Trotzdem.

Ich blase die Kerze vor mir aus. Mein Atem bringt winzige Wachstropfen in Bewegung, die auf dem Tisch weiße Perlen bilden. Es ist finster, die Luft ist kühler geworden in den letzten Tagen. Ich ziehe mir eine Jacke an. Sie wirkt kleiner, denke ich, während ich den Reißverschluss nach oben ziehe. Geschrumpft. Mit dreißig kann man nicht mehr aus einer Jacke herauswachsen, denke ich dann, jedenfalls nicht der Länge nach. Ich versuche herauszufinden, ob und wie sich mein Körper verändert hat. Dazu taste ich meinen Bauch entlang, packe meine Hüften, aber ich kann nichts feststellen. Nichts Neues.

Wenn ich alleine zurückgehe, weil kein Bus mehr fährt und Luis und Rui mich nicht abholen, denke ich an zuhause. Nicht an das Ferienhaus, das auch ein Zuhause ist, weil Francesca und Marta es dazu machen, sondern an daheim.

Hat Emil meine Sachen gepackt? Hat er alle Kommoden und Schränke und Kästen ausgeräumt und unser gemeinsames Leben wieder in zwei einzelne geteilt? Hat er die Dinge in Umzugskisten gesteckt oder weggeworfen? Hat er irgendwann in diesen Tagen Fotos von uns zerrissen, die ich an die Wand geklebt habe? Hat er einen Bilderrahmen heruntergenommen oder Teller zerschmettert? Ich stelle mir die Scherben vor, die auf dem Boden liegen bleiben, und die schwarzen Müllsäcke, die er füllt, bis sie ausgebeult sind. Ich stelle mir vor, dass er einen Haufen von Zetteln und Blödsinn verbrannt hat, um diese Wohnung von mir zu befreien.

Ist er noch einmal so wütend geworden wie an dem Abend, an dem er ein Glas auf mich geworfen hat? Ich denke daran, dass Emil in seinem Lesestuhl sitzt, und male mir aus, wie eine andere Frau durch unsere Wohnungstür spaziert, wie sie schreit: Emil! Und Emil schreit: Hier! Aber sie weiß nicht, wo genau dieses „hier" sich befindet, weil sie die Räume nicht wirklich kennt und weil sie nicht ahnt, dass Emil immer liest.

Oder tut er das nicht mehr? Ist Emil anders geworden in dieser Zeit? Wenn eine Handlung, ein Wort, nur ein Gedanke, der aufblitzt, das Leben verändern kann, dann wäre in diesen Tagen alles möglich.

Vielleicht zeichnet Emil jetzt Häuser für diese Frau. Vielleicht ist es ein kleines Haus mitten im Wald, in dem man das Rauschen des Windes hören kann und das Rascheln der Äste. Als müsste man mit jedem neuen Menschen zurück an den Anfang. Ich versuche, mir zu wünschen, dass es so ist. Ich wünsche mir ein warmes Gefühl in meiner Brust, wenn ich an Emil und die Frau denke. Ich sehe ihre Haare, ihr Gesicht in allen Details, als wäre das die einzig mögliche Art, wie sie aussehen könnte. Ich mustere ihre Haut, die weich ist und die Emil mit seinen Fingerspitzen erforscht. Aber es stellt sich keine Wärme ein.

Vielleicht räumt sie nicht alle Zimmer voll, denke ich. Wer nicht den ganzen Platz besetzt, der sollte dafür belohnt werden. Mit viel leerem Raum.

Ich schüttle meinen Kopf, die Gedanken weg. Ich habe die Nachrichten auf meinem Handy gelesen. Ich habe sie weggedrückt, ohne sie anzusehen, und sie dann doch irgendwann geöffnet. Emil hat mir eine Sprachnachricht hinterlassen. Er hat gesagt: Es tut mir leid. Nichts weiter. Nur Hintergrundgeräusche, die ich nicht benennen könnte. Kurz bevor Emil den Satz beginnt, kann man seinen Atem hören. Und kurz danach genauso, vielleicht musste er den Satz proben und hat ihn dann ausgesprochen, so schnell er konnte.

Er klingt zornig und nahe und fremd. Als hätte sich in Emils Stimme etwas geschlichen, was es vorher nicht gegeben hat oder was ich nie erkannt habe. Manchmal spiele ich die Nachricht ab, wenn ich nachts im Bett liege. Jedes Mal höre ich sie anders. Die Wörter verändern sich mit den Tagen, die ich weg von ihm bin. Sie verändern sich, obwohl er immer dasselbe sagt.

Etwa bei der Hälfte des Nachhausewegs, bei dem kleinen Brunnen, aus dem kein Wasser läuft, beschließe ich, die Gedanken abzustellen. Nur dass das nicht funktioniert, nicht so, eher bleiben die Bilder von Emil und verknüpfen sich mit den Erlebnissen hier. Ich gehe den Abend in der Bar durch und versuche, die Gesichter der Menschen nachzuzeichnen, die da waren. Ich versuche, die Handgriffe zu rekonstruieren. Ich denke an den Tag, an die Bushaltestelle und die Telefonnummern. Ich überlege, ob ich neue Wörter gelernt oder gehört habe, und spreche sie nach. Ich denke an das Duschen nach dem Fingern, an Marta, die im Garten steht und mir zuwinkt, an das Buch, in dem ich lese. *Henry, June und ich.* Noch immer, immer wieder dieselben Sätze, die jedes Mal neu klingen. Ich kann es nicht weglegen.

Die Tage sind klar strukturiert, weil die Stunden leerer sind als zuhause, sie zumindest den Anschein machen, obwohl sie eigentlich voller sind, voller mit einfachen Dingen. Hier gibt es niemanden mit Erwartungen. Hier gibt es keine Beziehungen, die schwierig sind. Es gibt keine Zukunftspläne mehr, kein Warten auf Entscheidungen, es gibt nur den nächsten Tag. Ich vermisse Sylvie, ich denke an meine Freunde. Mir fehlt die Redaktion, und gleichzeitig ist das alles weit weg. Ich mag es, nicht glücklich sein zu müssen. Ich bin hier, und niemand erwartet von mir, einen Plan für dieses Leben zu haben.

Und dann denke ich an Leo, an den Tag, an dem er die Pfütze gefunden hat und die Koffer. Und die leere Wohnung. Ob sich das Fickbett für ihn genauso angefühlt hat? Halb richtig, unvollständig. Leo hat mir eine Nachricht geschickt. Eine einzige. Darin steht: Komm zurück. Sie ändert sich wie Emils „Es tut mir leid". Sie ist flehend und kalt, manchmal habe ich das Gefühl, dass sie abweisend ist, konträr zu dem Satz, den er geschrieben hat. Ich lese sie morgens, wenn ich im Bett liege. Zurückgeschrieben habe ich nicht.

Ich bin dann ruhig, erinnere mich an Italien. An die Tritte im Meer, an das Anschreien, an das Streicheln. An unsere Statisten. Ich stelle mir vor, wie er mich berührt. Ich sehe seine Hände vor mir, die breit sind, die langen Finger, und wie er sie sanft auf meinem Körper platziert, um mich abzumessen. Leo erinnert sich, indem er seinen eigenen Körper mit meinem verbindet. Er misst jede Stelle ab, legt die Hand an die Taille, auf die Schlüsselbeine, an die Innenseite der Oberschenkel oder auf die Schulterblätter. Dann drückt er sie leicht in mich hinein. Es ist, als würde Leo ein Foto knipsen, doch vielmehr prägt er sich damit selbst auf sein Gegenüber.

Und ich stelle mir vor, dass er seine Frau berührt. Ob er sie auf dieselbe Weise anfasst, auf dieselbe Weise Platz markiert auf ihrem Körper? Platz, der von da an ihm gehört? Ich kann nicht anders, als die beiden vor mir zu sehen. Ich frage mich, ob es seinen Kindern gut geht. Ob er die Sexwohnung gekündigt hat? Oder die Bettseite aufgefüllt? Hat er Angst, mich wiederzusehen? Angst davor, mich nicht mehr zu treffen? Hat er meine Koffer behalten? Musste er weinen?

Irgendwann stehe ich vor meiner Haustür. Es ist ein Rausch, in den ich mich gedacht habe. Ein Drehen, das mich schwindelig werden lässt. Ich muss aufhören zu denken, sage ich mir dann. Weil der Weg zu Ende ist, weil alles eine Grenze hat und weil ich mir vornehme, dass die Türschwelle ebendiese Grenze ist. Für den Moment. Bis ich mich ausgezogen habe, das Mückennetz gespannt, den Lichtschalter ertastet und Emils Nachricht anhöre oder Leos lese.

Ich hebe das Surfbrett vom Wagen. Es ist lang und schwer und hat ein paar Kratzer und Kerben. Das Brett ist geliehen. Luis hat es mir vermittelt, nachdem ich ihm erzählt habe, dass ich Lust darauf hätte, es wieder zu versuchen. Manchmal bin ich beinahe allein am Strand, nur ein paar wenige, die sich sonnen oder nach draußen paddeln. Das Wasser ist kalt, ähnlich kalt wie beim Schwimmen mit Luis und Rui. Nur dass man länger im Meer bleibt. Im Wasser spüre ich kaum den Temperaturunterschied zwischen Nacht und Tag, obwohl die letzten Tage etwas wärmer waren, fast wie im Sommer hat die Sonne uns aufgeheizt.

Ich trage einen Neoprenanzug. Jetzt denke ich an den Urlaub, der Jahre zurückliegt, an das warme Wasser unter dem südamerikanischen Himmel, in dem man stundenlang im Bikini verbringen konnte. Ich atme schwer, und ich schlucke Salzwasser. Ich orientiere mich. Meine Arme und mein Rücken tun weh, der Verlust der Kraft macht sich bemerkbar. Meine Muskeln werden müde. Aber mein Kopf beschränkt sich auf die wenigen Bewegungen, die er steuern muss, auf wenige Gedanken.

Manchmal ist da eine andere Frau. Sie ist jung, so wie ich, vielleicht ein wenig älter. Ich beobachte sie, schaue mir ihren Körper an, die Rundungen, wenn sie aus dem Neoprenanzug schlüpft. Sie erinnert mich an Lina, ihre Brüste erinnern mich an Lina. Ich beobachte, wie sie hinauspaddelt, wie sie sich auf dem Brett aufrichtet. Ihre Haut ist braungebrannt, und wenn sie die Arme hebt und nahe genug ist, kann ich schwarze Stoppeln erkennen. Ihre Haare bindet sie zu einem dicken Pferdeschwanz. Ich stelle mir vor, wie ihre Muschi aussieht. Ich will wissen, ob sie rasiert ist oder ihre Schamhaare wachsen lässt. Wenn sie da ist, kann ich nicht anders, als ihren Bewegungen zu folgen, die beinahe fließend ineinander übergehen. Als würde sie tanzen.

Ich nenne sie Maria. Maria ist ein schöner Name und ein einfacher. Und ich finde, er passt zu ihr. Maria und ich, wir nicken uns zu, wenn wir uns hier treffen. Wenn ich im Sand sitze, surft sie. Wenn ich surfe, sitzt sie am Strand. Wir sind selten gemeinsam im Wasser.

Heute streckt sie sich auf einem schmalen Tuch aus, heute beobachtet sie das Meer. Ich breite mein Handtuch neben ihr aus.

„Die Wellen sind zu klein", sagt sie.

Ich mache eine Kopfbewegung, die heißt: Ich verstehe.

„Bist du stumm?", fragt sie.

Ich schüttle den Kopf, was den Eindruck nicht relativiert, merke ich.

„Du willst nur nicht reden", stellt sie fest.

„Nein", antworte ich. „Ja", sage ich. Nochmal von vorne, denke ich. „Doch, ich will reden."

Ich mag ihre Stimme, die sanft ist, sich intim anhört, als würde sie nur für den Menschen existieren, mit dem sie spricht. Das macht ihre Sätze weicher. Maria fragt, woher ich komme, sie fragt, warum ich hier sei.

Ich erzähle ihr alles. Wie ein Schwall sprudelt es aus mir heraus. Es ist, als würde ich mich vor ihr ausziehen und gleichzeitig anpissen. Und doch erzähle ich ihr von der Zugfahrt hierher, von den Stunden mit Lina und mit José. Von Francescas und meinem Aufeinanderprallen. Ich erzähle ihr, wer ich zuhause bin und wer hier. Ich erzähle ihr von meiner Zerrissenheit. Dass ich Emil und Leo vermisse und mich trotzdem besser fühle. Dass ich mich fühle, als wäre etwas zerplatzt, was mich zurückgehalten hat. Dass ich nicht weiß, ob ich das will. Solche Beziehungen. Ein Kind. Das alles. Dass ich etwas anderes sehen will. Dass ich Nähe will. Körper. Dass ich Nächte durchreden möchte. Dass ich niemandem wehtun will. Und es trotzdem getan habe. Es ist egal geworden, dass die Wellen klein sind.

Maria hört zu, sie sagt wenig, manchmal hakt sie nach, sie nickt. Ihre Augen sind braun, wie Kastanien, denke ich. Zum ersten Mal in meinem Leben denke ich diese Farbe. Kastanienbraun.

Ich habe ausgeredet. Maria sagt: „Wenn die Wellen klein sind, machen wir das wieder." Sie steht auf, bückt sich zu mir herunter und küsst mich auf den Mund. Sie dringt mit ihrer Zunge zwischen meine Lippen, nur ein wenig, und streicht damit über meine Zähne. Dann dreht sie sich um und geht.

Ich warte, bis ich Maria nicht mehr sehe, schaue noch ein paar Minuten auf die Wellen, die mir nicht kleiner vorkommen als sonst, nur zu klein für Maria, und stehe auf. Das Surfbrett trage ich zurück zum Auto, das ich von Francesca habe. Es hat eine breite Ladefläche, ein Geländewagen, der in der Garage steht, weil ihn niemand fährt. Schlammspritzer bedecken den schwarzen Lack, vom letzten Regen, der die Straßen aufgeweicht hat, vom letzten Regen irgendwann in diesem Jahr, als jemand das Auto gefahren hat. Vielleicht zum Markt, vielleicht um etwas Großes zu transportieren, Bretter oder Baumaterialien. Der Wagen hat den Geruch der Menschen konserviert.

Die Luft im Innenraum und der karierte Stoff der Sitze erinnern mich an meinen Vater. Ich hätte gerne mit ihm telefoniert. Vielleicht hätte er mir erzählt, dass der Waldboden von Nadeln bedeckt ist, die die Erde zum Leuchten bringen. Dass die Erde jetzt länger feucht bleibt und dass die Farben bald verblassen werden. Ich stelle mir vor, dass er mit Decken umwickelt auf seiner Terrasse sitzt und liest. Und mir fällt ein, dass ich kaum ein anderes Bild von ihm habe, immer nur er und die Bäume, er und die Bücher, er und die wenigen Wörter.

Später besuche ich Marta. Sie werkt im Haus. Es ist ruhig im Dorf, auf den Straßen, im nächsten Dorf, in der Bar, am Strand. Wenn alles leise ist, denkt man zu viel. Der Kuss spukt in meinem Kopf herum. Ich denke an Marias Lippen, an den Geschmack ihres Mundes und an ihren Speichel auf meinen Zähnen.

Marta kocht. Sie kocht oder webt oder liegt im Gras. Das sind ihre Tage. Marta freut sich über Besuch. Ich frage mich, ob sie sich einsam fühlt. Ob sie allein ist, mit sich und ihren Gedanken, mit der Stille. Und ich denke, dass ich sie nicht danach fragen kann, weil uns die Sprache fehlt. Ich sehe ihre Augen, beobachte ihre Körperhaltung, versuche, Marta einzuordnen.

Ich setze mich zu ihr. Ich frage sie, ob es ihr gut gehe. Sie streicht über meine Wange, wie oft, legt ihren Kopf schief. Keine Antwort. Nichts Ausgesprochenes. Aber sie sieht aus, als wollte sie sagen: Was soll ich darauf antworten? Ja, denke ich, was soll man darauf antworten? Kann man etwas anderes sagen, als dass es einem gut gehe, dass alles in Ordnung sei? Ich schaue auf die Bilder von Marta und ihren Töchtern, von einer Familie, die zusammengeschrumpft ist auf das hier.

Wir verbringen den restlichen Tag miteinander. Nach dem Essen spazieren wir zum Markt. Es sind nur wenige Stände, mit Gemüse und Obst, Eiern, frisch gebackenem Brot. Viel braucht Marta nicht. Manches wächst in ihrem Garten. Früchte, die ich vom Baum pflücken kann, wenn ich Hunger habe. Und ihr Brot bäckt Marta selbst. Es ist süßlich und weich und sie isst es mit einer Schicht Butter.

Danach setze ich mich ins Gras. Irgendwann höre ich, wie die Reifen von Francescas Wagen den Kies zur Seite schieben. Sie kommt spät heute, geht nicht durch das Haus, sondern direkt zu mir und lässt sich neben mir nieder. Wir schauen in den Himmel, der dunkel ist. Wolkenbuschen ziehen vorüber, dicht gedrängt, so dass die Sterne dahinter verborgen bleiben.

Mir fällt Emil ein und der Moment, in dem er mir meine Hand zurückgegeben hat. In dem meine Hand nichts bedeutet hat und sein Nichthalten alles. Mir fällt die Tauschwelt ein und meine Hand auf Leos, die am Schaltknüppel liegt. Die Hitze von damals sammelt sich in meinen Wangen. Wahrscheinlich sind sie rot geworden von dem Wein, den Francesca mitgebracht hat.

Francesca streift meine Hand. Ihre ist warm, als hätte sie gerade Tassen aus einer dampfenden Geschirrspülmaschine geräumt. Ihre Körpertemperatur überträgt sich auf mich. Ich spüre den Schweiß in meinen Achseln. Ihre Hände sind rau und fest, wie Hände, die einen nicht loslassen.

Ich will zum Wasser. Maria besetzt mich, das Ferienhaus, meine Pläne. Ich will sie sehen, bevor ich abreise, mich vergewissern, dass sie aussieht wie das Bild, das ich mit mir herumtrage. Es verschwimmt nicht, es gewinnt an Details. Es gewinnt durch Kleinigkeiten, die mir einfallen. Nur bin ich nicht sicher, dass sie der Wahrheit entsprechen, dass ich sie mir nicht erdichte. Ich schleppe das Brett zum Wagen und fahre mit laut aufgedrehter Musik. Der Bass wummert und lässt die Verkleidung der Lautsprecher vibrieren.

Maria sitzt nahe am Wasser. Ich spüre meinen Puls, der sich erhöht, während ich sie vom Auto aus ansehe. Ihr Rücken ist breit. Die Haare fallen an ihr herab. Die Wellen schlagen ihr entgegen. Wieder zu klein also, denke ich.

Ich setze mich neben sie. Sie schaut mich an, rückt ein Stück näher, legt ihren Kopf auf meinen Bauch. Dann sagt sie lange nichts, und auch ich will das Summen der Ruhe nicht durchbrechen. Wir hören den Stimmen der Leute zu, die ihre Sachen zusammenpacken. Und dann sind wir allein am Strand, sie dreht ihr Gesicht zu mir und sagt: „Du bist schön."

Du bist schön, denke ich und streichle ihre Wange. Maria rückt höher und küsst mich. Sie ist nicht die erste Frau, die ich küsse, und vielleicht wird sie nicht die letzte sein, aber Maria ist besonders. Ihr Körper zieht mich magisch an, so dass ich ihn auch berühren wollte, hätten wir keinen Sex, nur um zu spüren, wie er sich anfühlt. Sie sagt nichts mehr, rückt auf und zieht mich hoch. Meine Hand liegt in ihrer Hand, die mich hinter die Felsen zieht.

Die Steine ragen weit in den Strand und schützen uns vor der Neugier anderer. Wir strecken uns auf der Decke aus. Maria zieht mich aus. Das Kleid rutscht mit den Trägern, die sie von meinen Schultern löst, nach unten. Ich habe nur meine Bikinihose an, meine Brüste sind nackt. Ich öffne den Knoten an ihrem Rücken, und das Oberteil fällt locker nach unten. Ich sehe sie an, ihre

Brüste, die wippen, während sie ihre Schwimmhose nach unten zieht, und ich denke, dass sie aussehen, wie ich sie mir vorgestellt habe. Beinahe wie aufgeblasen, die rechte eine Spur größer als die linke.

Mit ihren Fingern streift sie an meinem Bein entlang, so dass eine Art Stromschlag durch meinen Körper fährt, von den Zehen bis zum Hals, den sie mit ihren Lippen berührt, ähnlich einer Welle, die über den Körper schwappt und im Bauchnabel endet. Maria hat das Kommando übernommen. So muss ich nichts entscheiden. Ihre Entscheidungen rollen über mich hinweg.

Ihre Fotze sieht anders aus als meine. Sie hat weniger Haare als ich. Sie ist verpackt wie ein Geschenk, man muss sie erst aufmachen, bevor man etwas zu sehen bekommt. Ich setze meinen Zeige- und Mittelfinger an und öffne sie. Maria streckt sich mir entgegen, und während ich merke, wie nass sie ist, spüre ich mich selbst. Ich schließe meine Beine für einen Moment, und ein Schmatzen entsteht, das Maria sich aufbäumen lässt.

Wir berühren uns, sie ist hektischer als ich, also werde ich schneller und sie langsamer. Bevor sie kommt, stöhnt sie leise, kaum hörbar, würde meine Stirn nicht an ihre stoßen. Sie zuckt und streckt ihre Beine wie bei einem Unterschenkelkrampf. Kraft aufwenden, dagegen drücken. Ihre Klitoris zieht sich sachte zurück, obwohl sie groß bleibt, größer als ich selbst es bin, und die nächste Welle schwappt mehr durch mich hindurch als über mich hinweg. Maria führt ihre Finger in mich, abwechselnd sanft und hart, und zögert so meinen

Orgasmus hinaus, bis ich es nicht mehr aushalte. Ich stemme mich gegen sie, um noch mehr zu spüren und weil ich ihre Hand auf mir behalten will.

Wir sind eingeschlafen, denke ich, als ich aufwache. Wir liegen da, nackt, noch immer, und der Wind bläst zwischen meine Beine. Ich ziehe meine Bikinihose an. Es ist kalt geworden. Maria öffnet die Augen. Sie sieht nicht aus, als wäre sie eingenickt. Ihre Sinne brauchen keine Minute, sie ist sofort da. Sie dreht sich zu mir auf die Seite, schaut in meine Augen. Maria beginnt, meine Schlüsselbeine zu streicheln und meine Brüste, sie streift über meine Knie und steckt einen Finger in die Kehle. Sie kreist um meine Hüftknochen und pikst mich in die Achseln. Ich zwinge sie, einen ihrer Arme zu heben, weil ich ihre dunklen Stoppeln darunter sehen will. Ich setze meine Nasenspitze auf ihre feuchte Haut und versuche, ihren Geruch zu speichern.

Irgendwann, es fühlt sich an, als hätte sie mich stundenlang berührt, stoppt sie ihre Bewegung, legt ihre Hand auf meinen Bauch und fragt: „Bist du schwanger?"

Ich setze mich auf und stiere sie an. Maria stammt von einem anderen Planeten, denke ich. So sieht sie plötzlich aus. Sie gehört nicht hierher, und ich gehöre nicht hierher, und was sie sagt, das gehört auch nicht hierher. Also raffe ich mich auf und merke, alles, was Maria nur Minuten vorher in etwas Leichtes verwandelt hat, fühlt sich jetzt unerträglich an. Das Schweben, das meinem

Körper das Gewicht genommen hat, ist weg. An seine Stelle tritt die Schwerkraft und damit die Realität.

Ich packe meine Sachen, sammle alles ein, was rund um die Stelle angeordnet ist, auf der wir gelegen sind. Ein Fleckchen Welt, das nur für uns existiert hat, und jetzt sieht es gewöhnlich aus. Es sieht aus wie eine Decke, die jeder Mensch besitzen könnte, die nichts mit mir zu tun hat, nichts mit Maria oder den Stunden, die wir hier verbracht haben. Und dann will ich Maria von der Decke vertreiben wie einen Hund, während sie im Schock sitzen bleibt. Ich hasse sie dafür und schüttle den Stoff auf. Als ginge das, einen Menschen von der Decke schütteln. Maria macht Platz, sie zieht sich an. Ihre Gesichtszüge haben sich verändert, sind zu etwas geworden, zu dem ich keine Verbindung habe.

Ich spüre, wie mein Höschen nass wird. Weil noch etwas übrig ist von unserem Sex, weil ich auslaufe. Ich hasse es. Als hätte das Nasse hier noch etwas verloren. Es reicht, denke ich. Maria fixiert mich weiterhin. Sie sagt nichts mehr. Und ich verstehe sie. Ich verstehe, dass sie sprachlos ist, genauso wie ich.

Ich stapfe los, ohne Maria etwas zu erklären, ohne mich zu verabschieden. Ich laufe über den Sand, der kalt geworden ist wie die Luft. Die Muscheln und Steine drücken sich in meine Fußsohlen, und ich bin froh, den Schmerz zu spüren. Der Weg scheint mir viel zu lange, als würde ich aus einem Raum ausbrechen müssen, der sich endlos ausdehnt. Ich sehe wahnsinnig aus, denke ich. Ich sehe nicht nur so aus, ich gehe auch so. Alles passt sich meinem Zustand an. Kurz bleibe ich in der Mitte des Strandes stehen. Ich schaue auf den Boden, um mich zu vergewissern, hier zu sein.

Ich drehe mich im Kreis, um mir die Umgebung anzusehen, die Wolken, die sich über dem Meer zusammenziehen. Regenwolken, denke ich und spüre den ersten Tropfen auf meine Haut fallen. Er trifft meinen Fuß, ein Stückchen über der Stelle mit dem frischen Kratzer, zwischen dem großen und dem zweiten Zeh. Das Blut vermischt sich mit dem Regen.

Ich schließe die Augen, wünsche mir eine Tonne Wasser, die auf mich niederprasselt. Reiß dich zusammen, sage ich zu mir und gehe weiter.

Ich steige in den Wagen. Der Stoff des Sitzes reibt an meiner Haut. Ich lehne mich zurück, versinke in der stickigen Luft und in dem Karomuster, die mir keinen Vater mehr vorgaukeln. Nur Sekunden, denke ich, die das hier, Maria und mich, verändert haben.

Ich bleibe sitzen, stecke den Schlüssel in das Zündschloss. Aber das Drehen würde zu viel Energie kosten, also lege ich meinen Kopf auf das Lenkrad, der Ton der Hupe pfeift in meinen Ohren, und so bleibe ich minutenlang.

Ich fahre zu schnell. Eine Stunde Zeit, um nachzudenken. Eine Stunde, um die Geschehnisse immer wieder durchzuspielen. Maria begleitet mich. Ich sehe ihre Augen, ihren Bauchnabel, ich höre ihre Stimme, ihre Frage, die trotzdem etwas Sanftes hatte.

Die Landschaft wird zu einem Tunnel. Ich weiß, dass ich mich bewege, aber ich kann es nicht spüren.

Ich kann mich nicht zurückfallen lassen, kann nichts beobachten. Vielleicht, fällt mir ein, sitzt jetzt irgendjemand in einem der Häuser, an denen ich vorbeifahre, und fragt sich, ob ich glücklich bin, hier, in diesem Auto. Ich bin es nicht, würde ich am liebsten schreien.

Ich lenke den Wagen in die Garage, die unter dem Einkaufszentrum liegt. Ich war nur zweimal in dieser Stadt. Einmal, als José mich abgesetzt hat, und ein anderes Mal, um mit Francesca Besorgungen zu erledigen. Aber der Weg ist nicht schwer zu finden.

Ich stelle das Radio ab und höre der Musik zu, die aus den Lautsprechern bis in die dunklen Ecken der Garage dringt. Wenige andere Autos parken hier, blinkende Werbeflächen säumen den Gang zur Treppe, die nach oben führt. Im Rückspiegel sehe ich meine Augen, die sich rot gefärbt haben.

In der Drogerie riecht es nach Seife und Parfümproben. Es riecht nach Sauberkeit und so, als hätte alles in diesem Universum seinen Platz. Ich bewege mich tranceartig durch die Abteilungen. Sehe immer nur Maria, ihre Achseln diesmal, einzelne Körperstücke. Nach der zweiten Runde versuche ich, mich zu konzentrieren.

Gang sieben. Ich betrachte die Packungen, die fünf verschiedenen Marken. Ich bin unsicher, nach welchen Kriterien man einen Schwangerschaftstest aussuchen sollte. Immer negativ, denke ich, wäre ein gutes Verkaufsargument. Und kurz suche ich nach dieser Aufschrift oder einer ähnlichen. Nichts. Stattdessen: Über 99 Prozent sicher. Mit Wochenbestimmung. Ergebnis in Worten.

Die meisten Verpackungen sind rosa, manche pastellblau. Es wirkt, als wären sie nach Geschlechterwünschen gefärbt. Ich gaffe, bis ein Verkäufer sich neben mich stellt und anfängt, Produkte in die Regale zu räumen. Ich bin verdächtig, denke ich, weil ich ziellos durch alle Gänge gewandert bin und jetzt seit Minuten auf Schwangerschaftstests blicke, die alle dasselbe tun. Dann strecke ich meinen Arm aus und greife nach den Tests. Ich nehme fünf.

Der Verkäufer bietet mir einen Einkaufskorb an. Das Silber glänzt in dem künstlichen Licht, und ich lege die bonbonfarbenen Packungen darin ab. Mit dem Korb schlendere ich Richtung Kasse. Plötzlich sehne ich mich danach, hierzubleiben. Alles ist aufgeräumt, da ist keine Unordnung, jedes Teil steht an der richtigen Stelle. In Gang sieben kann man außerdem Büstenhalter für die Stillmonate, Babynahrung, Windeln und Schnuller kaufen. Ich denke an Vero und daran, ob sie sich freuen würde. Ob sie sich selbst in dieser Lage freuen würde.

An der Kasse bekomme ich Angst. Fünf Tests, denke ich. Dann platziere ich sie auf dem Band. Die Kassiererin, die die Barcodes scannt, lächelt mich bei jeder Packung an. Sie zieht sie langsam über den Laser, so als stünde jeder Test für ein freudiges Ereignis. Als würden fünf Babys in mir wachsen. Ich schaue auf den Boden, um mir ihr Gesicht nicht ansehen zu müssen.

Es kostet fünfundfünfzig Euro zu erfahren, ob ich ein Kind bekomme. Halt, denke ich. Es kostet fünfundfünfzig Euro zu erfahren, ob ich schwanger bin. Schwanger zu sein, bedeutet nicht, ein Kind zu gebären. Aber meistens endet es so, sage ich zu mir. Jedenfalls, wenn alles gut geht. Das sagen die Leute nämlich. Wenn alles gut geht, kommt am Ende ein Baby heraus. Kein Pinguin oder ein Gummibär oder ein Plüschschweinchen.

Ein Baby.

Ich fahre langsamer zurück, als ich hingefahren bin. Jetzt, wo ich weiß, dass ich wissen kann, was ich wissen wollte, weiß ich es lieber nicht so schnell. Mir graut vor dem Ferienhaus und davor, auf fünf Stäbchen zu pissen. Alles scheint verzögert, und kurz habe ich das Gefühl, dass sich nichts verändert hat. Für ein paar Minuten vergesse ich Marias Frage, die mehr nach einer Feststellung geklungen hat. Es dauert ein paar Sekunden, bis mir wieder bewusst wird, was passiert ist. Und in diesen Sekunden ist alles gut.

Ich denke daran, dass es nicht passend ist, jetzt schwanger zu sein. Und ich frage mich, wann ich meine letzte Menstruation hatte. Ich bin unsicher. Seit ich die Pille vor ein paar Monaten abgesetzt habe, nach über zwölf Jahren abgesetzt wegen der Kopfschmerzen, wegen der Hormone, ist sie nicht mehr regelmäßig. Auf der Toilette in Emils und meiner Wohnung steht eine Blechdose, in der ich Tampons aufbewahre. Sie ist vollgefüllt, und wenn sie anfangen, in der Büchse herumzukullern, besorge ich eine neue Packung. In meiner Tasche habe ich eine Notration, nicht viele, aber genug, um mich eine Periode lang damit zu versorgen.

Mir fällt die Dusche in Leos Wohnung ein, in der ich einmal so stark geblutet habe, dass das weiße Porzellan rot wurde. Ich sehe, wie sich das Blut mit dem Wasser vermischt, wie die Farbe heller wird, bis sie rosa und dann fast durchsichtig ist. Die Blutspur öffnet sich in feinen Linien, die zerlaufen und zu einem Muster werden. Eisengeruch liegt in der Luft, wird vom Dampf aufgenommen und bedeckt das Zimmer.

Aber in welchem Monat ich das letzte Mal menstruiert habe, kann ich nicht festmachen. Sich nicht erinnern zu können, ist gut, denke ich dann, weil es Marias Behauptung zumindest nicht bestätigt.

Und ich denke daran, dass ich ein Kind bekommen könnte, ohne zu wissen, wer der Vater ist. Mir wird schlecht. Ich erinnere mich an Aglan, ich erinnere mich an das Kondom, das er abgezogen hat, um auf meinen Bauch zu spritzen. Die Vorstellung beruhigt mich. Und ich denke, dass in dieser Zeit, in der ich die Pille abgesetzt und in der ich mit Emil und Leo Sex gehabt habe, die Eizelle befruchtet hätte werden müssen. Ich denke an die Kondome, die wir verwendet haben, meistens, an die unfruchtbaren Tage, die vielleicht nicht unfruchtbar waren. Das Ficken, das Lecken, das Kommen, das Abspritzen verschwimmt in meinem Kopf.

Das Bremspedal lässt sich nicht weiter durchdrücken. Bald werde ich durch den Autoboden brechen und meine Füße werden den Asphalt berühren. Ich schließe die Augen, um auf den Knall zu warten, auf den Aufprall und den Schmerz. Mein Kopf schlägt nach hinten gegen die Stütze, ich spüre mein Genick, das

Knacken darin. Die Bewegung stoppt, das Auto steht, merke ich, und ich brauche einen Moment, bis ich es schaffe, die Augen wieder zu öffnen.

Er sieht normal aus, denke ich. Der Mann ist unverletzt, kein Blut, kein offenes Fleisch. Ein Teil des Drucks löst sich von meiner Brust. Mein Atem ist laut geworden, und noch immer fällt es mir schwer, genügend Luft in meine Lungen zu ziehen. Ich habe ihn nicht umgebracht, sage ich. Einen Moment lang war ich überzeugt, ich würde diesen Menschen töten.

Ich öffne den Gurt, der mich einschneidet, und kurble das Fenster nach unten. Ich kann kaum etwas verstehen, er spricht zu schnell, zu laut. Spucke trifft mein Gesicht. Aber ich kann erahnen, dass er mich beschimpft. Ich erkenne es an seiner Tonlage und daran, wie er die Wörter zwischen den Zähnen hervorpresst. Ich murmle eine Entschuldigung. Und ohne noch ein Wort zu sagen, geht er weiter.

Das Dorf taucht vor mir auf, der aufgeplatzte Straßenbelag, die Felder, die an die Fahrbahn grenzen. Es ist still jetzt, und ich spüre den Luftzug. Mein Kopf schmerzt, das Genick ist steif geworden, jedes Ruckeln macht sich bemerkbar. Kurz vor der Einfahrt halte ich an. Ich versuche, meinen Kopf zu wenden. Auf dem Beifahrersitz liegen die fünf Schwangerschaftstests in einer unscheinbaren Plastiktüte. Unversehrt.

Francesca sitzt auf den Stufen vor der Tür. Vor der glatten, blauen Tür. Sie beobachtet die Straße, vertreibt sich die Zeit. Ich habe es geschafft, denke ich. Einen

Augenblick verharre ich in der Wärme des Autos. Im Inneren des Wagens ist es heißer als draußen, weil es auch hier immer kälter wird.

Ich steige aus, und Francesca kommt auf mich zu. Angst hat man meistens vor dem Vielleicht, denke ich. In meiner Hand halte ich die Plastiktüte. Ich sage ihr, dass ich mich nicht gut fühle.

Sie begleitet mich in das Ferienhaus und führt mich zum Bett, das sie gemacht hat. Das weiße Laken ist straffgezogen, die zwei Kissen locker aufgeschüttelt. Es ist ein sauberes Bett, eines, in dem man Stunden verbringen wollte, sich eingraben unter der Decke. Ich strecke mich aus, sie nimmt mir die Tüte ab und stellt sie ins Badezimmer.

Ich versuche, etwas in meinem Unterleib zu fühlen, und hoffe auf ein Ziehen. Auf einen sanften Schmerz, der sagt, dass es bald so weit ist. Oder auf einen Krampf, einen Schwall Blut, der zwischen meinen Beinen in das Bett fließt und die Haut auf den Oberschenkeln verklebt. Doch da ist nichts.

Francesca hat sich an den Bettrand gesetzt. Sie sagt, ich sähe krank aus. Ich weiß, dass ich es nicht bin, trotzdem nicke ich. Also legt sie ein nasses Handtuch auf meine Stirn. Das Wasser tropft an meinen Schläfen herab. Die Kälte ist ungewohnt, und die Situation ist zu mächtig geworden.

Ich schlafe ein. Meine Muskeln zucken und holen mich zurück aus dem Dämmern. Jedes Mal muss ich mich neu orientieren, ich erinnere mich an die Schwangerschaftstests, bevor ich wieder einnicke.

Nach dem Aufwachen überlege ich, wann Francesca gegangen ist und ob ich neben ihr eingeschlafen bin. Das feuchte Handtuch liegt nicht mehr auf meiner Stirn, vielleicht weil ich mich gedreht habe. Ich war unruhig. Jetzt ist es still. Wenn es stimmt, was Maria ahnt, dann geht es nicht mehr nur um mich, denke ich. Dann geht es um alle, die an dem, was in meinem Bauch wächst, beteiligt sind.

Ich frage mich, ob ich damit anfangen soll, auf das erste Stäbchen zu pissen, zu warten, auf das nächste zu pissen, wieder zu warten. Ich frage mich, was ich mit dem Ergebnis anfangen soll. Würde ich es behalten? Und wenn ja, wie? Ich schüttle den Kopf, schüttle die Gedanken weg, weil sie drohen, eine Panikattacke auszulösen.

Mir fällt die Checkliste ein, die ich schreiben wollte, bevor ich das Zugticket gekauft habe. Und dass es an der Zeit wäre, sie zu erstellen. Ich muss an Emil denken, an sein Gesicht, hätte ich ihm einen positiven Test gezeigt. Ich muss an Leo denken und daran, wie er reagiert hätte, wäre ich von ihm schwanger geworden. Ich muss daran denken, dass vielleicht keiner von beiden davon wissen will. Und daran, dass es, wollte ich vor der Geburt einen Vaterschaftstest durchführen lassen, Blut von mir und von Emil und von Leo brauchte.

Draußen wartet die Nacht. Sie schließt den Tag ab. Und danach sollte alles neu sein. Die Nacht sollte alles neu machen und frisch und unverbraucht.

Es ist spät geworden. Ich sehe es an dem Licht, das durch den Vorhangstoff scheint. Ich habe zugesehen, wie die Straßenlaternen sich immer mehr hervorgetan haben, während der Himmel dunkler wurde. Ich habe das Lichtspiel beobachtet, ohne mich zu rühren. Jetzt lausche ich dem Klopfen an der Tür. Es ist nicht hart, es fordert nicht, der Ton ist vorsichtig. Eher der Versuch eines Klopfens. Francesca, denke ich und stehe auf, weil ich mir in diesem Moment niemand anderen vorstellen kann, der sich hinter dieser Tür befindet.

Stattdessen steht Luis in meinem Türrahmen. Er war nur ein einziges Mal hier, in der ersten Nacht, als er und Rui mich zum Meer und wieder nach Hause begleitet haben. Von da an haben wir uns immer in der Bar getroffen, wenn wir gemeinsam über die steinige Straße zum Wasser spaziert sind.

Luis sieht besorgt aus. Aber er ist nicht besorgt, merke ich, während ich ihn genauer anschaue. Seine Schultern hängen nach vorne, als wären sie ihm zu schwer geworden, sein Mund hat sich zu einem Strich geformt. Nur ein einziger gerader Strich, der über sein Gesicht läuft.

Luis will hereinkommen. Ich öffne die Tür ganz, lasse ihn in den kleinen Wohnraum und entdecke die beiden Flaschen, die er in seinen Händen trägt. Irgendetwas Hartes, Wodka vielleicht, die Flüssigkeit ist durchsichtig. Ich kämpfe gegen den Wunsch, eine der Flaschen zu packen und sie in einem Zug leerzutrinken. Ich sehne mich nach dem Gefühl, alle anderen Gefühle zu vergessen und mit jedem Schluck zu spüren, wie die Gedanken zerfließen, bis sie irgendwann nicht mehr einzufangen sind. Luis hat Tränen in den

Augen. Er setzt sich auf das Bett, das jetzt ungemacht ist und nass, von dem feuchten Waschlappen und meinem Schweiß.

Luis erzählt nichts, er sitzt nur da. Sein Blick hat etwas Ungläubiges. Ich denke an mich selbst und an die letzten Stunden. Maria scheint Jahre entfernt, Galaxien vielleicht. Ich versuche, ihre Haut heraufzubeschwören, ihren Geruch, aber ich rieche nur Luis und mich.

Dann weint er. Seine Tränen tropfen auf den Boden, sie sind träge, und ich kann verfolgen, wie sie eine nach der anderen eine Spur über seine Wangen ziehen, bevor sie fallen. Ich halte ihn im Arm, ich denke nichts mehr, nicht an mich oder Maria, an Emil oder Leo, die in diesem Raum nichts verloren haben, ich versuche nur, sein Zittern zu bändigen. Und zittere mit ihm.

Luis ist Anfang zwanzig. In diesem Moment, denke ich, ist er ein Kind. Er sieht jung aus, verletzt, und ich verspreche ihm, dass es nicht immer so wehtun werde. Dabei weiß ich nicht, wovon ich rede, denke ich. Luis räuspert sich. Er erzählt, dass er sich gerade getrennt habe. Dass er wegwolle, Hauptsache fort von hier, von diesem Ort, weg von allem, was er kenne. Ich kann ihn verstehen, denke ich. Ich kann verstehen, wie sehr er sich danach sehnt.

Dann sagt er, ich solle mit ihm kommen. Ich schaue ihn an, sein zartes Gesicht mit den buschigen Wimpern und den von Tränen nassen Lippen. Ich frage ihn, wohin. Er erzählt mir von einem kleinen Haus, nicht weit von hier, ein paar Stunden vielleicht.

Er könne nicht hierbleiben, sagt er. Er könne es nicht aushalten. Er könne nicht allein sein.

Ich auch nicht, denke ich. Und nicke.

Luis hat ein Motorrad. Ich halte ihn zurück und sage ihm, dass ich die Sachen, die ich mitnehmen will, umpacken müsse und den Rest hierlassen. Mein Koffer hat keinen Platz auf diesem Motorrad, denke ich. Wir vereinbaren, uns in einer Dreiviertelstunde an dem Brunnen zu treffen, aus dem kein Wasser läuft.

Auspacken, einpacken, umpacken. Ich nehme etwas Kleidung mit, den Kosmetikbeutel mit den Tampons, meinen Pass, die Tüte mit den Schwangerschaftstests, und stopfe alles in meinen Rucksack und eine Tasche. Ich räume sorgfältig auf, packe die übrigen Sachen in den Koffer und stelle ihn in eine Ecke. Dann suche ich das Geld zusammen, das ich Francesca schulde, und lege es auf das Bett, in das sie mich vor ein paar Stunden gebracht hat. Auf einen Zettel schreibe ich eine Nachricht, ein Dankeschön und die Versicherung, dass ich meinen Koffer abholen werde. Es fühlt sich seltsam an. Als hätte ich hier ein anderes Leben angefangen, das ich zurücklasse. Verschlossen in irgendwelchen Gepäckstücken in Häusern von Menschen, die entscheiden müssen, was damit anzufangen ist. Dabei ist das hier nur Urlaub. Das hier sind nur zwei Wochen, ein Miniaturstück.

Nach fünfundzwanzig Minuten bin ich so weit und mache mich auf den Weg. Im Garten lasse ich die Tasche fallen und lege mich für ein paar Minuten in das kurze Gras. Schon wieder der Himmel über mir, und plötzlich macht er mir Angst. Ich denke daran, dass ich wieder zurückfahren sollte. Wieder arbeiten. Dass die freien Tage bald vorbei sind, dass es vielleicht besser wäre, das nicht zu tun. Nicht mit Luis zu gehen. Dass ich mich um Tickets kümmern sollte, wieder in den Zug steigen, um meinen Job nicht zu verlieren. Dass ich nie aufhören wollte zu arbeiten. Dass ich hier sitze, vielleicht schwanger. Und jetzt scheinen die Kilometer zwischen diesem Ort und zuhause unüberwindbar.

Ich schaue auf das Haus, in dem Licht brennt. Damit Marta nicht nach dem Schalter suchen muss, wenn ihre Blase drückt. Am liebsten würde ich ihre eine Hand an die Wange legen, wie sie es bei mir getan hat, denke ich. Und dass ich losmuss.

Ich gehe die Straße entlang. Entfernt höre ich das Brummen des Motorrads. Ich sehe die Lichter aufleuchten. Luis dreht am Gas, ich laufe los. Meine Tasche wippt vor und zurück, der Rucksack hebt sich von meinem Rücken und prallt kurz darauf wieder dagegen. Ich bin außer Atem, als ich beim Brunnen ankomme.

Luis hat einen kleineren Rucksack als ich. Er hat ihn auf seine Brust geschnallt, damit mir genügend Platz bleibt. Ich hebe mein Bein und setze mich hinter ihn, zurre meine Tasche fest. Er sieht mich an, mit diesen Augen, die nicht wirklich auf mich gerichtet sind, mehr ins Leere, und sagt nichts. Ich nicke nur, wie vorhin schon.

Wir fahren langsam, solange wir uns auf der Dorfstraße befinden. Würden wir schneller fahren, wären wir zu laut. Vielleicht würde jemand aufwachen, vielleicht würden wir die Aufmerksamkeit von jemandem auf uns lenken, der schlaflos in seinem Zimmer sitzt. Niemand soll uns aufhalten. Wir kommen an eine Kreuzung, biegen ab. Und dann sind wir auf der richtigen Straße, mit richtigem Asphalt und Spurenlinien, mit großen Schildern und Scheinwerfern.

Ich lege meine Hände an Luis' Hüften und halte mich fest, bevor er Gas gibt. Ich glaube, wir fliegen. So fühlt es sich an, wie Fliegen. Das Adrenalin schießt in meinen Körper, und ich muss lächeln.

Wir fahren. Die Außenwelt rauscht an uns vorbei, als würden wir sie zerlegen. Zwei Welten links und rechts und in der Mitte wir. Wir legen uns in die Kurven, und der Asphalt kommt uns nahe. Es ist finster, es ist still. Es sind kaum Autos unterwegs, keine Motorräder, ein paar Lastwägen. Mit Fahrern wie José, denke ich, die die Nachtstunden nutzen, um Kilometer zu gewinnen. Wir bewegen uns Richtung Norden, schätze ich, und versuche, mich zu orientieren.

Ich klammere mich an Luis und schaue auf das Meer neben uns. Die Tiefsee schiebt sich in meine Gedanken, Bilder von U-Booten, von Tintenfischen, die größer

153

sind als wir zusammen, von blinden Fischen und Krabben, die sich ohne Licht zurechtfinden, und ich sehe uns auf dem Motorrad nach unten sinken, ineinander verschlungen, immer tiefer, noch lange nach unserem letzten Atemzug.

Wir halten an, um zu tanken. Eine lange Straße, die nur das Geradeaus kennt, und Felder, die sich hinter der Tankstelle ausbreiten. Ein Blatt Papier dreht sich mit dem Wind, er hebt es auf und trägt es nach oben, bevor er es wieder nach unten schweben lässt. Das sind wir, denke ich. Luis und ich. Wir sind ein Blatt Papier, das Leben trägt uns herum, und jetzt gerade, jetzt wirbeln wir.

Luis tippt mich an, er hält mir ein Sandwich hin, das er in dem Shop gekauft hat. Werbereklamen blinken in die Dunkelheit hinaus wie die Lichter eines Leuchtturms, und ich stelle mir den Verkäufer vor, der nur dieses Blinken sieht und die Scheinwerfer der vorbeifahrenden Autos. Wir teilen uns das Brot und trinken Fanta. Der Zucker weckt uns auf. Wir sind müde geworden, nachdem sich unsere Körper an das Motorradfahren und die Aufregung gewöhnt haben.

Luis zieht Zigaretten aus seiner Hosentasche. Er zündet sich eine an und hält mir die Packung hin. Ich schüttle den Kopf, nehme mir seine und ziehe ein paar Mal daran. Das Nikotin macht mich schwindelig, aber nach dem dritten Zug wirkt es beruhigend.

Dann steigen wir wieder auf, fahren weiter. Kreuzungen, Ampeln, Autobahnauffahrten, Autobahnabfahrten, Abzweigungen, links, rechts, geradeaus. Nur nicht zurück. Noch eine Pause, weil die Beine langsam wehtun und der Rücken. Es wird heller, es beginnt zu dämmern. Ich sollte öfter aufstehen, um den Morgen zu sehen, denke ich.

Luis biegt ab, dreißig Minuten, dann sind wir wieder auf einer Küstenstraße. Es sieht ähnlich aus wie im Süden. Noch einmal zwanzig Minuten, dann sind wir angekommen.

Wir steigen ab, die Innenseiten meiner Oberschenkel schmerzen. Ich bewege mich, als hätte ich Tage auf einem Pferd verbracht. Luis lacht. Es ist gut, dass er lacht. Nur hält es nicht lange an. Ich streiche ihm über den Kopf.

Das Steinhaus, vor dem wir geparkt haben, sieht aus wie aus einem Urlaubskatalog. Ich glaube, wenn man auf der Terrasse sitzt, kann man das Meer sehen. Wir gehen hinein. Es riecht, als wäre schon lange niemand mehr hier gewesen, alt und nach Resten von scharfem Putzmittel. Luis öffnet die verglaste Tür, wir stellen uns auf die Terrasse. Ich hatte recht, der Hang fällt nach unten ab, Felsen ragen ins Wasser, die Wellen klatschen an die Bucht.

„Hier können wir schwimmen", sagt Luis.

Wir packen aus. Ich stelle meine Tasche und den Rucksack ab, Luis räumt seine Sachen aus dem Rucksack. Wir haben wenig dabei, was sich gut anfühlt, als wären wir durch das Zurücklassen unserer Dinge leichter geworden. Und solange wir das Gewicht des anderen nicht tragen müssen, bleiben unsere Realitäten unwirklich.

Wenn man sich einrichtet, die Kleidung auf Bügeln in den Schrank hängt, die Zahnbürste in den Becher am Waschbeckenrand stellt, wird die Umgebung automatisch wärmer. Zu einer Art Zuhause.

Luis sagt: „Wir brauchen Essen." Ich hätte nicht an die Lebensmittel gedacht. In letzter Zeit hat sich das Essen einfach ergeben. Weil Marta gekocht hat oder weil ich in einer Bar einen Snack in mich hineingestopft habe. Wir steigen wieder auf das Motorrad und fahren los. Die Beine brennen jetzt noch mehr, meine Haut hat sich leicht aufgerieben. Ich bin sicher, dass sich rote Flecken oder Streifen gebildet haben.

Das nächste Geschäft ist vielleicht zehn Minuten entfernt. Ich kann mich an die Häuser erinnern, an denen wir auf dem Weg hierher vorbeigekommen sind, an die Werbetafeln vor dem Lebensmittelladen. Es ist eine verlassene Gegend. Es gibt nur wenige Dörfer mit viel Land dazwischen. Grasdurchwachsene Dünen und hügelige Flächen, Felsen. Unbefahrene Straßen. Schilder, die ins Nichts zu führen scheinen, Wege, die wahrscheinlich Sackgassen sind. Das Meer auf der anderen Seite. Nur wenige Menschen, denke ich. Ich spüre, wie müde mein Körper geworden ist. Ich spüre die Stunden, die ich wach war. Jetzt halte ich mich an Luis fest, so dass meine Fingerknochen anfangen zu schmerzen. Er sagt nichts, schüttelt mich nicht ab.

Der Laden, vor dem wir parken, ist klein. Trotzdem gibt es alles, was wir brauchen. Luis nimmt einen Korb und füllt ihn. Er legt Dinge für das Frühstück, Dinge für die Mittagszeit, Dinge für zwischendurch und für das Abendessen hinein. Er denkt und plant. Ich trotte hinterher, glotze auf Packungen, die ich aus den Regalen nehme, als würde ich mich für die Inhaltsstoffe oder Zutaten interessieren.

Dann krame ich in meinem Beutel nach der Geldtasche. Wir zahlen. Die Verkäuferin mustert uns, und ich denke, dass sie sieht, dass wir nicht hierhergehören. Wir müssen uns verlaufen haben, denkt sie vielleicht. Sie hat recht, und wahrscheinlich kann sie sich nicht vorstellen, wie sehr.

Luis sieht müde aus. Seine Augen haben den Schimmer des Erwachsenendaseins zurückgewonnen und sich leicht rot verfärbt. Später kochen wir gemeinsam, schneiden Gemüse, stellen Wasser auf, braten Fisch an. Wir öffnen eine Flasche Wein. Ich beschließe, nichts zu wissen, die Vermutung zu vergessen, und trinke zwei Gläser. Ich lasse die Flüssigkeit langsam meine Kehle hinablaufen.

Ich spüre, wie der Wein in mein Blut fließt. Ich stelle mir vor, wie er sich mit meinen Körperflüssigkeiten vermischt. Vielleicht nicht reell, denke ich, aber ich spüre, wie er beginnt zu wirken. Meine Gliedmaßen werden schwer oder leicht, vielleicht beides zugleich. Ich denke daran, dass mein Körper in zwei Teile bricht, dass ich das Gleichgewicht verliere.

Luis schlägt vor, schwimmen zu gehen. Endlich, denke ich, dass es endlich Wasser braucht. Wir schlendern zum Meer. Es ist falsch, denke ich gleichzeitig, weil wir nicht zu dritt sind. Wir sind nur mehr zu zweit, und niemand spielt Musik. Luis zieht sich aus, ich mache es ihm nach, wie er es mir am ersten Abend, an dem wir zusammen schwimmen gegangen sind.

Ich nehme Luis an der Hand, und wir laufen gemeinsam. Ich denke, wenn wir uns nicht an den Fingern halten oder uns verhaken, wird einer zurückbleiben. Die Sonne geht langsam unter, der Tag verschwindet mit ihr im Wasser. So wie wir.

Wir tauchen unter, es wird immer kälter, mein Körper gewöhnt sich nicht an die Temperatur. Eigentlich ist es viel zu kalt, um noch zu schwimmen. Unsere Finger sind ineinander verknotet, ich fühle die Angst in seinen Gesten. Also klammere ich mich an Luis. Es tut weh, aber wenn es jetzt nicht wehtut, spüren wir vielleicht gar nichts mehr.

Und dann laufen wir zurück. In der Dusche wärmen wir uns auf. Ich schaue Luis an, seine Arme und Beine, seinen Bauch. Ich will genau wissen, an welchen Stellen er Haare hat, nicht nur die dunklen Flecken erahnen, und schaue auf den Hals, seinen Schwanz. Zum ersten Mal kann ich meinen Blick nicht abwenden. Luis bemerkt es, sagt nichts, tut nichts. Wir trocknen uns ab, jeder für sich.

Zusammen legen wir uns auf das Bett und ziehen die Decke bis knapp unters Kinn. Wir frösteln, und ich höre meine Zähne klappern, vielleicht auch Luis' Zähne, so leicht lassen sich unsere Körper und Geräusche nicht mehr voneinander trennen.

„Keine Heizung", sagt er, und ich nicke. Dann dreht er sich zu mir, positioniert seinen Kopf nahe meinem,

sein Hals berührt meine Schulter, seine Hand ruht auf
meinem Rippenbogen, knapp unter meiner Brust. So
schlafen wir ein.

Das Schlafzimmer befindet sich im hinteren Teil des
Hauses, es ist ruhig, und wie soll es auch anders sein,
direkt am Meer, ohne andere Menschen. Das Licht
flackert durch ein kleines Fenster. Als ich aufwache,
ist alles unverändert. Ich traue mich nicht, mich zu
bewegen. Ich will Luis nicht in den Tag holen. Also
beobachte ich ihn im Schlaf, wie er auf diesem Bett
liegt und wie er mir dabei nicht fremd vorkommt.

Ich höre in den Raum hinein, in das neue Zuhause,
ich möchte die Geräusche kennenlernen und die Ge-
rüche. Ich möchte nicht irritiert sein, wenn der Kühl-
schrank surrt oder ein Holzbalken knackt. Aber dieses
Einordnen wird noch dauern. Überhaupt werden einem
die meisten Geräusche erst bewusst, wenn man alleine
in einem Raum oder in einem Haus ist. Die Decke wird
unangenehm schwer. Wir sind nackt, ich kann Luis'
Schwanzspitze spüren. Er ist steif und berührt mich
an der Hüfte. Ich winde mich aus seiner Umarmung.
Er tritt ein wenig mit seinem Fuß, macht nichts weiter.

Ich löffle Kaffeepulver in die Espressokanne, die für
uns zwei reicht. Nicht lange und es brodelt am Herd.
Weil ich den Deckel leicht anhebe, spritzt braune Flüssigkeit auf die hellen Fliesen. Mit zwei Tassen, die viel
zu groß sind für die Menge Kaffee, gehe ich zurück
zum Bett. Luis riecht den Geruch, der Alltäglichkeit
verspricht, wacht auf und streckt sich. Ich sehe den

Moment in seinem Gesicht, in dem er realisiert, wo wir sind, wer ich bin.

Ich denke darüber nach, was wir tun könnten, wie ich Luis ablenken kann. Und ich frage mich, wie man das schaffen soll, wie man jemandem vom eigenen Leben ablenkt. Luis weiß wenig über meine Situation. Er weiß nicht, wieso ich mit ihm aufgebrochen bin, ohne lange zu überlegen. Letzte Nacht habe ich gegrübelt, warum er zu mir gekommen ist und nicht zu einem Freund, einer Freundin, zu jemandem, der ihm nähersteht. Alles, was mir dazu eingefallen ist, ist, dass wenige Menschen das besser verstehen sollten. Ich habe mit niemandem geredet, bevor ich aufgebrochen bin, habe niemandem etwas erzählt, eigentlich erst Maria.

„Was machen wir heute?", fragt er.

„Ich weiß nicht", sage ich. „Vielleicht gehen wir den Strand entlang, bis ganz nach oben. Vielleicht fahren wir mit dem Motorrad, einfach so, ohne Ziel. Wir könnten uns auf die Terrasse setzen, etwas lesen. Ich könnte dir vorlesen", schlage ich vor.

Er nickt. Wir ziehen uns an, Hosen, die man nur zu Hause trägt, und gehen nach draußen. Ich krame in meiner Tasche nach den Büchern, aber ich habe nur ein englisches dabei. *Jealousy* von Catherine Millet. Ich frage mich, ob es ihm guttun würde, dieses Buch, und mache währenddessen noch einmal Kaffee. Luis sagt, er wolle sich an den Strand legen. Weil das wie Urlaub sei, wenn man im Sand liege, ganz nahe am Meer. Ich muss lachen und denke dabei an Emil und den verfickten weißen Sand in Vietnam.

Wir nehmen die große Decke, kein Spalt soll zwischen uns sein. Ich fange an vorzulesen, mein Kopf auf Luis' Bauch. Und so geht der halbe Tag vorüber, die Sonne brennt auf uns herab, und wir zittern trotzdem. Es ist die Herbstsonne, die uns nicht allzu lange aufwärmen kann. Die Kraft ihrer Strahlen ist nicht stark genug, und ein bisschen ist es, als müsste sie sich ausruhen.

Luis fragt mich, was das Schlimmste sei, was ich jemals getan habe. Ich muss darüber nachdenken. Ich weiß nicht, was ich ihm antworten soll. Also fange ich irgendwo an, bei den Jahren, die mir gerade klarer scheinen als die Gegenwart. Ich erzähle ihm von der Wohnzimmerwand, auf die ich Tomaten geworfen habe, bis alles ganz rot war. Weil Mama die Mauer nicht mit mir streichen wollte. Von dem Jungen, dem ich den Finger nach hinten gebogen habe, so dass er durch und durch blau war. Von der Nacht, in der wir eine Rauferei angefangen haben, von der ich ein Veilchen heimgebracht habe, und die Nase eines der Mädchen, deren Namen ich nicht kannte, gebrochen war.

Ich erzähle von dem einzigen Mal, wo ich im Supermarkt fünf Schokoriegel eingepackt habe, ohne zu bezahlen. Ich erzähle von der Alkoholvergiftung einer Freundin, die ich in die Notaufnahme begleitet habe, und davon, dass ich kurz darauf weggelaufen sei. Und von einem der MDMA-Räusche, den ich tanzend in der Dunkelheit verbracht habe, von den zwei Männern, mit denen ich in dieser Nacht in einem Park Sex gehabt habe, und wie schön das eigentlich war, fällt mir erst auf, während ich darüber rede. Ich frage mich, was mich dazu treibt, das jetzt zu erzählen. Nicht, weil es mir zu privat wäre, sondern deshalb, weil Luis nach etwas Schlimmem gefragt hat.

Insgesamt hört es sich so an, als wäre mein ganzes Leben lang nichts passiert. Oder als würde ich etwas verschweigen, denke ich. Also sage ich Luis, das Schlimmste, was ich je getan hätte, sei, vielleicht schwanger zu sein, ohne zu wissen von wem. Luis sagt lange nichts. Und dann streicht er über meinen Bauch.

Ich frage ihn dasselbe, ich frage ihn, was er bereue. Er schaut weiter geradeaus. Kurz glaube ich, er wird mir nichts erzählen. Ich fühle mich leichter. Weil eine Erinnerung die andere hervorgeholt hat und ich ihm am liebsten noch mehr erzählen würde, um weniger zu werden.

Luis antwortet, dass er mich verstehen könne. Dass er seine Freundin beschissen habe, dass sie ihn beschissen habe, Monate oder Jahre, und dass das in Ordnung gewesen wäre, hätten sie das voneinander gewusst. Und dass er das Bild nicht loswerde, wie sie, seine Freundin, ihn dabei erwischt habe, wie er eine andere gefickt hat. Das Bild sehe er wie in ein Album geklebt, oder er sehe die Szene wie einen Film ablaufen, aber nie aus seiner, immer aus ihrer Sicht. Er sehe seinen Arsch, wie er zustößt, er höre das Stöhnen der Frau, das er selbst gar nicht wahrgenommen habe. Das mache es schwerer, auch wenn er danach erfahren habe, dass sie dasselbe getan habe. Sie habe mit Menschen geschlafen, ohne ihm davon zu erzählen. Aber sie habe ihn diesen Bildern nie ausgesetzt. Es habe keine

einzige Situation gegeben, in der es passieren hätte
können, dass Luis sie dabei erwischt. Und deshalb sei
Luis ihr dankbar, obwohl er sie gleichzeitig hasse und
sich selbst noch viel mehr.

Ich blicke in sein Gesicht und ertappe mich bei dem
Gedanken, dass Luis erst zwanzig ist. Dass das alles
keine Rolle spielen wird, dass sie beide das vergessen
werden und andere Beziehungen führen. Und dann
realisiere ich, was ich da denke und dass Schmerz nicht
vom Alter abhängig ist. Dass man das ganze Leben lang
in derselben Intensität verletzt werden kann und das
ganze Leben lang in derselben Intensität verletzen
wird. Es gibt kein Alter, in dem man dazu auserkoren
ist, Schmerz zu fühlen, und es gibt keine anderen Jahre vorher oder nachher, in denen man zu wenig oder
genug Lebenserfahrung hat, um sich selbst über diese
Gefühle hinwegzutrösten. Mit dem Wissen, dass der
echte Schmerz erst einsetzen wird oder dass er bereits
vergangen ist.

Ich kann Luis nicht antworten. Nichts, was ich sagen
könnte, würde richtig klingen. Es fällt mir schwer. Die
Tränen sammeln sich in den Winkeln seiner Augen. Sie
kullern nicht über seine Wangen, sie fallen hart und
klatschen auf die gelbe Decke. Sie sammeln sich, und
das Gelb wird nass und dunkel.

„Ich habe mich schon gewundert“, sagt er, „was du
mit dieser Tüte und den Schwangerschaftstests vorhast.“

Ich muss laut lachen, trotz allem. Ich erzähle ihm
von dem Tag, an dem ich in die Stadt gefahren bin.

Davon, dass er genau zur richtigen Zeit vor meiner Tür gestanden habe und dass ich nicht an Zeichen glaube oder an etwas Übernatürliches. Aber dass sich das hier fast ein bisschen so anfühle.

„Wann wirst du damit anfangen?", fragt er. „Willst du denn nicht wissen, ob du schwanger bist?"

„Ich weiß nicht", sage ich und auch, dass ich nicht sicher sei, ob ich es wissen wolle. Vielleicht würde ich am liebsten erst dann daran denken, wenn es keine andere Möglichkeit mehr gibt.

„Was tust du dann?", fragt er dennoch. „Was tust du, wenn du schwanger bist?"

Ich zucke mit den Schultern, weil ich es nicht weiß, weil alles vor mir verschwommen ist und alles hinter mir auch.

„Können wir noch eine Nacht warten?", frage ich ihn.

„Wir können warten, solange du möchtest", antwortet er.

„Wirst du mir mehr von ihr erzählen?", entgegne ich.

Luis nickt und sagt nichts.

Wir warten noch länger. Eine Nacht ist zu kurz, und mit Luis löst sich der Druck. Vielleicht geht es ihm mit mir genauso. Vielleicht sind wir deshalb zusammen hier. Ich wohne in einem Haus mit einem Mann, den ich kaum kenne, denke ich. Vielleicht bin ich schwanger. Ich tue das, was ich nie tun wollte. Und weil ich es nie tun wollte, bin ich überhaupt hier. Ich bin davongelaufen, losgefahren ohne Ziel, hunderte Kilometer weit.

An dieser Situation, die eine Schwebesituation ist, will keiner von uns beiden etwas ändern. Wir schweben weiter. Wenn wir damit anfangen, Schwangerschaftstests zu machen, über verlorene Menschen zu sprechen, dann wird Realität, dass das hier keine Realität ist.

Luis und ich verbringen die Tage, als gäbe es nichts außer uns. Wir schlafen, solange wir wollen, solange wir es unter der Decke aushalten, bis uns zu heiß wird von der Wolle und der gegenseitigen Wärme. Wir trinken jeden Morgen zwei Tassen Kaffee. Wir liegen am Strand und lesen uns gegenseitig vor. Wir laufen jeden Nachmittag ins Meer, manchmal zweimal, und das Wasser erschreckt uns jeden Tag aufs Neue mit seiner Kälte. Die Wellen klatschen gegen unsere Bäuche, wenn wir kurz stoppen, ungefähr an der Stelle, an der das Wasser bis knapp über unsere Hüften reicht. Und dann tauchen wir mit einem Sprung kopfüber hinein. Ab und zu atme ich trotzdem ein und nehme einen Schluck von dem Salzwasser. Meistens blase ich die Luft aus meiner Nase, und vor meinen Augen rauschen die Bläschen nach draußen. Luis paddelt neben mir, irgendwann dreht er sich auf den Rücken, streckt die Arme seitlich aus und gleitet mit den Wellen.

Manchmal fahren wir. Fahren ohne Ziel. Bis ganz rauf, bis dorthin, wo Felsen Richtung Wasser schauen und kein Mensch mehr unterwegs ist. Wir klettern an den höchsten Punkt und lassen unsere Füße baumeln. Ich kriege Angst, weil mir die Höhe zu schaffen macht. Bilder ziehen durch meinen Kopf, wie wir Hand in Hand nach unten springen. Ich stelle mir vor, wie es sich anfühlt, den freien Fall zu spüren, aufzuprallen auf der Wasserdecke, nach unten zu sinken und nie mehr nach oben zu schwimmen. Dann lehne ich mich an Luis.

Manchmal zeichnen wir Sternbilder mit unseren Fingern nach. Über Sternbilder weiß ich nichts, nur den Großen Wagen kann ich erkennen. Was egal ist. Es geht um die Bilder, die keine Namen haben.

Manchmal joggen wir, nicht am Strand entlang, sondern auf den schmalen Wegen ins Hinterland. Auf Luis' T-Shirt bilden sich Flecken, und ich atme seinen Geruch ein. Wir lassen alle Energie raus, laufen sie raus. Damit wir müde sind, wenn es dunkel wird. Meist laufe ich vor Luis, treibe ihn an. „Ich kann nicht mehr denken", sagt er dann, „ich kann nur mehr laufen." Ich glaube, das ist gut.

Manchmal sitzen wir in der Abendsonne auf der Terrasse, wir trinken Wein und rauchen Zigaretten. Ich verdränge den Gedanken an das Ding, das in mir heranwachsen könnte. Luis ist nie anders als sonst, nie vorwurfsvoll oder so, dass ich es nicht ertragen könnte. Sein Ausdruck sagt kein einziges Mal, dass ich lieber lassen sollte, was ich gerade mache. Luis plappert dann vor sich hin, er erzählt Geschichten aus dem Dorf, wie er aufgewachsen ist, von der Schulzeit mit Rui. Aber nie von ihr. Vielleicht denkt er sie mit, vielleicht verpackt er sie in Pronomen wie „wir".

Manchmal schlafe ich auf dem Sofa ein und bleibe dort die ganze Nacht, Luis schleppt sich ins Bett, weil wir beide zusammen nicht wirklich Platz haben auf der Couch. Frühmorgens weckt er mich und sagt mir, dass ich ihm gefehlt hätte. Öfter schlafen wir gemeinsam im Zimmer. Er schmiegt sich an mich oder ich mich an ihn. Manchmal berühren wir uns anders. Luis streichelt mich jeden Tag. Und manche Nacht streichelt er mich so, wie er es sonst nicht tut. Wir sind immer beste Freunde, und manchmal haben wir Sex. Er sagt nie, dass er nicht mit mir schlafen könne, weil ich vielleicht ein Kind bekomme. Er lässt mich vergessen, was ich vergessen will.

Wir warten, bis es ruhig geworden ist, ruhiger als tagsüber. Ich lehne mit dem Rücken an dem Bettgestell, meine Beine sind angezogen und einen Spalt geöffnet. Die Oberschenkel zittern, so als könnte ich sie bald nicht mehr zusammenhalten, so dass sie auseinanderfallen und ich breit geöffnet vor ihm sitze. Dann spüre ich, dass er hart wird.

Er leckt mich, bis ich komme, und in dem Moment drücke ich sein Gesicht gegen mich, seinen Mund und seine Zunge. Erst danach dringt er in mich ein. Er ist nie grob, nie schnell. Luis bleibt langsam, er bleibt über mir. Er liegt nicht mit seinem ganzen Gewicht auf mir. Manchmal wünsche ich mir, er würde alles Schwere auf mir abladen.

Ich denke an die Möglichkeiten. Wenn ich zu lange warte, habe ich keine Wahl mehr. Ich kann dann nicht mehr entscheiden, ob ich das Baby austrage oder nicht. Ich sehe mich selbst mit einem schwangeren Bauch und die blauen Äderchen darauf, die sich rund um die Halbkugel ranken. Ich sehne mich danach, alles aufzuschieben. Zumindest, denke ich, sollte ich mir sicher sein, was ich tue, wenn ich schwanger bin.

Luis sieht gelöst aus heute Morgen. Grübchen bilden sich auf beiden Wangen. Vielleicht bemerke ich sie zum ersten Mal. Seine Augen sind klarer, was wie ein Klischee klingt, aber es stimmt. Er sagt, heute fühle er sich okay. „Okay ist gut", sage ich zu ihm. Okay ist manchmal mehr, als man sich zu wünschen wagt.

„Sie fehlt mir", sagt er plötzlich.

Ich habe befürchtet, dass es mich verletzen könnte, sollte Luis diesen Satz aussprechen. Aber das tut es nicht. Der Satz hört sich richtig an. Und wieso auch nicht, denke ich. Wie könnte man einen Menschen, den man kennt wie keinen anderen, nicht vermissen?

Ich stupse Luis mit meiner Zehe an. Sein Knie gibt nach und schlackert nach links.

„Erzähl mir von ihr", sage ich.

Luis räuspert sich und dann fängt er an zu reden. Er wählt seine Worte genau, es ist kein Schwall. Es klingt, als hätte er das alles schon oft gesagt. Und das hat er vielleicht auch. Ich denke an Emil und mich, wie wir durch das neue Haus von Vero und Aaron geführt wurden, wie mir alles, was sie gesagt haben, einstudiert vorkam. Und wie ich erkannt habe, dass wir beide genauso einstudiert wirken. Dass wir Vietnam durchspielen wie ein Vorsprechen.

„Wie heißt sie?", werfe ich ein.

„Catarina", antwortet er beiläufig, beinahe überrascht über die Frage, als würde das nichts beitragen zu seiner Erzählung. Und dann spricht er weiter, über das Feld, in dem sie gelegen hätten. Über das plattgedrückte Gras und das ausgebreitete Tuch, das sich seidig angefühlt hätte auf den nackten Körpern. Wie sie zum ersten Mal Sex gehabt hätten, dort auf diesem Feld, und wie die trockenen Halme sich durch das Tuch gebohrt und ihre Haut gepikst hätten. Er spricht von den Grillen, die so laut gezirpt hätten, dass sie den Atem des anderen kaum hören konnten. Dabei wäre der Atem wichtig gewesen. Vielleicht das Wichtigste, um die Lust des anderen zu deuten, und dass sie es trotzdem geschafft hätten.

Luis erzählt, als würde er lesen, und vielleicht hat er es so oft erzählt, dass jedes Wort am richtigen Platz steht. Dass er es am Punkt betont und an der passenden Stelle eine künstliche Pause macht. Und irgendwann wird mir klar, dass nicht er diese Geschichte anderen Leuten erzählt hat, sondern Luis und Catarina einander. Ich denke darüber nach, ob er ihre Sätze nun selbst spricht oder sie auslässt.

Luis sagt, sie hätten ihre Kindheit miteinander verbracht und sich heranwachsen sehen. Sie hätten sich gemeinsam in Pfützen gesetzt, Kriegsbemalungen aus Schlamm auf ihre Gesichter gezeichnet, er sagt, dass sie zusammen einen Regenwurm aufgeschnitten hätten, und jeder musste eine Hälfte essen. Dass sie ihre ersten Schamhaare vor dem Spiegel untersucht hätten, dass er einen Finger in Catarina gesteckt hätte, um das Ende zu ertasten, und sie mit ihren Händen seine Arschrille entlanggefahren wäre, um ihn und sich zu vergleichen.

Luis' Stimme ist fest. Er erzählt vom ersten Alkohol, den sie gemeinsam getrunken hätten, und wie sie im

Sand eine Grube gebuddelt hätten, um sich zu übergeben. Ich stelle mir vor, wie sie beide auf allen vieren kriechen und nebeneinander in die Mulde kotzen.

Ich lehne mich zurück und schaue auf die weiße Mondsichel, die sich vom noch hellblauen Himmel abhebt. Ich sehne mich danach, Luis weiter zuzuhören. Ich will noch mehr Geschichten, die ihn plastischer werden lassen. Als wäre er bisher nur zweidimensional gewesen. Und plötzlich ist da mehr von ihm.

Lange Zeit sind wir ruhig. Wir sitzen da, ohne etwas zu sagen, uns etwas zu fragen oder zu beantworten. Trotzdem höre ich Luis' Stimme, und ich spinne mir die Geschichten, die er erzählt hat, weiter. Ich überlege, wie Catarina aussieht, weil er darüber nichts gesagt hat.

„Hast du ein Bild von ihr?", frage ich ihn.

Luis steht auf und tapst barfuß über den Fliesenboden. Er wühlt in seinem Rucksack. Er hat fast alles ausgepackt, denke ich, und warum das Suchen so lange dauert. Also folge ich Luis ins Wohnzimmer. Er steht in der Mitte des Raums und betrachtet ein Foto.

Ich trete hinter ihn, lege meine Arme um seinen Bauch, falte sie und halte ihn. Kein Teil seines Körpers bewegt sich. Jetzt erst merke ich, dass es kalt geworden ist auf der Terrasse, weil mich ein Zittern beutelt, das oberhalb meines Hinterns anfängt und sich bis über die Schultern zieht. Und dass über dem Meer ein Wind weht, den die Wellen bis zu unserem Ferienhaus tragen. Luis schiebt seinen Kopf etwas zur Seite, hebt seine Hand, damit ich das Bild sehen kann.

Es dauert eine Sekunde, bis mein Verstand kapiert. Es zeigt Kastanienbraun. Es zeigt Maria.

Ich weiß nicht, was ich sagen soll. Also bleibe ich stehen, meine Arme und Beine sind steif geworden, meine Hände noch um Luis gelegt. Ich drücke ein wenig zu fest zu und merke es erst, als er beginnt, sich aus meiner Umarmung zu winden. Ich setze mich auf die kühlen Fliesen, die meinen Körper angespannter werden lassen. Luis kniet sich vor mich, nimmt meine Arme und legt sie zusammen. Das Foto liegt auf meinen Oberschenkeln.

Gemeinsam schauen wir darauf, auf Luis und Maria, die eigentlich Catarina heißt. Maria hält eine Hand Richtung Kameralinse, als würde sie nicht fotografiert werden wollen, und lacht. Man kann ihre Zähne sehen, die strahlen, ihre gebräunte Haut, und beides sticht heraus. Beinahe funkeln die Zahnreihen, wie bei Emil, denke ich, und an das Schwarzlicht. Aber Emil ist gerade weit weg. Einen Teil ihrer Haare hat Maria nach hinten und zu einem Knoten gebunden. Seitlich fallen die restlichen Haarsträhnen über ihre Schlüsselbeine. Luis grinst, die kleinen Einbuchtungen neben seinem Mund sind zu sehen, und seine Haare, sogar seine Wimpern sind aufgehellt von einem Sommer unter freiem Himmel.

Die beiden scheinen ein paar Jahre jünger zu sein, Maria ist älter als Luis, denke ich gerade, aber vielleicht glaube ich das auch nur.

„Catarina ist schön", sage ich zu ihm und versuche, mich an den neuen Namen zu gewöhnen, aber im Grunde ist das egal, im Grunde kann Maria Maria bleiben.

Ich frage mich, ob ich es Luis erzählen muss. Ob ich es ihm erzählen soll. Ob er mich hassen wird. Die Fragen ploppen in meinem Kopf auf, aber ich kann mich nicht dazu durchringen, etwas zu sagen oder zu tun. Ich entscheide mich dafür, dass es nichts ändern soll, nicht für ihn und nicht für uns.

Und dann sitzen wir wieder lange da, ohne etwas von uns zu geben, auf dem Sofa diesmal. Vielleicht, denke ich, meint Luis, dass mich beschäftigt, dass er mir das alles eröffnet hat. Aber ich kann nur daran denken, dass es Luis' Geschichten schöner macht, weil es Maria ist. Wir schalten den Fernseher ein, damit wir etwas hören, um uns normal zu fühlen. Das Foto bleibt auf dem Tisch, Luis räumt es nicht mehr weg. Maria, denke ich. Maria, der ich alles erzählt habe, die jeden Tag am Strand war, die mich berührt hat und gefragt, ob ich schwanger bin.

Luis denkt darüber nach, seine Eltern anzurufen. Sie wissen nicht, wo er ist. Und er denkt, dass sie sich Sorgen machen, weil Eltern sich eben Sorgen machen, seine zumindest. Ich denke an die Nächte, die ich durchgemacht habe, bei Freunden oder bei Leuten, die ich kurz vorher kennengelernt habe. Einmal in einem Zelt unter einer Straßenbrücke, nach einer dieser Partys, die nicht angemeldet werden und irgendwie verboten sind. Es war Sommer, der Himmel noch orangerot, als alles angefangen hat, durchzogen mit lilafarbenen Streifen und reinweißen Wolkenfeldern. Unter der Brücke war es heißer als im Rest der Stadt. So, dass alle nur Tank-

Wer meine Worte hört
und danach handelt, der ist klug.
Man kann ihn mit einem Mann vergleichen,
der sein Haus auf felsigen Grund baut.“

(Jesus, Matthäus 7,24 Hfa)

„Итак всякого, кто слушает слова Мои сии и
исполняет их, уподоблю мужу благоразумному,
который построил дом свой на камне.“

(Евангелие от Матфея 7:24)

tops anhatten, dass sie ihre Hosen hochgekrempelt oder die Kleider beim Tanzen hochgehoben oder ganz ausgezogen haben. Die Menschen hatten Schweißperlen auf der Stirn oder einen glimmernden Film auf ihrer Haut, und alles hat besonders ausgesehen vor dem Hintergrund. Die Organisatoren haben den Alkohol in Plastikbechern ausgeschenkt und damit die Gefahr der Glasscherben gebannt. Weil die meisten barfuß getanzt haben, weil es gar nicht anders gegangen wäre, wegen der Hitze und vor allem wegen der Freiheit, die sich ohne Schuhe besser spüren lässt.

Meine Freunde sind irgendwann heimgegangen, und ich bin bei diesen Menschen unter der Autobahnbrücke geblieben. Das war kurz bevor ich Emil begegnet bin, und ich war schon über zwanzig, aber für ein paar Monate wieder daheim. Jede Nacht, in der ich nicht zuhause war, konnte sich meine Mutter tags darauf auf mich konzentrieren, auf ihr Kind, das in der Nacht nicht in sein Bett gekrochen kam. Die Tochter, die wieder daheim wohnt, irgendwo an irgendetwas gescheitert.

Und dann denke ich an Francesca und an Marta. Ich frage mich, ob ich sie wiedersehen werde. In der Nacht, in der Luis und ich weggefahren sind, einfach aufgestiegen auf das Motorrad, habe ich gedacht, ich würde wiederkommen. Ich habe meinen Koffer zurückgelassen, habe nur die nötigen Dinge eingepackt, ich dachte, wir bleiben eine Zeit, und dann fahren wir wieder in das Dorf. Jetzt bin ich mir nicht mehr sicher.

Ich beschließe, sie anzurufen. Francesca ist am Telefon, sie ruft laut durch den Raum, dass ich es sei und dass es mir gutgehe. Ich stelle mir vor, wie Marta von ihrem Sessel aufspringt. Francesca erzählt mir, dass alle wohlauf seien. Dass ich sie mit meiner Abreise überrascht hätte, aber dass das Haus nach wie vor frei sei und mein Koffer in der Ecke stehe. Sie bedankt sich für das Geld, das ich auf dem Bett liegen gelassen habe.

Francesca fragt mich nach Luis, der in derselben Nacht verschwunden ist wie ich. Sie weiß, dass wir zusammen hier sind.

Wir reden lange, Francesca möchte, dass ich ihr alles beschreibe. Wie das Ferienhaus aussieht, in dem wir wohnen. Wie hoch die Wellen an diesem Strand werden, weil sie im Norden anders sind als im Süden. Wo wir einkaufen und was wir kochen. Ob wir in einem Bett schliefen, fragt sie mich. Ich muss lachen. So laut, dass Luis einstimmt, obwohl er nicht weiß, worum es geht.

Ich lasse meinen Blick schweifen. Ich habe mein Handy erst vor dem Anruf eingeschaltet und spüre die Vibrationen an meinem Ohr, die Nachrichten, die es empfängt. Ich denke daran, dass ich längst hätte zurückfahren müssen. Dass ich wahrscheinlich meinen Job verloren habe. Kurz nach unserer Ankunft habe ich die nächste Runde Mails geschrieben und um unbezahlten Urlaub gebeten. Nur habe ich mir die Antworten nicht angesehen.

„Wann bist du wieder hier?", fragt Francesca und holt mich damit zurück.

Es hört sich an, als würde sie nicht zweifeln, kein bisschen, als wüsste sie genau, dass ich wiederkomme.

„Ich weiß es nicht", antworte ich.

Jetzt ist Luis an der Reihe. Ich gehe nach draußen, lege das Handy auf den Tisch und setze mich in den Korbsessel. Er erinnert mich an die heile Welt hinter weiß gestrichenen Holzgeländern. Nur die Polsterauflage mit dem Rosenblumenmuster fehlt.

Ich drehe meinen Oberkörper und sehe Luis auf dem Sofa sitzen. Er telefoniert mit seinem Handy, was logisch ist, und weshalb er nicht hätte warten müssen, bis ich aufgelegt habe.

Es ist Abend, und jeder Abend ist eine Nachbildung des vorangegangenen. Nur das Wetter verändert sich leicht. Es hat fast nie geregnet, seit wir hier sind. Vielleicht ein paar Tropfen, nicht in Strömen. Deshalb zeigt sich am Himmel jeden Tag ein ähnliches Farbenspiel. Ich beobachte, wie sich die Wolken an andere Wolken hängen und zu einem größeren Gebilde werden. Im Norden sieht man die Felsen, das Weißwasser, und würde man daran vorbeijoggen, auch die grünen Schlieren der Algen, die auf den Steinen kleben bleiben. Aber nicht von hier aus. Von diesem Platz aus kann man nur das Ockergemisch des Sandes sehen, die Umrisse der Steine und die Grenze der Wellen, weil der vordere Strandteil dunkler ist als der Rest.

Ich überlege, ob ich die Nachrichten lesen soll, und schaue auf das Display mit den großen Zahlen, die die Uhrzeit anzeigen. Auf das Datum, das vor meinen Augen verschwimmt und sich in schwirrende Pünktchen auflöst.

Ich habe Maria gefickt, denke ich jetzt, und vielleicht hat Luis zur selben Zeit eine andere gefickt. Vielleicht hätte Maria nicht die Tür geöffnet, wäre ich nicht davongestapft. Vielleicht hätte sie Luis nicht erwischt mit dem Schwanz in einer anderen, mit dem Arsch, der vor- und zurückstößt, mit dem Drängen zwischen den Beinen der fremden Frau. Vielleicht wären Luis und ich nicht hier, hätte ich eine andere Entscheidung getroffen an diesem Nachmittag.

Jetzt stelle ich mir statt Veros Bauch meinen eigenen vor, der größer wird und sich ausdehnt, weil das Ding darin wächst. Ich denke alle Möglichkeiten durch, und obwohl ich weiß, dass ich einfach den Test machen sollte, habe ich das Gefühl, dass ich zuerst wissen muss, was ich tue, wenn er positiv ausfällt.

Ich stelle mir vor, dass Luis und ich hierbleiben. Dass wir für immer hierbleiben, dass wir dieses Kind gemeinsam aufziehen. Dass ein Baby in einer Wiege aus Korbgeflecht liegt. Vielleicht auch aus Schilf, was dem Ganzen etwas Moses-Ähnliches verleihen würde. Ich denke, dass dieses Kind, das keinen Vater hat, das zu viele Väter hat, hier am Meer aufwachsen würde. Dass es wie Maria jeden Tag in die Wellen steigen könnte, dass es noch vor den ersten Schritten schwimmen würde. Ich stelle mir vor, wie Luis es locker auf seinem Arm trägt. Ich denke an die winzigen Hände, an die noch winzigeren Nägel. Ich frage mich, ob man Kleinkindern die Nägel schneidet. Ich denke, dass wir eine Lösung finden müssten für das Motorrad und das Baby. Vielleicht gingen wir auch nur an die Plätze, die wir zu Fuß erreichen könnten. Ich denke, dass Francesca wie eine

Oma sein würde und Marta wie eine Urgroßmutter. Ich frage mich, woher wir das Gitterbett bekommen und wo wir das Kind baden würden. Ob wir dafür die Wäschewanne aus Plastik verwenden könnten.

Ich denke daran, dass ich Luis nicht kenne, dass ich mir eine Art Paralleluniversum zusammenspinne und dass das, was wir hier tun, nur ein Dazwischen ist.

Ich stelle mir vor, dass ich zurück nach Hause fahre. Ich stehe vor unserer Wohnungstür. Ich klingele, weil ich meinen Schlüsselbund vergessen habe. Ich bin hochschwanger, mein Bauch steht weit nach vorne. Wenn ich das Shirt nach oben ziehe, kann ich den Nabel sehen, der nach außen gedrückt wird, und ich bin mir sicher, dass das Kind damit den letzten Platz für sich herausgeholt hat. Alles tut mir weh, und ich mag diese Schmerzen. Es zieht im Rücken, und es zieht in den Brüsten, aus denen manchmal Milch schießt. Mit den Brustwarzen ist dasselbe geschehen wie mit dem Nabel, und sie sehen aus, als hätte sie jemand bis kurz vorm Knall aufgeblasen.

Emil öffnet die Tür und lacht mich an. Wir setzen uns an den Küchentisch, wir beugen uns über Pläne. Emils Pläne, die er für uns angefertigt hat. Hausbaupläne und Lebensführungspläne. Alles aufgeschrieben. Die Wohnung ist gefüllt mit Dingen für das Wochenbett und mit Sachen für das Kind. Alles ist vorbereitet, und alles wartet, dass ich endlich dieses Baby aus mir herauspresse. Alles schreit mich an, dass ich es endlich hergeben soll, dass es nicht mir alleine gehört, dass es diesem Stillkissen gehört und diesem Kuschelbären, der auf einer Schatzkiste sitzt, dass es unseren Freunden gehört und Emil, Emils Eltern und meinen, dass es diesem neuen Kinderzimmer gehört, das gerade gebaut wird, gemeinsam mit den Kinderzimmern für die Geschwister, die darauf warten, dass mein Bauch frei wird.

Emil kocht für mich, Emil massiert meine Füße, Emil räumt auf und wäscht. Emil liebt dieses Baby so sehr, dass er mich mitlieben muss, weil ein einziger Mensch nicht so viel Liebe ertragen kann. Ich denke daran, wie gut es dieses Baby haben wird, wie perfekt dieses Haus wird, diese Räume und dieser Ort. Das Baby ist zuerst winzig, und dann wird es größer, so groß, dass ich es mit mir im Garten graben sehe, weil wir jetzt einen Garten haben, in dem ein Beet angelegt ist, weil wir diesem Kind zeigen müssen, wie man das eigene Gemüse anbaut. Manchmal streiten wir, aber nicht oft, weil Emil für alles Konzepte hat, und wenn wir diese Konzepte befolgen, gibt es keine Probleme. Konzepte befolgen, denke ich.

Ich stelle mir vor, dass ich an der langen Tafel sitze. Sie ist immer noch lang, diese Tafel, aber irgendwie muss sie das auch sein, weil es nicht mehr nur ums Ficken geht, es geht ums Familienleben. Leo sitzt mir gegenüber und legt seinen Kopf schief. Das Baby plappert, und der Brei läuft an seinem Kinn herab. Ich beobachte Leo, wie er da ist, wie er geduldig einen Löffel nach dem anderen aufnimmt, wie er das Baby füttert, ohne zornig zu werden, weil es sein Baby ist, und ich ertappe mich dabei, dem Kind und Leo den Brei ins Gesicht schmeißen zu wollen, weil das Geheule und die Pampe mich wahnsinnig machen.

Leo hat meinen Bauch gestreichelt, die ganze Schwangerschaft lang. Er ist dagelegen, neben mir auf unserer Couch, um keine Minute dieser Schwangerschaft zu verpassen. Ich denke daran, wie er nach dem Essen aufsteht, wie er das Kind auf seinen Arm hebt, wie er mich an die Hand nimmt, um mich um meine eigene Achse zu drehen, bis mir schwindelig wird und ich vor ihm niedersinke.

Gemeinsam stehen wir am Fenster und beobachten die Menschen, die den ganzen Tag darunter vorbeischlendern. Leo berührt mich, vielleicht noch intensiver, weil wir mehr geworden sind. Da sind keine Statisten mehr, keine Hotelangestellten, die die Reisetaschen hinter uns ins Zimmer schieben, keine Tankwarte, die den Schnabel des Benzinschlauchs in das Loch unter der Klappe stecken, keine Strandverkäufer, die uns grellpinke Sonnenbrillen zeigen. Sonnenbrillen, die die einzige Erinnerung an uns sind, denke ich. Wir sind ein ganzes gemeinsames Leben, das wir erschaffen haben und das wir teilen.

Ich denke daran, wie das Kind am Spielplatz tollt, wie die Eltern sich beratschlagen und wie Leo auf der Parkbank sitzt, weil er schneller müde wird als die anderen. Ich stelle mir vor, wie ihn dieses Leben anstrengt. Weil ich endlich zurück in diesem Büro bin, von dem ich nie wegwollte.

Ich stelle mir vor, wie es an unserer Tür läutet, wie Leos Kinder eintrudeln, weil es nicht nur uns drei gibt. Leos Exfrau bringt sie übers Wochenende zu uns. Ich denke daran, dass Leo und ich trotzdem dieses Geheimnis hüten, daran, dass niemand wissen soll, dass Leo und ich gefickt haben, bevor er geschieden war. Kinder hören nicht gerne, dass ihre Väter ihre Mütter verlassen, um es mit einer anderen zu tun.

Luis kommt heraus und stellt sich hinter mich. Er legt die Hand auf meine Schulter, und ich lehne meinen Kopf nach hinten, auf die Stelle, an der seine Rippen aufeinandertreffen, genau in der Mitte dieses Menschen, und spüre seine Bauchkrümmung. Wie ein Kissen drückt er sich leicht gegen meinen Nacken. Er beruhigt mich, denke ich, und erzählt mir mit seiner Berührung etwas, was er nicht aussprechen muss. Ich frage mich, was seine Eltern zu ihm gesagt haben, ob Maria ihm geschrieben oder ihn angerufen hat. Weil Menschen das normalerweise tun. Sie melden sich, auch wenn sie sich voneinander getrennt haben, weil sich der Kontakt nicht einfach abbrechen lässt und weil ein Gespräch zu wenig ist. Nicht ausreicht, um alle Sätze zu formulieren. Und diese Sätze verfolgen einen, sie bilden sich immer wieder neu, werden weitergesprochen im Kopf, erfundene Antworten und Entgegnungen.

Wir reden lange nichts. Ich rühre mich nicht, und Luis bleibt einfach stehen. Weil wir beide wissen, dass das hier vorbei ist. Das Haus, das Meer, das Motorrad.

Alles verschwindet. Wieder ein Ende, denke ich. Luis setzt sich doch, er zieht mich auf seinen Schoß. Er räuspert sich, bleibt trotzdem still. So bleiben wir, bis wir anfangen zu zittern, weil die Nachtluft durch unsere Kleider und in unsere Körper dringt.

Also gehen wir hinein. Wir ziehen uns voreinander aus wie jeden Abend der letzten Tage. Ich stelle mich vor den Spiegel, der an der Wand neben dem Schrank angebracht ist. In diesem Schrank liegt alles, was ich noch besitze. Der Spiegel hat einen geschnitzten Holzrahmen. Er passt nicht in diesen Raum, er ist zu groß und deshalb zu einnehmend. Er wirft einem aus jeder Ecke dieses Zimmers das eigene Bild entgegen. Ob man will oder nicht.

Luis hat sich auf das Bett gelegt, jetzt sieht er mir zu und beobachtet, was ich tue. Ich platziere mich nahe davor, sodass sich nur mehr mein Körper spiegelt und der Rest des Raums dahinter verborgen bleibt. Ich streife mit den Händen über meinen Bauch und nehme etwas Bauchfett zwischen die Finger, die ich zusammendrücke. Ist es mehr geworden? Mehr Fett? Mehr Baby? Mir fällt ein, dass ich sie zu selten gemacht habe. Die Bauchfettprobe. Ich habe keinen Vergleich. Nimmt man in den ersten Wochen überhaupt zu? Der Bauch wird hart, habe ich gehört. Ist er hart? Ich klopfe dagegen, drücke hinein, fühle die Bauchwand, spanne an, lasse los und merke nichts. Ich weiß, dass jede Schwangerschaft anders ist, jeder Mensch anders und dass Klischees nichts bedeuten. Aber sie sind das Einzige, an dem ich mich festhalten kann.

„Was tust du da?", fragt Luis.

„Ich prüfe meine Schwangerschaft."

„Du weißt, dass die Schwangerschaftstests in der Kommode verstauben?", und Luis muss lachen, während er das sagt. Es klingt einfach, denke ich, und nach einer naheliegenden Lösung.

„Ich weiß", sage ich. „Sehe ich schwanger aus?"

„Nein, eigentlich nicht", sagt er. „Aber vielleicht siehst du schon schwanger aus, seit ich dich kenne. Vielleicht kann ich das gar nicht beurteilen."

Luis hat recht. Trotzdem. Schwanger fühle ich mich nicht. Sollte mir nicht schlecht sein? Sollte sich etwas verändern? Sollte ich nicht endlich irgendetwas spüren? Ich kann mich nicht erinnern, wann ich mich das letzte Mal erbrochen habe. Nicht, seit ich kein Zuhause mehr habe, denke ich. Zuhauselos kotzt es sich schwerer.

Ich überlege, Vero zu schreiben, um sie auszuquetschen. Sie zu fragen, wie es ist, schwanger zu sein, wie der Anfang war, was sie gemerkt hat. Aber würde ich das tun, würde Vero sich erkundigen, wieso ich das wissen will, plötzlich, nachdem ich mich vorher kaum dafür interessiert habe. Ich verwerfe die Idee.

Luis klopft auf die Seite neben sich, meine Bettseite. Er sieht mich an. Luis sieht aus wie jemand, der geht. Er verabschiedet sich innerlich, ohne Gerede oder Erklärungen, die es nicht benötigt. Nur seine Gesichtszüge haben sich gewandelt. Ich drehe mich noch einmal auf die Seite, um mich im Profil zu betrachten, und stemme meine Hände gegen die Hüftpolster am

Rücken, ich strecke meinen Bauch nach vorne und befasse mich mit der Wölbung. Mich besänftigt, dass ich nichts sehen kann. Bis mir einfällt, dass ich nicht weiß, ab wann man etwas erkennen sollte, ab wann man zunimmt. Was auch immer. Ich kenne die Erfahrungen von Freundinnen, und trotzdem habe ich keine Antwort auf diese Fragen. Weil alle etwas anderes erlebt und durchgemacht haben.

Emil wüsste es besser, denke ich. Er wüsste genau, ob ein Kind in mir wächst, wie man die Wochen berechnet, wie groß das Baby jetzt wäre. Eine Erbse? Eine Erdnuss? Eine Pflaume? Mir fällt die App ein, von der Vero gesprochen hat, und dass Aaron und sie nun die Zentimeterangaben eines Standardbabys in der jeweiligen Schwangerschaftswoche mit ihrem eigenen vergleichen könnten. Und mit Lebensmitteln. Sie könnten sagen, in dieser Woche sei ihr Baby ungefähr eine große Kiwi.

Emil wüsste auch genau, was jetzt zu tun ist. Ich höre seine Stimme: Du machst jetzt einen Test. Wir müssen sicher sein, dass du schwanger bist. Nur wenn wir sicher sind, lohnt es sich, darüber zu sprechen, überhaupt darüber nachzudenken. Test positiv. Wir fahren zum Gynäkologen. Ein positives Ergebnis reicht nicht, nein, auch nicht mehrere verfärbte Schwangerschaftstestflächen. Wir müssen die Befruchtung bestätigen lassen. Arzt positiv. Du rufst deinen Arbeitgeber an. Das ist die Vorgabe, man muss ihn informieren, sobald man davon erfährt. Du sagst, du bekommst ein Kind, du sagst, du willst ein, zwei Jahre in Elternzeit gehen, du denkst noch darüber nach, wie lange, aber du möchtest, dass er Bescheid weiß, jetzt schon. Am besten, du informierst ihn, dass du vorhast, danach in Teilzeit zu arbeiten, vorausgesetzt, du wirst nicht wieder schwanger. Wir könnten uns das leisten. Wir bauen ein Haus, ich verdiene genug. Du kannst zuhause bleiben, solange du magst. Arbeit ist nicht das Wichtigste. Wir sind das Wichtigste. Wir sind jetzt eine Familie. Kinder brauchen ihre Eltern. Sie brauchen Zeit mit ihnen. Zeit ist das Wichtigste.

Du musst einen Vertrag machen, höre ich Leo sagen, falls ihr euch trennt. Jetzt erst recht, oder, Leo?, denke ich. Wenn ich mich nämlich trennen würde, wäre da nicht nur ein Haus. Dann wären da Kinder, Autos, Versicherungen, gemeinsame Anschaffungen. Erziehungsaufteilung, Hausstandsaufteilung, Lebensaufteilung. Ja, Leo, denke ich, gut, dass du daran gedacht hast.

Würde er jetzt vor mir stehen, ich würde ihn anspringen, an seinen Haaren reißen, seinen Kopf zwischen meinen Händen schütteln, mit meiner Faust in seine Magengrube schlagen. Weil er nicht mit mir geredet hat. Nur Vertröstungen, denke ich, in dieser Nacht.

Luis taucht hinter mir auf, ich sehe ihn im Spiegelbild, nachdem ich ein paar Schritte zurückgegangen bin. Luis tippt mit seinen Zeigefingern auf meinen Kopf, hält sie an den Scheitel, er steht direkt hinter mir. Seinen Körper drückt er gegen meinen. Die Haut ist kalt, als hätten wir nach langer Zeit unsere nassen Badehosen ausgezogen, und ich spüre seine Unterarme

auf meinen Schultern, seine Brust an meinem obe-
ren Rücken, seinen Bauch mittig, seinen halbsteifen
Schwanz direkt über meinem Arsch. Genau dort, wo
die Härchen sich aufstellen, wenn mich friert. Seine
Eier berühren meine Backen, seine Beine spüre ich
durchgängig bis zu meinen Füßen. Es fühlt sich an,
als wären wir ein Mensch geworden. Ich greife nach
hinten und um seine Taille herum, halte mich fest und
platziere meine Füße auf seinen. „Geh los", sage ich
zu ihm. Und wir stapfen durch den Raum, gemeinsam
setzen wir einen Schritt nach dem anderen. Ich muss
lachen, und Luis trägt mich durch den Raum. Es ist
ganz leicht.

Wir stapfen eine Runde durch das Zimmer, bis zum
Bett, dann nimmt er mich an den Hüften und wirft
mich auf die Matratze. Unter meinem Gewicht sinkt
sie ein, und die Federn heben mich wieder nach oben.
Ich kugle auf die Seite. Luis legt sich zu mir, er legt seinen Kopf neben meine Hüftknochen und dreht seinen
Körper. Zum ersten Mal wirkt er unruhig.

Luis rollt mich auf den Bauch, rollt sich auf meinen
Rücken. Seine Brust auf mir. Noch nie ist er so auf mir
gelegen, denke ich, mit seinem gesamten Gewicht, mit
allem, was er hat. Dann werden wir still, niemand bewegt sich, nichts. Sein Schwanz liegt zwischen meinen
Beinen, berührt meinen Schlitz, ist groß, wir beide sind
groß und nass und still.

Ich frage mich, welcher Atem zuerst einsetzen wird.
Wer den Schritt zum Abschied macht. Alles ist feucht
zwischen uns, an uns, und dann ist da eine Art Zittern,

und die Körper beben. Sie werden zu etwas Gemeinsamem. Ich will, dass er in mich eindringt, ich will ihn in mir haben, ich will, dass seine Eichel an mein Ende stößt, bis es nicht mehr weitergeht, kein Stück mehr, keinen Millimeter, nur mein Fleisch, das ihn umschließt.

Mein Kopf liegt seitlich, seiner auf meinem. Er atmet mit offenem Mund, ein bisschen keucht er. Luis bläst mir seine Geilheit ins Gesicht, und ich sauge sie ein. Ich ziehe sie durch meine Nasenlöcher und schmecke sie. So bleiben wir, bis es wehtut, bis sich alles in mir zusammenzieht, weil ich will, dass etwas bis zum Anschlag in mir steckt, etwas anderes als die Zukunft und die Vergangenheit.

Ich zähle die Sekunden, bis er seinen Schwanz in mich rammt. Ich kann es nicht mehr aushalten, drücke ihm alles entgegen, knalle meine Hüften zurück, meinen Arsch, damit er mich endlich fickt. Damit er endlich aufhört, leicht zu sein.

Ich wache auf, und das Bett ist kühl und leer. Wir haben miteinander geschlafen, nebeneinander, aufeinander. Die Stirnen aneinandergepresst. Zu viel Nähe für einen Abschied, denke ich. Es ist einfacher, wenn man die Körper nicht abrupt trennt.

Ich höre in das Haus hinein wie am ersten Morgen. Ich achte auf die Geräusche, die ich mittlerweile kenne. Das Trampeln von Luis' Füßen auf dem Fliesenboden. Die Espressokanne, die auf der Herdplatte zischt. Die große offene Glastür, die im Wind auf- und zuschlägt. Nichts. Nur das Knacken des Hauses, und mit jedem

Knacken hoffe ich auf eine Fortführung. Ich hoffe, dass das Knacken sich in ein anderes Geräusch verwandelt. Ich denke daran, wie sehr man Stille vermissen, wie sehr sie einem zu viel sein kann. Jetzt gerade ist sie zu viel.

Ich schaue auf die Decke über mir und zwinge mich aufzustehen. Das Haus fühlt sich leer an, ohne dass etwas anders geworden wäre. Es fehlt nur ein Mensch. Die Zimmer sind geblieben, wie sie waren. Alles sieht aus wie gestern Abend, wie vorgestern, wie in den Tagen vorher.

Die Küche ist sauber und aufgeräumt. Ich hole das Espressopulver aus dem Schrank und setze Kaffee auf. Jetzt muss ich keine zwei Kannen mehr kochen, eine reicht für die beiden Tassen, die ich trinke. Luis trinkt nicht mehr mit. Ich setze mich auf das Sofa, scanne das Zimmer. Ich will wissen, ob man es hier sehen kann, ob man sieht, dass Luis weg ist.

Das Bild von Maria und Luis liegt auf dem Beistelltisch. Er hat es nicht eingepackt. Ich schäme mich, während ich an das Ficken am Strand denke. Ich schäme mich für meine Reaktion, dass ich weggelaufen bin, und denke, was Maria gedacht haben muss, als sie gehört hat, dass Luis und ich gemeinsam in diesem Haus sitzen. Weil sie es gehört haben muss.

Ich spüre ihre zarte Haut, wie weich sie sich angefühlt hat, und ich rieche sie auf meinen Fingern, unter meinen Nägeln. Ich sehe die Furchen, wie nach einem langen Bad, die sich zurückgebildet haben, während ich in die Stadt gefahren bin.

Ich erinnere mich an die Wellen, auf die Maria gewartet hat, die nie groß genug wurden. Wären sie nicht zu klein gewesen, um ins Wasser zu gehen, hätten Maria und ich nicht miteinander gesprochen.

Ich denke an jeden Schritt, jeden Griff, jeden Kuss. Das Berühren, das Strecken, das Kommen, das Stöhnen und Erschlaffen. Wie sich unsere Körper nebeneinander entspannt haben, als würden wir zerfließen. Ich denke darüber nach, ob es richtig war, Luis nichts zu sagen. Vielleicht ist es das manchmal. Wenn die Wahrheit nichts bringt. Vielleicht muss man sie dann für sich behalten.

Der Kaffee ist fertig. Ich trinke ihn auf der Terrasse und gehe anschließend zum Strand, gehe zu den dunkelgrünen Algen, die sich auf den Felsen schlängeln, und von dort aus nach unten. Luis ist nirgends. Ich will sichergehen. Ich will ihn nicht übersehen oder vergessen oder zurücklassen oder aussperren. Ich setze mich hin und schaue lange auf das Wasser.

Und dann gehe ich wieder hinein, durch das Haus zur vorderen Tür, stelle mich vor das Steinhaus. Und da ist es. Kein Motorrad.

Ein Abschied ist anders, wenn man weiß, dass man Menschen vielleicht nicht mehr wiedersieht. Mit einem Luftzug schließt sich die Tür hinter mir, und ich gehe wieder hinein. Es ist, als hätte ich einen anderen Blickwinkel eingenommen, ähnlich dem bei unserer Ankunft hier. Es sieht fremd aus und zur selben Zeit strahlt es Sicherheit aus. Aber während ich die Tüte mit den Schwangerschaftstests aus der Kommode hole und sie neben mich auf das Sofa lege, merke ich, dass das nicht mehr stimmt. Luis ist fort, und das bedeutet auch, dass die Welt da draußen an Realität gewonnen hat. Der Abstand zwischen den Tests und mir beträgt vielleicht einen Meter, und sie bedrängen mich trotzdem. Die einzige Möglichkeit, sie loszuwerden, ist, sie endlich zu benutzen. Angepisste Schwangerschaftstests brauche ich nicht aufzubewahren.

Ich gehe auf die Toilette. Ich erinnere mich an eine Nacht, in der ich zu viel getrunken habe, so dass alles wieder hochgekommen ist. In irgendeiner Tapas-Bar, in der ich mich auf den Boden des WCs gelegt habe. Es war Winter, und hinter dem Fenster konnte man den Dampf, der aus breiten Rohren in die glasklare Nachtluft geblasen wurde, nach oben steigen sehen. Der Fußboden war warm, weil er beheizt wurde, und irgendwie hat es sich gut angefühlt. Ein kleiner Raum, ohne Ausflüchte, ohne Eindringlinge. Nur ich und die Wärme, der leichte Geruch nach Urin, der von Putzmittel und Raumduftstäbchen überdeckt wurde. Jetzt spüre ich das nicht. Es ist kalt auf diesem Klo, mit diesen Tests und den gestapelten Toilettenpapierrollen.

Ich packe den ersten aus, ein simples Stäbchen, und lese die Beilage. Die Beschreibung klingt einfach. Stäbchen nach unten ausrichten, fünf Sekunden unter den Strahl halten, auf eine gerade Fläche legen. Ich frage mich, ob ich alle Tests auf einmal machen soll. Nur kann ich meinen Pissstrahl nicht in einen Fünfsekundentakt teilen. Pinkeln, stoppen, pinkeln, stoppen. Ich könnte die Stäbchen gleichzeitig unter mich schieben oder mehrere in einen Becher stecken. Morgenurin ist der beste, lese ich nach. Ich denke darüber nach, ob das jetzt noch zählt, weil Vormittag ist und weil ich schon mindestens einmal auf dem Klo war heute.

Ich hocke mich auf die Brille, halte das Stäbchen zwischen meine Beine und versuche, es an die richtige Stelle zu setzen. Je nachdem, wie sich die Lippen aneinanderschmiegen, kommt der Urinstrahl aus einem anderen Winkel. Leo und die Dusche tauchen auf, wie genau er mich angesehen hat, wie er meine Pisse verfolgt hat, wie sie sich mit dem Chlorwasser vermischt und das Hellgelb die Wanne gefüllt hat.

Ein paar Tropfen laufen über das weiße Plastik, und ich lege den Test auf den Waschbeckenrand. Danach schließe ich die Augen, bleibe ein paar Sekunden bewegungslos und gehe hinaus. Ich trinke meine zweite Tasse Kaffee. Er ist schon lange kalt geworden.

Die drei Minuten ziehen sich und gleichzeitig vergehen sie zu schnell. Ich habe die Stoppuhr auf meinem Handy aktiviert. Ich kann die Zahlen rasen sehen.

Vier Minuten mittlerweile, und ich denke, dass ich eigentlich nicht mehr zurück muss ins Klo. Dass ich es vielleicht nicht wissen muss. Dass ich es noch hinauszögern könnte.

Ich zwinge mich und öffne die Tür. Kurz hoffe ich, dass der Test nicht mehr da ist. Test Nummer eins, denke ich. Unverändert, bis auf den zweiten Strich, der sich darauf gebildet hat.

Jetzt sehe ich in den Spiegel im Schlafzimmer, wie gestern Abend, halbnackt diesmal. Ich habe das T-Shirt nach oben bis über meine Brüste geschoben und die Unterhose ein Stückchen unter den Ansatz meiner Schamhaare gezogen. Ich frage mich, ob ich schwangerer wirke seit gestern. Die restlichen vier Tests liegen auf dem Sofa, und ich denke daran, dass ich sie nicht mehr benötige, weil ein positives Ergebnis reicht. Ich glotze auf meinen Körper, spreize die Beine vor dem Spiegel, um in mich hineinzuschauen, und versuche, mich an meine letzte Periode zu erinnern, wieder, und immer noch ist alles schwarz wie ein unbelichteter Film.

Die Pille, die ich jeden Tag geschluckt habe, hat meinen Zyklus strukturiert. Sie hat meine Monate in Abschnitte eingeteilt und meinem Körper eine Schwangerschaft vorgetäuscht. Ich denke daran, dass ich mich jahrelang nicht darum gekümmert habe, manchmal habe ich sie ohne Pause genommen, um nicht zu bluten, und jetzt weiß ich nicht, wann ich das letzte Mal die Tage kriegen hätte sollen.

Mir fällt der Apotheker ein, der mich nach meinem Zyklus gefragt hat. Ich habe mich nach der Pille danach erkundigt. Ich war siebzehn, daran erinnere ich mich, und da war ein geplatztes Kondom und die Angst, mein Leben zu versauen. Sie müssen doch wissen, an welchem Zyklustag Sie sich befinden, hat er gesagt und mich mit diesen hochgezogenen Augenbrauen angesehen. Wahrscheinlich hat er mir das Medikament deshalb verkauft. Vielleicht hat er gedacht: Dieses

Mädchen weiß weder, wie man verhütet, noch, ob es fruchtbar war. Und dann hat er mir die Anwendung erklärt. In der Packung steckt eine einzige Tablette. Wie viel kann man dabei falsch machen, habe ich gedacht, was kann man schon tun, außer sich die Pille versehentlich in den Arsch zu schieben, anstatt sie zu schlucken?

Ich bin nach Hause gegangen, habe mich auf die Couch gelegt und auf die Schmerzen gewartet. Auf die Nebenwirkungen, die beweisen, dass etwas geschieht in mir. Kein Ziehen, keine Krämpfe, keine Zuckungen, kein Blut und kein Erbrechen. Zum Glück, hätte ich denken sollen. Zum Unglück, habe ich gedacht und panisch den Apotheker angerufen. Seien Sie doch froh, hat er gesagt und aufgelegt.

Ich wandere durch die Räume. Die Stimmen aus dem Fernseher, den ich angemacht habe, dringen in den Raum, füllen ihn auf mit Menschlichkeit, wenn man sich selbst nicht Mensch genug ist. Und ich überlege, was ich als Nächstes tue. Ich schaue nach oben auf die Raumdecke, wie oft in den letzten Tagen, als würde sie eine Antwort ausspucken, wenn ich sie nur lange genug ansähe. Dabei versperrt sie mir die Sicht. Die Küchenuhr tickt. Tick, tack, tick, tack. Es fühlt sich an wie in einer Preisshow, denke ich. Wenn ich mich nicht bald für die richtige Antwort entscheide, habe ich verloren.

Ich beschließe weiterzuziehen. Ich fange an, alles zusammenzusuchen, was mir gehört, was noch da ist.

Es ist nicht viel. Die Plastiktüte stopfe ich gemeinsam mit den Kleidungsstücken in meinen Rucksack und packe meinen Pass in die Tasche. Hier kann ich nichts zurücklassen, denke ich, ich habe nichts mehr, was ich nicht brauche.

Das Meer wird laut, lauter. Die Wellen kommen näher an den Strand, die Flut treibt sie nach vorne. Also gehe ich zum Wasser, um ein letztes Mal zu schwimmen. Es ist nicht richtig, noch weniger als am ersten Abend, an dem Luis und ich nur zu zweit ins Meer gestiegen sind. Jetzt bin ich alleine. Ich sehe mich und Luis und Rui, wie wir gemeinsam ins Meer laufen, nur vorwärts, immer nur vorwärts Richtung Dunkelheit. Ob ich das Wasser vermissen werde? Es ist seltsam, sich vorzustellen, es nicht mehr jeden Morgen zu hören, und ich denke daran, es bald nicht mehr zu riechen. Ich glaube, ich werde die Weite vermissen. Einen Augenblick lang zweifle ich. Dass ich eine gute Entscheidung treffe. Dass es die beste ist, die ich treffen kann. Ich weiß es nicht, und dann ziehe ich mich aus.

Nackt stehe ich da, es knirscht unter meinen Füßen. Es ist dieses typische Sandgeräusch, das man wahrnimmt, wenn die Sohlen die feinen Körner berühren. Meine Füße pressen sich in den Sand und hinterlassen Abdrücke. Viele kleine Löcher sind unter und neben mir, winzige Skulpturen reihen sich eine nach der anderen um diese Löcher. Die Krebse bauen sie, wenn sie sich ausgraben. Ich habe Angst, auf einen der Krebse zu treten. Ich versuche, auf Zehenspitzen zu staksen, nur auf die Zwischenräume zu steigen.

Das Meer ist noch immer kalt, so kalt wie am ersten Tag, so kalt, dass man sich lebendig fühlt, sobald sich das Wasser um den Körper ausbreitet. Man fühlt sich mutig, man fühlt sich, als hätte man etwas geschafft, etwas, was man nicht jeden Tag tut. Ich tauche unter, schwimme, Froschbewegungen, drehe Purzelbäume, drehe mich um die eigene Achse, als würde ich tanzen, Pirouetten, und ich halte die Luft an, solange es geht. Ich frage mich, wie man es schafft, einfach unter der Wasseroberfläche zu bleiben. Ohne Gewichte. Ob Gefühle mächtig genug sind, einen auf den Grund zu zwingen.

Ich versuche es wie beim Tauchen, lasse ein paar Luftbläschen aus meinem Mund, um ein Stück nach unten zu sinken. Damit ich dem Boden näherkomme. Links von mir sehe ich einen Felsen. Ich tauche zu dem Stein und halte mich daran fest. Die Fläche ist glitschig und gleichzeitig scharf und spitz. Ich klammere meine Finger an den Stein, an beiden Seiten, mit beiden Händen. Langsam spüre ich, dass ich nicht atmen kann, dass ich keine Luft mehr übrig habe, dass es immer enger wird in der Brust. Bis es anfängt wehzutun. Etwas explodiert in mir, denke ich.

In diesem Moment atme ich ein. Salzwasser. Ich stoße mich mit den Beinen ab, schieße nach oben und huste laut. Ich kann nicht mehr aufhören, huste und huste, die Lunge schmerzt. Ich stehe auf den Beinen, das Meer ist nicht tief hier, und ich taumle zurück, wie betrunken, denke ich, drehe meinen Kopf zur Seite und kotze. Schaumflächen schwimmen auf dem klaren Wasser. Schleimspuren.

Zurück am Strand muss ich mich hinsetzen, mein Oberkörper fällt nach hinten. Die armen Krebse, denke ich. Ich habe sie zerquetscht. Ich rolle mich auf die Seite, ziehe meine Beine eng an den Bauch und halte sie.

Es kitzelt an meinen Zehen, als ich aufwache, von diesem Kitzeln. Die kleinen hellroten und orangen Tiere krabbeln über meine Schienbeine, ein Prickeln auf meiner Haut und ein angenehmer Schmerz. Gut, denke ich, ich habe sie nicht umgebracht. Meine Lunge tut weh, mein Mund schmeckt nach Galle, ich stehe auf. Zurück auf der Terrasse muss ich eine Pause einlegen. Ich setze mich in den Stuhl, starre erneut in die Ferne.

Alles ist gepackt, sage ich zu mir, du kannst hier nicht einfach sitzen bleiben. Also schlüpfe ich in meine Hose und mein Oberteil, in meine Schuhe. Ich nehme meinen Rucksack, ziehe ihn fest und hänge meine Tasche um. Ich gehe noch einmal in jeden Raum, in das Schlafzimmer, schaue unter das Bett. Vielleicht habe ich dort etwas vergessen, denke ich. Dabei vergisst man nichts unter dem Bett, man legt auch nichts unter das Bett. Ich öffne den Mülleimer im Klo, in dem der Test liegt und sonst nichts. Ich will mich vergewissern, dass ich nicht geträumt habe. Dass das alles wahr ist. Ich prüfe, ob alles ausgeschaltet ist, die Herdplatten, das Licht, drücke den roten Knopf auf der Fernbedienung. Die Stimmen verpuffen. Alles ist still, und die Stille fängt an zu kreischen. Es ist Zeit zu gehen.

Ich weiß nicht, wem dieses Haus gehört, denke ich jetzt. Und im Grunde ist das auch egal. Es macht keinen

Unterschied. Ich denke, dass es gut war, das hier, Luis und ich. Dass wir es gebraucht haben, eine Zeitlang in diesem Haus zu sein. Dann nehme ich den Schlüssel, sperre ab und lege ihn unter den Blumenkasten, unter dem ihn Luis hervorgeholt hat, als wir vor ein paar Tagen hier angekommen sind.

Vor der Haustür setze ich mich auf die Steine, keine eckigen, geschliffenen Steine, nur Steine, kleine Felsen, die hintereinander in der Erde abgelegt wurden und den Weg zum Haus markieren. Manche von ihnen spitz wie der Stein im Wasser, an den ich mich geklammert habe. Ein Stück bohrt sich in meinen Oberschenkel, und ich stelle mir die rote Stelle vor und einen winzigen Tropfen Blut, der eine Spur ziehen wird, wenn ich mich wieder aufraffe. Ich schätze, dass ich eine halbe Stunde brauchen werde, um zu Fuß zu dem Laden zu gelangen, in dem Luis und ich unsere Lebensmittel besorgt haben. Von dort aus kann ich mich mit einem Taxi abholen lassen oder jemanden fragen, ob er mich bis zur nächstgrößeren Stadt mitnimmt, mich dann in einen Zug setzen. Wieder ein Bahnhof, denke ich, ein Bahnhof und Möglichkeiten.

Ich spüre die Vibration meines Handys und hole es aus der Tasche. Ein paar rot umrandete Zahlen blinken auf, immer wieder hat sich die Zahl aktualisiert, ist höher geworden. Ich habe die Mails ignoriert, die Antworten auf meine Nachrichten, dass ich doch länger bleibe. An die Redaktion, an Sylvie, Emil, Leo, an ein paar Freunde. Mein Herz beginnt zu schlagen, so dass ich die Schläge fühle, in meiner Brust und in meinem Bauch.

Und da ist eine Nachricht von einer Nummer, die ich nicht gespeichert habe.

„Riechst du noch nach Rose?", steht darin. Und ich muss ein paar Sekunden nachdenken, bis mir klar wird, dass Lina sie geschickt hat. Ich frage mich, woher sie meine Nummer hat. Bis ich mich an das Formular erinnere, das ich ausgefüllt habe, mit der Adresse, die nicht mehr meine ist, und mit meiner Handynummer.

„Ich könnte etwas Rose vertragen", schreibe ich zurück und: „Hättest du ein Zimmer für mich – oder ein Schlaflager im Foyer?"

Und dann stehe ich auf und gehe los. Ich fühle mich, als hätte ich einen Plan, und denke, dass ich Lina besuchen könnte, zumindest für kurze Zeit, bis ich weiß, was ich tue und wohin ich fahre. Lina ist ein Ziel. Lina und sonst nichts.

Der Himmel ist durch und durch blau, denke ich und kann nicht mehr wegschauen, während ich vor dem Supermarkt stehe und auf das Taxi warte.

„Klar, komm vorbei", hat Lina geschrieben.

Und: „Ich bin hier. Schon viel zu lange. Noch immer, besser gesagt. Können wir so tun, als wäre ich noch hier, weil ich auf deinen Besuch gewartet habe?" Ich muss lachen, immer wieder, seit ich ihre Nachricht gelesen habe.

Ich denke daran, dass ich irgendwann diesen Koffer bei Francesca abholen muss. Und auch, dass darin nichts wirklich Wichtiges verpackt ist. Ein bisschen Kleidung, ein paar Bücher, der Rest steht bei Emil und Leo. Ich werde Francesca Bescheid geben, dass es ein bisschen länger dauern wird, bis ich wiederkomme.

Der Taxifahrer sieht verärgert aus. Ich frage mich, ob ihm die Fahrt hierher zu lange gedauert hat. Den Rucksack und die Tasche werfe ich in den Kofferraum und sinke auf die Rückbank, weil ich nicht reden will. Der Typ sieht nicht so aus, als würde er ein Gespräch beginnen. Trotzdem. Und ich denke an den Taxifahrer, der mich von meiner Wohnung, meiner ehemaligen Wohnung, zu Leos Wohnung gebracht hat. Das Schreien. Das Prasseln der Regentropfen. Meine nasse Kleidung, die nasse Unterwäsche. Die Kälte und das Kleben auf der Haut. Leos Abwesenheit. Plötzlich ist alles zurück. Es ist direkt vor mir, es ist rund um mich, es ist wie Gegenwart und Vergangenheit und Zukunft. Es ist real.

Im Taxi staut sich die stickige Luft. Und ich bin froh darum, weil sie mich zurückholt. Sie sagt mir, dass es nicht regnet, dass es jetzt gerade wärmer ist als an diesem Tag, an dem ich ausgezogen bin, der gerade da war, so dicht und echt. Dieser Tag und diese Nacht ziehen sich zurück, weil mir alles dazwischen eingefallen ist.

Das Packen, die Zugfahrt, die Familie und das Wassereis, Lina, der Wein, die grelle Leuchtreklame, José und der Lastwagen, die Stadt, Francesca und Marta und das Haus, Luis und Rui, das erste Mal Wasser, endlich Wasser, unsere Körper, Maria, die Gedanken an sie, die Kassiererin in der Drogerie, der Schimmer des silbernen Einkaufskorbs, Leo und Emil, immer dazwischen Leo und Emil, meine Mutter, mein Vater, wieder Luis, das Motorrad, das andere Haus, der Test und die Krebse.

Alles rattert durch mein Gehirn, Bild nach Bild nach Bild, schneller, mehr, viele Bilder, die sich aneinanderreihen, durchmischen, neu zusammenhängen. Es fühlt sich an, als liege zwischen dem Abend in Leos Wohnung und dieser Fahrt hier ein ganzes Leben.

Der Taxifahrer dreht das Radio auf. Ich verliere mich in der Landschaft und lehne meinen Kopf an die zitternde Scheibe. Immer wieder holpern wir über die Schlaglöcher, immer wieder stoße ich mit der Schläfe gegen die Scheibe. Ich kurble sie nach unten, um einzuatmen, und sammle die nächsten Bilder.

Alles ist ruhig, die ganze Fahrt, fünfundvierzig Minuten lang, zweitausendsiebenhundert Sekunden ist es still. Nur die Musik, die Reifen auf dem Asphalt, der Atem des Fahrers. Wir fahren in eine größere Stadt. Sie muss groß genug sein, mit einem Bahnhof, der auf einer Strecke liegt, die mir etwas bringt. Und deshalb fahren wir diese fünfundvierzig Minuten. Ich will spüren, dass ich vorwärtskomme.

Dann hält der Taxifahrer an. Wir stehen vor einer schönen Bahnhofshalle, überdacht, überall sind Menschen. Ich sage ihm, dass er warten solle, weil ich Geld besorgen müsse. Er wird wütend und packt mich am Arm. Ich schüttle ihn ab. Ich gehe vor, und er trottet hinter mir her, genervt. Er drückt es mit seinen schlurfenden Schritten aus, mit seiner Körperhaltung, die nicht bedrohlich ist, aber unerträglich. Der Automat spuckt Scheine aus. Ich gebe ihm, was er verlangt. Vielleicht ist es zu viel, vielleicht auch nicht. Ich will weg von hier.

Ich stelle mich an, in der Reihe, die zum Schalter mit den Zugtickets führt. Dunkelblaue Wandgemälde zieren die Mauern, ich blicke nach oben, schaue auf die Stuckdecke weit über mir, spüre die Kälte der steinernen Fliesen. Es dauert ewig, und ich bin nicht sicher, wie lange ich noch dastehen kann, ohne mich auf den Boden zu kauern.

Und dann erklärt mir der Ticketmitarbeiter, dass heute kein Nachtzug mehr fahre. Und auch sonst keiner. Dass von hier aus überhaupt kein Zug fahre, der mich an mein Ziel bringen könne. Dass ich tagelang unterwegs wäre. Ich sehe ihn an, unentschlossen, und frage mich, was ich tun soll. Hinter den gläsernen Scheiben erkenne ich die Abenddämmerung. Ich könne in dieser Stadt übernachten und mir einen Flug für morgen früh buchen. Oder mit einem Leihwagen fahren. Ich nicke und denke nur, dass Hierbleiben keine Option ist.

Die Frau hinter mir tippt mit dem Finger an meine Schulter. Sie sieht ungeduldig aus. Also drehe ich mich um und gehe, setze mich auf eine der Sitzflächen vor dem Bahnhof und warte. Es ist mehr als ein Abschied, denke ich, ein bisschen ist es, als wäre dieser Platz hier daheim und als wäre das, was ich vorhabe, eine Reise.

Der Wind fegt rund um das Gebäude. Verpackungen und Plastikflaschen werden weiterbewegt. Und ich frage mich, woher sie gekommen sind. Ob sie hier weggeworfen wurden oder ob sie ein anderer Wind hier niedersinken hat lassen.

Ich muss an Luis denken. Luis und das Motorrad, wie er zurückkehrt in das Dorf und was Maria sagen wird. Ich schüttle den Kopf. Maria. Und was Luis sagen wird, sollte Maria ihm von uns erzählen. Und eigentlich ist es egal. Wenn ich daran denke, wie sehr Maria mit ihren Fingern spricht und dass Luis das genauso tut, ist es fast, als wären sie eine einzige Person.

Ich hole mein Handy aus der Tasche und buche ein Hotelzimmer, eines in der Nähe, wie ich es das letzte

Mal gemacht habe, als ich losgefahren bin. Die Flugsuchseiten werde ich erst im Hotel durchforsten. Kurz bleibe ich noch sitzen. Ein paar Leute hocken rund um mich herum, manche schlafen, werden wahrscheinlich die ganze Nacht hier liegen, manche lesen, warten auf ihren Zug, und ich denke, dass mich vielleicht niemand bemerkt. Würde ich verschwinden und gesucht werden, würde sich ab diesem Zeitpunkt niemand mehr an mich erinnern. Vielleicht bin ich selbst eine Statistin im Leben anderer Menschen. Wenn ich für andere eine Statistin bin, denke ich, dann bin ich ihr einziger Beweis, dann bin ich es, die ihr Dasein bestätigen kann. Schließlich stehe ich auf und gehe.

Ich orientiere mich kurz und schaue auf die Richtungsanweisung auf meinem Handy. Ich frage mich, ob ich mich an diesen Ort, diese Straßen im Detail werde erinnern können. Ob sie nach vierzig Jahren noch in meinem Kopf sein werden. Ob ich Gefühle werde nachfühlen können, die ich in diesem Moment habe.

Das Haus sieht alt aus, es sieht aus, als würde es knarren, an jeder Ecke, in jedem Winkel, überall. Nur die Tür ist neu, denke ich, ein dunkles Grün auf dem Holz, nichts abgesplittert, keine Kratzer. Ich muss an Francesca denken.

Die Rezeptionistin lächelt mich an. Und ich freue mich auf Lina. Auf ein echtes Lächeln, auf eine echte Berührung, auf ihre Stimme. Die Frau verlangt meinen Pass, macht eine Kopie und erklärt mir die Frühstückszeiten, erklärt mir, in welchem Stock sich mein Zimmer befindet. Gut, denke ich, nehme meine Sachen und steige die Treppen nach oben.

Der Raum ist finster, ausgekleidet mit dunklem Holz, und es riecht nach Mottenkugeln. Die Vorhänge wehen mir entgegen, das Fenster ist offen, vom Innenhof zieht der Geruch von altem Öl ins Zimmer. Ich stelle mir vor, wie jemand in der Dunkelheit steht und das Öl in die Kanalisation kippt. Auf dem Bett sind gelockte Haare. Haare von längst abgereisten Gästen, denke ich. Ich schalte den Fernseher ein. Es ist ein Röhrenfernseher, und ein wenig fühlt es sich an, als wäre ich in eine Zeitmaschine geraten. Ich glaube, dass das alles gar nicht wahr ist, dass es keinen positiven Schwangerschaftstest gibt, dass in meinem Bauch kein Zellhaufen wächst, dass ich Luis und Maria nie kennengelernt habe. Viel wahrscheinlicher ist, dass Emil zuhause sitzt und wartet, bis ich heimkomme, und dass ich Leo in seiner Wohnung treffen werde. Musik dringt aus dem Gerät, die Einleitung einer Talkshow, Stimmen und ein paar Wörter, deren Bedeutung ich verstehe. Es bringt nichts, nichts fühlt sich menschlich an.

Der Duschkopf fällt nach unten und trifft dabei meine Schulter. Ich habe mich unter die Dusche gestellt, obwohl ich den Geruch des Unterwegsseins mag, ich mag es, nach Abenteuer zu riechen, zumindest nach etwas, was sich zu erzählen lohnt. Das Chlorwasser läuft über meine Haut, und um meine Füße bildet sich eine dreckige Suppe, die nur langsam abfließt. Das Rohr ist verstopft. Ich nehme das Fläschchen mit dem Duschgel, auf dem der Name der Pension aufgedruckt ist. Es zeugt von besseren Zeiten, davon, dass es sie gab. Auch der Schaum ist dreckig, hellbrauner Badeschaum, der an mir zu haften scheint. Ich bleibe in der Dusche, bei den fleckigen Fliesen, die vielleicht einmal weiß gewesen und nun grau sind. So lange, bis ich glaube, meine Haut ließe sich abziehen.

Dann suche ich nach dem Flug von hier zu Lina. Jedenfalls so nahe wie möglich zu Lina. Die Stadt, in der das Flugzeug landet, ist nicht weit entfernt. Ich werde mit dem Zug zu ihr fahren können, denke ich und buche. Ich überlege, wie viel Geld noch auf meinem Konto ist. Ich weiß, dass es noch eine Zeit lang reichen wird. Genauer prüfen will ich es nicht.

Über mir und neben mir und unter mir hämmert und kracht es. Die Menschen in dem Zimmer rechts ficken. Ich kann es hören. Ich höre, wie jemand stöhnt, wie jemand grunzt, wie das Bettgestell gegen die Wand donnert, immer härter. Es muss wehtun. Es hört nicht auf, sie finden kein Ende, sie ficken immer weiter. Eine Stunde, und ich frage mich, wann sie endlich verstummen.

Ich kann nicht schlafen. Zum ersten Mal in meinem Leben gehe ich nach draußen, um an eine fremde Hotelzimmertür zu klopfen und mich zu beschweren. Ich schreie, dass ich genug habe von ihnen, noch bevor ich jemanden zu Gesicht bekomme.

Nach ein paar Minuten öffnet ein Mann die Tür. Er trägt einen Bademantel und hält seinen Schwanz in der Hand, schaut mich an, fast unbeteiligt, zieht an dem Frotteegürtel, was dazu führt, dass ich ihn besser sehen kann. Seine Haare, die aufgeraute Haut. Im Hintergrund höre ich immer noch das Grunzen und Stöhnen. Es ist ein Pornofilm, denke ich, verstehe ich endlich. Und dann sehe ich, wie er vor mir anfängt zu wichsen. Ich drehe mich um und gehe, ohne noch etwas zu sagen.

Die Zimmertür gleicht diesem Haus. Sie knarzt. Einbruchspuren befinden sich rund um den Knauf. Ich klemme den Stuhl darunter, schaue mich um und frage mich, ob ich aus dem Fenster springen könnte. Könnte ich.

Aber niemand versucht, in mein Zimmer zu gelangen, die ganze Nacht lang nicht. Ich frage mich, wieso er es nicht versucht, wieso er nicht kommt, um mich zu ficken. Angst habe ich keine mehr. Ich stelle mir vor, wie er die Tür aufreißt, wie er dasteht, wie er auf mich kriecht, während ich schlafe.

Ich wache auf, und ein Windhauch bläst durch die Gardinen, streichelt mein Gesicht. Es ist sechs Uhr, noch vier Stunden, bis ich in das Flugzeug steige. Ich dusche wieder, gehe in den Frühstücksraum. Die wenigen Leute essen vor sich hin, wechseln kein Wort, und ich denke darüber nach, was der Wichser frühstücken wird. Die Platten sind voll mit Schinken- und Käsescheiben, und ich weiß, ich würde brechen, müsste ich etwas von diesem Scheiß essen.

Und dann fahre ich los, wieder mit dem Taxi. Der Flughafen ist nur eine Viertelstunde entfernt. Ein paar Stunden noch, dann werde ich den Namen des Hotels, in dem Lina arbeitet, wieder in mein Handy tippen, mir die

Route berechnen lassen und den Ansagen folgen. Ich bin mir sicher, ich würde den Weg selbst nicht mehr finden.

Ich steige aus dem Wagen und schlendere durch die Halle. Mein Blick fällt auf den glänzenden Boden, auf die Anzeigetafeln mit den Zielen, die angeflogen werden. Die ganzen Städte, die vor mir aufgelistet sind, als könnte man sie so einfach auswählen. Als würde einen nichts daran hindern, einen anderen Flieger zu nehmen. Ich frage mich, wieso ich es nicht tue. Wieso ich nicht alles abblase und stattdessen noch weiter weggehe.

Die restliche Zeit verbringe ich damit, durch die gläsernen Wände zu stieren, hinter denen man die Start- und Landebahnen sehen kann, und Musik zu hören. Immer wieder dieselben Lieder. Lieder, die ich schon zuhause rauf und runter gehört habe, und jetzt kommt es mir vor, als wäre daheim alles leichter gewesen. Dass jetzt alles anders ist. Dass ich jetzt schwanger bin. Dass ich mir nicht sicher bin, ob ich abtreiben will oder nicht. Dass ich mir nicht sicher bin, ob ich Emil und Leo davon erzählen soll. Ich wünsche mir einen Rausch, ich wünsche mich auf eine Tanzfläche, sehne mich nach dem Geruch von beißendem Rauch und Alkohol, nach der Schlange zu den Toiletten. Ich wünschte, ich könnte diesen Müll vergessen. Und dann höre ich die ruhige Stimme, die meine Gedanken durchbricht und mir sagt, dass das Boarding beginnt.

Der Zug bremst ab, eher sanft und lange, als würde er nie ganz stoppen, und bleibt dann doch abrupt stehen. Nach der Landung habe ich das Zugticket zu

Lina gekauft. Ich grapsche nach meinen Sachen, den wenigen, die ich ausgepackt habe, wie ich immer nur wenig auspacke, um nichts zu vergessen. Der Flug hat nicht lange gedauert, so viel kürzer als die Fahrt in dem Lastwagen mit José. Ich denke an die vielen Stunden, die wir durchgefahren sind, von Tagesanbruch weg und die ganze Nacht bis zum nächsten Tag. Mit nur wenigen Pausen. Ich denke daran, wie gut es war, wie es besser wurde, mit jedem Kilometer, den wir zurückgelegt haben.

Lina wartet vor dem Bahnhof auf mich. Kurz nach der Ankunft habe ich ihr geschrieben. Ich wusste nicht, dass sie kommen und mich abholen würde. Einen Moment lang beobachte ich sie. Lina wackelt mit ihren Oberschenkeln, auf denen eine Reisetasche liegt. Sie hat ihre Lippen dunkel geschminkt, ein violetter Farbton, und es steht ihr. Ich wundere mich darüber, wie sie so leicht aussehen kann, so unbehandelt, und schlecke mit der Zunge über meine Lippen, auf die ich nie Lippenstift auftrage. Plötzlich wünsche ich mir ihre Farbe, etwas, was mich anders macht, als ich es bisher war, eine Veränderung, die man sofort sehen kann.

Lina umarmt mich, und wir küssen uns auf die Wange. Sie lacht lauthals über den wichsenden Mann, von dem ich ihr erzähle, nachdem sie mich nach meiner Anreise gefragt hat.

„Einen tollen Service habt ihr da", sage ich, „Hotelgäste am Bahnhof aufzugabeln."

Lina lächelt und nickt, und dann sagt sie, dass sie heute das letzte Mal an der Rezeption arbeiten werde.

Sie habe gekündigt, was egal sei, weil sowieso zu viele Menschen auf der Suche nach Arbeit seien und ihr Chef sofort jemanden finden werde, den er anheuern könne.

„Vielleicht hat er schon den nächsten Trottel", sagt sie und sonst nichts mehr.

Ich will sie fragen, was sie jetzt vorhat. Ich weiß, dass meine Antwort der Auslöser war und dass sie deshalb ihren Job hingeschmissen hat. Nicht, weil ich es bin, die ihr geschrieben hat, nur, weil meine Nachricht Lina an ihr Leben erinnert hat und daran, wie sehr sie den Geruch der Rosenseife hasst.

Im Hotel ist es ähnlich ruhig wie damals. Keine Leute, die in der Lobby sitzen, in dem Raum, der für das Frühstück genutzt wird, zum Einchecken, in dem man Getränke aus dem Automaten kaufen kann und in dem ich das letzte Mal geschlafen habe. Ich erzähle Lina, wo ich war, was ich getan habe, wo gelebt, ich erzähle ihr von dem Haus am Strand, in dem ich mit Luis gewohnt habe, und auch von meinen Surfversuchen. Aber ich sage nichts von der Schwangerschaft. Ich kann nichts sagen, denke ich, solange ich nicht weiß, was ich tun werde. Ich stehe auf, gehe zum Fenster, von dem aus man die Straße sehen kann, und schaue auf die grelle Reklame des Kiosks, die noch immer leuchtet. Ich schaue darauf, und die Buchstaben verschmelzen, ordnen sich neu, und zum ersten Mal blinkt das Wort wirklich und richtig vor meinen Augen auf: A B T R E I B U N G. Zum ersten Mal lasse ich den Gedanken wirklich zu.

Ich kann nichts tun, außer meinen Kopf zu schütteln, wie ich es immer tue, und darauf zu warten, dass es vergeht. Aber es vergeht nicht. Ich frage mich, ob die Ärzte dafür ein Skalpell benützen müssen. Reicht eine Tablette? Ich denke daran, dass mir bis zur zwölften Schwangerschaftswoche klar sein muss, ob ich das Baby austragen möchte, ob ich mich an den Gedanken gewöhnen kann, ein Kind zu bekommen. Vater unklar.

Ich denke an Emil und an Leo. Ich frage mich, ob ich es ihnen schuldig bin, davon zu erzählen. Ich denke darüber nach, wie sich diese Gespräche anfühlen würden. Ich frage mich, was es mit mir machen würde und was mit ihnen. Ich denke daran, dass ich dieses Kind nicht bekommen kann. Nicht jetzt. Nicht so.

Lina wechselt den Sender des Radios. Elektronische Musik wird gespielt, nur leise, was merkwürdig wirkt, besser wäre es, sie würde durch den Raum wummern. Ich setze mich auf das winzige Sofa, auf dem eigentlich nur ein Mensch Platz hat. Lina quetscht sich trotzdem neben mich.

„Ich habe uns eine Flasche Wein besorgt", sagt sie. „Vielleicht auch zwei, weil ich morgen frei habe, nicht nur frei habe, weil ich frei bin."

Mir wird mulmig, und trotzdem lächle ich sie an. „Was hast du jetzt vor?", frage ich.

Und Lina erzählt, dass sie noch nicht wisse, was sie machen wolle, aber dass sie ihre Reisetasche gepackt habe. Für alle Fälle. Und dass sie daran gedacht habe, dass sie vielleicht mit mir kommen könnte, einfach dahin, wohin ich gehen oder fahren oder fliegen würde.

„Aber jetzt trinken wir erst einmal darauf", sagt sie und klopft mir auf die Schulter. Vielleicht spürt Lina, dass da etwas ist, was ich bisher nicht gesagt habe und was ihre Idee zunichte machen könnte. Sie holt zwei Gläser aus dem Schrank und füllt sie bis zum Rand. Ich nehme eines, und mir wird schlecht. Ich denke daran, dass ich mit Luis genauso getrunken habe. Und ich denke wieder, dass ich dieses Baby nicht auf die Welt bringen kann.

Trotzdem stoßen wir an, und die Gläser klirren, wie sie immer klirren, wie sie bei Vero und Aaron geklirrt haben. Ich setze an und schlucke und schlucke, bis das Glas leer ist. Lina sieht mich verwundert an, und mit einem Mal kann ich nicht mehr anders, kann ich mich nicht mehr zurückhalten und weine los.

Lina legt ihren Arm um mich und sagt nichts. Ich bin froh, dass sie nichts fragt und nichts hören will, und gleichzeitig hasse ich das Schluchzen. Ich hasse mein eigenes Schluchzen, aber je mehr ich es hasse, desto weniger kann ich mich stoppen. Es dauert eine Viertelstunde, bis ich leise werde, bis der Raum wieder die Macht erlangt, bis man das Surren des Getränkeautomaten wahrnehmen kann und die Motorengeräusche der Autos, die unten über die Straße rumpeln. Zuerst durchbrochen vom letzten Aufbäumen meiner Organe, der Lunge, die sich Luft holt, dem Herzen, das hämmert. Und dann sind wir stumm.

Ich spüre Linas Hand. Ich glaube, sie hat begonnen zu schwitzen, weil sich meine Haut und ihre Handfläche nass anfühlen, aber vielleicht stammt die Nässe von mir selbst. Vielleicht fühlt es sich auch deswegen so an, weil jetzt überhaupt alles feucht zu sein scheint von meinen Tränen. Die ganze Lobby ist getränkt.

„Willst du reden?", fragt Lina.

Es ist keine typische Frage, es ist eine, die alles offenlässt, und das ist gut. Es ist keine Bestürzung. Mehr ist es ein Boden für alles Weitere oder für nichts. Ich kann mich entscheiden.

„Ich bin schwanger", antworte ich. Und zum ersten Mal spreche ich es aus. Nur Maria hat es vermutet, nur Luis wusste, dass es vielleicht so sein könnte. Aber seit dem positiven Test hat es niemanden gegeben, für den ich es aussprechen hätte müssen. Es klingt wie ein normaler Satz.

„Willst du schwanger bleiben?", fragt Lina. Und ich bin erstaunt über die Worte, die sie für diese Frage wählt. Sie redet nicht von *es*. Sie fragt nicht, ob ich *es* bekommen will oder *es* austragen. Sie fragt, ob ich schwanger bleiben will, als würde sie von der Entscheidung für Pistazie oder Schokolade in der Eisdiele sprechen. Und ich liebe sie dafür.

Ich zucke mit den Schultern. „Keine Ahnung", antworte ich, „eher nicht. Aber ich denke, ich muss nach Hause fahren, um das zu klären." Das ist das Einzige, was ich sagen kann. Lina nickt. Und dann belassen wir es dabei.

Wir hören dem Getränkeautomaten zu. In irgendeinem Zimmer des Hotels raschelt es, vielleicht packt jemand seinen Koffer aus. Wenig später wird die Dusche aufgedreht, und wir hören das Wasser auf den Wannenboden prasseln. Wir hören den unterschiedlichen Geräuschen zu und unserem Atem, der mit jedem Zug etwas ruhiger wird.

„Ich komme mit dir“, sagt Lina irgendwann. „Ich fahre mit dir, wenn du willst. Ich habe ein Auto, ich habe keinen Job, nichts vor, und du bist hier.“

Ich küsse Lina auf die Wange, und dann sitzen wir weiter da und lauschen dem Hotel.

Als ich am nächsten Morgen aufwache, ist Lina weg. Ich bleibe liegen, ohne mich zu bewegen. Als könnte ich jemanden stören, würde ich die Decke zurückschlagen oder mich am Fußknöchel kratzen. Zehn Minuten liege ich so da, ohne etwas zu tun. Und irgendwann kann ich nicht anders, als meine Hände an den Bauch zu führen. Aber da ist nichts. Weiterhin. Kein Gefühl für eine Veränderung, nur mein Bauch.

Ich erschrecke, als die Tür aufspringt, beinahe fühle ich mich ertappt. Lina steht da, sie trägt eine Jeans, die bis zu ihrem Nabel reicht, und ein ärmelloses Top, das bis zu ihrem Nabel reicht, aber wenn sie sich streckt, sieht man ein kleines Stückchen der Haut. Ihre Augen sind verdeckt von einer zu hohen und zu breiten Sonnenbrille, sie überdeckt fast die Hälfte ihres Gesichts, und trotzdem wirkt die Brille, als wäre sie für Lina gemacht worden.

„Ich habe uns ein paar Kassetten organisiert“, sagt sie.

Ich muss lachen. „Kassetten?“

„Der Wagen ist schon ziemlich alt", erklärt Lina, „und das Radio wahrscheinlich noch älter."

„Ich hüpfe nur noch schnell unter die Dusche", antworte ich, und Lina nickt und sagt, dass sie sich sowieso noch von allen verabschieden müsse und dass ich mich nicht zu beeilen brauche.

Ich stelle mich unter den Strahl, wieder unter das chlorhaltige Wasser. Es riecht nach Pool und nach Urlaub. Es riecht nicht nach Schwangerschaft und Heulattacken. Von nun an vielleicht doch. Ich muss an zuhause denken, dass ich bald wieder zuhause sein werde und dass ich mir nicht vorstellen kann, was das bedeutet. Ich sehe meinen Vater auf der Terrasse sitzen, weil nichts so klar ist wie das Wasser und dieses Bild von ihm. Er zwischen den Bäumen und Büchern. Er und das erste Mal Meer.

Ich trockne mich ab, schlüpfe in die einzige frisch gewaschene Hose, die ich noch in meinem Rucksack habe. Auf den Punkt, denke ich. Dann gehe ich nach draußen, Lina lächelt mich an, und wir steigen die Treppen nach unten, um uns auf den Heimweg zu machen.

Wir fahren. Lina sitzt am Steuer, die Fenster sind geschlossen, die Musik haben wir auf die lauteste Stufe gedreht. Lina fährt gerne schnell, sie summt zu den Liedern, alle Genres, denke ich, und sie singt bei jedem mit. Manchmal klopft sie den Beat auf dem Lenkrad mit, und ich kann nicht anders, als zu grinsen. Am liebsten würde ich mich dafür bedanken, für das, was sie tut, aber jedes Mal, wenn ich denke, ich habe die richtigen Worte gefunden, verhallen sie irgendwo in meinem Inneren.

„Kennst du José durch den Job im Hotel?", frage ich.

„Nicht wirklich", sagt Lina, „José ist mein Stiefvater. Er hat mir aber die Arbeit an der Rezeption verschafft."

Ich nicke. „Magst du ihn?", frage ich.

„José?"

„Ja."

„Sehr", sagt Lina. „Ich liebe ihn."

Und mehr braucht sie dazu nicht zu sagen, wenn man den Satz so betont, wie Lina es tut, dann braucht es keine weiteren Worte.

Mir fällt ein, dass ich Lina sagen sollte, dass wir uns in einem Hotel einquartieren müssen, weil ich keine Wohnung mehr habe. Ich denke an Maria. Maria ist die Einzige, die alles weiß. Aber Maria ist nicht dort, Maria ist hunderte Kilometer entfernt, Maria ist in einer anderen Zeitzone.

Die Landschaft verändert sich, es wird kälter, je näher wir unserem Ziel kommen, und die Bäume und die Erde passen sich an. Zwischendrin halten wir, tanken das Auto auf, kaufen uns Brote, die in einer Plastikhülle verpackt sind. Sie schmecken nach nichts.

„Wo willst du eigentlich hin", fragt Lina, „also genau?"

Sie hat sich eine Zigarette angezündet und bläst den Rauch seitlich aus dem Mund, wozu sie ihren Kopf leicht nach rechts dreht und die Lippen seltsam übereinanderschiebt. Ich mag den Geruch und atme die Luft zwischen uns ein. Ich will ihr von einem Hotel erzählen oder einem Appartement, das ich uns besorgen werde.

„Ich habe keine Wohnung mehr", sage ich stattdessen.

„Das habe ich mir gedacht", sagt Lina, weil sie zu spüren scheint, welche Antworten ich brauche.

Und dann erzähle ich ihr von Emil. Ich erzähle ihr von unserer gemeinsamen Wohnung und auch von Leo, von unserem Verhältnis. Lina zündet sich eine weitere Zigarette an und noch eine, weil das alles mit jedem Satz ausführlicher wird, weil jeder Satz einen anderen bedingt, weil man keinen so stehen lassen kann, ohne noch etwas anzufügen.

Lina nickt und gibt Laute von sich, die mir sagen, dass sie mich versteht. Sie fragt nicht nach, sie lässt mich einfach reden. Ohne mich zu drängen. Mit den Pausen, die ich mache, mit den Teilen, die vielleicht unverständlich sind, wenn man nicht alles weiß. Sie lässt mich durchsprechen, bis ich alles gesagt habe.

„Und", sagt sie nach ein paar Minuten, „warum ziehen wir nicht in die Wohnung, in der ihr Sex hattet?"

Beinahe verschlucke ich mich an der Cola, an der ich zwischendrin nippe. Und dann pruste ich los. Ich muss lachen. Über Linas Weise, die Dinge zu sehen. Sie sieht sie, als würden sie für sich alleine in einem Raum stehen, jede Sache für sich, als ginge es nur darum, das Naheliegende zu betrachten. Vielleicht ist es genau das, denke ich. Vielleicht ist das genau das Richtige. Das Naheliegende.

„Hast du noch einen Schlüssel?", fragt Lina.

Kurz muss ich überlegen, aber dann fällt er mir ein, der Schlüssel, der noch immer in dem kleinen Innenfach meiner Tasche steckt.

„Ja", sage ich.

„Na dann", antwortet Lina und steht auf.

„Danke", sage ich.

Und Lina nickt nur, ohne etwas zu erwidern. Es hört sich viel zu wenig nach dem Danke an, das ich gerne formulieren würde.

Während wir ins Auto steigen, spüre ich die Wärme, weil sich der Wagen aufgeheizt hat von den Sonnenstrahlen. Es ist keine brütende Hitze, der Sommer ist längst vorbei. Es ist Herbst geworden, aber für diese Zeit sind die Temperaturen hoch.

„Auf in die Affärenwohnung", sagt Lina und lächelt mich an. Sie platziert eine Hand auf meinem Oberschenkel und sagt mir, dass sich alles lösen werde. Sie sagt auch, dass das abgedroschen klinge, aber dass das egal sei, weil Abgedroschenes manchmal helfe.

Ich schaue aus dem Fenster, beobachte die Bewegung, die Felgen der anderen Autos und wie sie kreisen. Die Musik läuft weiter, und neben meinem Bein spüre ich die Vibration meines Handys. Ich hole es heraus und öffne die Nachricht.

Sie ist von meiner Mutter. Sie antwortet auf die Nachricht, die ich ihr geschrieben habe, als ich in Francescas Ferienhaus gewohnt habe. Sie schreibt, dass es ihr gutgehe, dass sie sich freue, mich zu sehen, dass es schon viel zu lange her sei, dass sie selbst im

Urlaub gewesen sei. Sie fragt, wie es Emil gehe, wie es mir gehe, warum wir nicht gemeinsam weggefahren seien. Und sie schreibt: Dein Vater hat sich gemeldet.

Ich spüre meine Taubheit, wie ich reglos dasitze. Mein Vater, denke ich, dieser Vater. Mein wirklicher Vater. Lina trällert vor sich hin. Ich kann im Augenwinkel erkennen, dass sie eine Veränderung an mir bemerkt.

„Ist alles gut?", fragt sie.

Ich nicke.

„Glaub mir, wir fahren nicht ans Ende der Welt. Weil das hier, deine Schwangerschaft, nicht das Ende ist", sagt sie.

Wieder Nicken.

„Du kannst sie beenden. Ich kenne genügend Frauen, die das getan haben, und falls du dir darüber Sorgen machst: Es ist dein gutes Recht."

„Ich weiß", antworte ich, trotzdem sitzt ein Druck in meinem Hals, eigentlich zwischen Hals und Magen. Aber warum dieser Kloß dort sitzt, der Schwangerschaft wegen, Emils und Leos wegen, meines Vaters wegen, das weiß ich nicht. Vielleicht wird er mit jedem Mal größer.

Wir halten an einer Ampel, und Lina nimmt die rechte Hand vom Lenkrad, um mir damit die Wange zu streicheln.

„Ich habe Lust zu tanzen", sagt sie.

Nach der Ampel fährt sie ein Stückchen weiter, da ist weites Land, verblasstes Gras am Straßenrand, und in einer der Buchten hält Lina an. Sie steigt aus, geht einmal um den Wagen und öffnet die Beifahrertür. Lina verbeugt sich leicht und hält mir ihre Hand entgegen.

„Dreh die Musik noch etwas lauter", sagt sie, „ohne richtige Lautstärke fühlt es sich komisch an."

Und es stimmt. Ich drehe bis zum Anschlag. Die Musik erfüllt die ganze Umgebung, und es macht nichts mehr aus, dass wir hier tanzen. Es fühlt sich an, als wäre es das einzig Richtige. Neben dem Auto tanzen wir im Kies, stampfen mit den Füßen hart auf den Boden, werden dann ganz leicht und wirbeln vor und zurück. Lina holt sich meine Arme, wirft sie nach oben, fängt sie auf, schüttelt sie, sodass mein gesamter Körper wackelt. Ich kann nicht anders, als zu lachen. Scheiß auf das alles, denke ich.

Und dann werden wir langsam müde, die Musik ruhiger. Lina sinkt auf den Boden und lehnt sich an die Leitplanke. Ich setze mich schnaufend daneben.

„Geht es besser?", fragt sie.

„Viel", antworte ich.

Wir ruhen uns aus, und während wir ohne Worte neben der Straße warten, bis sich unsere Herzschläge normalisiert haben, taucht das Holzhaus auf. Bäume, Holz, Bücher. Ich sehe die Kronen im Wind wippen, sehe die gefallenen Nadeln, rieche den Ameisenhügel ganz in der Nähe. Ameisenpisse, denke ich, und wie scharf sie riecht und wie sehr nach Zuhause.

Lina hievt sich nach oben, und ich kann sehen, dass ihr ein wenig schwindelig geworden ist.

„Ich fahre", sage ich zu Lina, „ab jetzt, wenn das okay ist."

„Gut", sagt sie.

Wir setzen uns in das Auto. Ich mag diesen Innenraum, diesen Schutz, auch jetzt wieder, nach dem leichten Schwitzen und dem Auskühlen auf den Kieselsteinen.

„Was denkst du, wie lange wir noch fahren werden?", fragt Lina, als müsste ich die Antwort wissen, weil es mein Weg ist. Aber ich habe keine Ahnung.

Lina checkt die Route auf ihrem Handy.

„Vier Stunden", sagt Lina nach einer Pause. „Dann sind wir daheim."

Rund um uns wird es nördlicher. Die Landschaft sieht kalt aus, es ist kahl geworden, anders, als ich es mir vorgestellt habe, obwohl ich es besser wissen hätte müssen. Aber da waren keine Linien und Farben in meinem Kopf, nur ein Gefühl für die Natur.

Ich überlege, ob ich Lina einfach weiterleiten könnte, ob wir noch viel weiter fahren könnten, bis wir irgendwann in Eis und Schnee landen. Ich denke an die Schneeflocken, die auf meiner Zunge schmelzen. Wenn der erste Schnee fällt, will ich ihn schmecken.

Schnee, denke ich, und ob ich jemals gemeinsam mit meinem Vater Schnee gesehen habe. Ich kann mich nicht entsinnen.

Ich gebe Gas, aber je näher wir der Stadt kommen, desto dringender will ich wieder weg. Mit jeder Kilometerzahl auf den blauen Schildern, die weniger wird, wird der Wunsch größer. Also konzentriere ich mich auf die Straße, ein verlassenes Mauthäuschen, eine

Grenze, die nur durch eine große Tafel angezeigt wird. Es gibt keine Grenzposten mehr, aber einen Sprachwechsel. Und man denkt, dass auf der anderen Seite alles anders aussieht. Die Häuser und die Pflanzen, die Straßen, die dort besser gewartet werden. Man sieht es daran, ob es Pannenstreifen gibt oder nur Ausbuchtungen, auch an der Farbe der Leitplanken. Es sind nur kleine Anzeichen, man könnte sie übersehen, aber in diesem Moment bedeuten sie alles für mich. Sie heißen, dass ich zurück bin.

Lina blickt aus dem Fenster und saugt die kalte Luft ein. Jetzt regnet es, und das Auto vor uns spritzt das Wasser auf unsere Windschutzscheibe. Ich bin schwanger, denke ich, ich bin schwanger, ich weiß nicht von wem, ich habe mich getrennt, ich fahre mit Lina nach Hause, obwohl ich keine Wohnung habe, und mein Vater hat sich gemeldet.

Wir sind kurz vor der Stadt, und ich muss blinken, mich rechts einordnen, noch einmal rechts, und da ist sie: die Ausfahrt. Ich frage mich, ob ich Lina von meinem Vater erzählen sollte und überhaupt, was ich jetzt mit dieser Information anfange. Dein Vater, denke ich wieder, und es hört sich so entfernt an, so falsch, dass dieses „dein" vor diesem Wort steht und deshalb in Zusammenhang mit mir.

Ich frage mich, ob ich Emil oder Leo sehen werde. Leo, denke ich, muss ich fast sehen, ich müsste ihm eigentlich Bescheid geben, wenn wir vorübergehend in seine Wohnung ziehen. Wer weiß, ob es noch immer seine ist, wer weiß, ob er mit jemand anderem darin schläft. Aber mir ist nicht danach. Dieser Anruf würde eine unaufhaltsame Verkettung nach sich ziehen. Ich müsste alles erklären, wo ich war, wer Lina ist, wieso ich nie geantwortet habe, ich müsste ihm von der Schwangerschaft erzählen, was mir sinnlos erscheint, solange ich noch nicht weiß, ob ich abtreibe oder nicht. Früher oder später werde ich das tun müssen, denke ich, aber das alles selbst auszulösen, scheint mir hirnrissig. Ich würde es lieber dem Zufall überlassen. Wenn Leo da ist, werde ich mit ihm reden, und wenn nicht, nicht. Das macht es einfacher.

Lina ist eingenickt, ihr Kopf kippt leicht nach vorne, ihre Brust hebt und senkt sich sachte. Leo, denke ich, und wie ich nachts manchmal seinen Bauch und seine Brust beobachtet habe, um sicherzugehen, dass er noch lebt. Ich denke an die Angst, dass jemand sterben könnte und nicht mehr zurückkehren. Ich denke an die Arbeitsreisen von Emil und meine Panik, dass er mit seinem Wagen gegen einen Baum donnert. Das Einzige, was man dabei spürt, ist Übelkeit.

Zum dritten Mal kurve ich um den Block. Die Fickwohnung befindet sich im Stadtzentrum, was die Suche nach einem Parkplatz erschwert. Der Regen ist stärker geworden, und die Menschen halten sich Tücher über den Kopf, haben sich in Plastikmäntel gewickelt, tragen ihre Schirme wie Schutzschilder.

Schließlich setzt ein Wagen zurück und fährt aus der Lücke. Ich parke ein und drehe den Zündschlüssel. Die Scheiben sind verschwommen von dem Wasser, das auf uns niederprasselt, ohne Motor bewegen sich die Scheibenwischer nicht. Ich kann nur die dunklen Gestalten erahnen, die über die Gehwege huschen.

Mein Blick bohrt sich in die rotbräunliche Hauswand, die durch den Regen sticht. Ich will mich nicht bewegen und höre Linas leisen Atemgeräuschen zu. Ein einfaches Einziehen und Auspusten der Luft, ihre Lippen sind leicht geöffnet, und deshalb klingt es wie ein sanftes Pfeifen. Aber irgendwann bemerkt sie, dass wir nicht mehr fahren, und auch hier drinnen wird es kälter.

„Sind wir da?", fragt Lina und reibt sich die Augen. Ich nicke.

„Wollen wir nicht aussteigen", sagt sie, aber nicht wie eine Frage. Wie eine Feststellung.

Ich schüttle meinen Kopf. Jetzt wünsche ich mir, alleine zu sein. Aber es bringt nichts, das zu wollen, und wäre ich alleine, wüsste ich nicht, wohin mit mir. Deshalb ist es gut, dass Lina da ist. Es ist schon die ganze Zeit über gut.

Gemeinsam gehen wir den Weg zu dem Wohnblock, der ein paar hundert Meter entfernt ist.

„Hat die Wohnung eine Badewanne?", fragt Lina.

„Ja", sage ich, „wieso?"

„Du solltest baden", sagt Lina. „Und wir sollten einen Abstecher in die Drogerie machen. Wir sollten dir Badeschaum kaufen, in dem du untertauchen kannst."

Ich muss lachen. Aber Lina hat recht, denke ich, ich sollte baden. Ich erinnere mich an das Meerwasser, das Salz auf der Haut, das Husten und das Drehen, an die Krebse. Luis und Maria und der Rest scheinen ein Jahrhundert zurückzuliegen. Ihre Konturen verblassen, aber ihre Berührungen wirken nach. Dafür sind Emil und Leo zurück. Ich schaue auf den Asphalt und stelle mir vor, dass Emil mit einer anderen an uns vorübergeht oder dass Leo mit seinen Kindern den Spielplatz besucht, um in die Pfützen zu springen.

Wir streifen durch die Abteilungen, gaffen auf die Verpackungen, Kiefernbadesalz, Badebomben, Regenbogenschaum. Lina sucht etwas aus, keine Rose, denke ich, und wir schlendern zur Kasse. Wie zwei Menschen, die ihr Leben leben, die vielleicht von der Arbeit nach Hause gehen und einen kurzen Zwischenstopp einlegen, um Toilettenpapier und Duschgel zu besorgen. Lina steckt ein paar Süßigkeiten in den Korb, Dinkelvollkornkekse, Buchweizenschnitten. Sie wirkt selbst nicht überzeugt, aber das Angebot ist rar. Sie greift nach der Diabetikerschokolade, legt sie zurück und entscheidet sich für zwei Packungen Fruchtsaft.

„Ein Bad wird dir guttun", sagt sie, und dann zahlen wir.

Das Haus sieht nicht wirklich anders aus und irgendwie doch, es strahlt Fremde aus. Wir könnten wieder gehen, zurückfahren, einfach alles rückwärts abspulen, so lange die Zeit zurückdrehen, bis das alles aufhört. Ich sehne mich nach dem wichsenden Mann in dem abgefuckten Hotel. Ich sehne mich nach jemandem, der von alldem nichts weiß, und wüsste er es, würde es ihn nicht interessieren, weil es das beschissene Leben eines anderen Menschen ist.

Wäre Lina nicht da, könnte ich vielleicht umdrehen, aber jetzt fühle ich mich, als würde ich in ihrer Schuld stehen. Also fummle ich den Schlüssel aus meiner Tasche, schiebe ihn in das Schloss. Er passt, er lässt sich noch drehen. Der Eingang ist dunkel. Ich tapse die Wand entlang zum Lichtschalter. Und dann wird alles hell. Lina sieht mich an, und ich sehe sie an, und plötzlich müssen wir lachen. Wie Einbrecherinnen schleichen wir durch das Altbauhaus, obwohl wir nicht auffallen, so oder so nicht, dafür hat dieser Block zu viele Wohnungen.

Ich inspiziere die Briefkästen, ich suche Leos Namen, bis mir klar wird, dass sein Name nie auf einem dieser Briefkästen geklebt hat. Weil er gar nie hier gewohnt hat. Nicht in seinem Leben, nicht in meinem, nur in unserem. Ich denke an seinen Schwanz, wie früher oft, an den Tag mit den Kirschblüten und den Kaffeetassen unten im Schrank. Ich denke an rote Wangen, an das Gefühl von seinem Körper auf meinem, an seine Stimme, an die Dusche in Italien und an die Pfütze unter dem Küchentisch. Mir fallen meine Koffer ein, die ich hiergelassen habe, und deshalb hat es doch etwas von Heimkommen.

Vor der Tür stellen wir uns auf wie zwei Soldatinnen, bereit zum Angriff oder zur Flucht. Aber unser Klopfen bleibt unerwidert. Auch nach fünf Minuten öffnet niemand die Tür. Kein Leo, keine Frau, keine neue Familie, die eingezogen ist. Und auch hier passt der Schlüssel. Ich gebe der Tür einen leichten Stoß, und vor uns liegt die Fickwohnung. Vor uns liegen Leo und ich, und wäre Lina nicht neben mir gewesen, hätte ich jetzt vielleicht schreien müssen. Vielleicht hätte ich mit meinen Fäusten gegen die Wand gehämmert, bis sich etwas von meinen Schlägen an der Mauer gezeigt hätte. Bröselnder Verputz, Kerben, Löcher.

Stattdessen drücke ich auch hier den Lichtknopf. Alles sieht aus wie in unserem vorherigen Leben. Eine etwas zu sterile Wohnung mit einer etwas zu protzigen Einrichtung, an der sich ablesen lässt, dass entweder niemand in diesen Räumen wohnt oder aber Menschen, die kaum zuhause sind. Die nichts von sich hinterlassen und jederzeit verschwinden könnten, ohne Spuren. Und ja, das sind wir, denke ich dann.

Trotzdem bewegen wir uns auf Zehenspitzen durch die Zimmer, bis wir sicher sind, dass sich niemand darin aufhält. Lina lässt sich auf das Sofa fallen. Ich kann ihr ansehen, dass sie müde geworden ist. Der Tag war lang. Lina wird leichter, im Gegensatz zu mir. Je näher wir dieser Stadt gekommen sind, desto schwerer bin ich geworden. Ich frage mich, ob ich jetzt, mit diesem ganzen Gewicht, noch einmal so am Straßenrand wirbeln könnte.

Es dauert nur ein paar Minuten, bis Lina eingeschlafen ist. Ich werfe ihr eine Decke über, die auf dem Sessel daneben liegt, und denke mir, dass es Sessel und Decke noch nicht gegeben hat, als ich das letzte Mal hier war. Und dann sehe ich mir das Schlafzimmer genauer an. Ich beuge mich über das Bettzeug und rieche an den Laken. Ich rieche Leo, seinen Schweiß, seinen ganzen Körper. Die Koffer stehen in der Ecke, sie sehen aus, als wären sie nicht geöffnet worden. Ich kann nicht glauben, dass ich zurück bin.

Das Badezimmer ist sauber, und ich lasse mir ein Bad ein, wie Lina es vorgeschlagen hat. Ich wüsste nicht, was ich sonst hätte tun sollen. Nur bin ich nicht sicher, ob eine Badewanne voll Wasser genug ist, um den ganzen Dreck abzuwaschen. In der Plastiktüte krame ich nach dem Badeschaum. Lina hat sich für „Waldspaziergang" entschieden. Als würde sie es wissen. Es käme mir falsch vor, ihn nicht zu verwenden, und deshalb kippe ich das Gel in den Wasserstrahl.

Die Kleidung riecht widerlich, leicht feucht, und zum ersten Mal nehme ich meinen Körper wieder wahr. Ich betrachte die Stoppeln in den Achselhöhlen und streiche mit dem Finger gegen die Wuchsrichtung. Noch immer keine Veränderung, denke ich. Ich sehe keine Wölbung meines Bauches oder größere Brüste. Und wahrscheinlich ist es dafür noch immer zu früh, was gut ist. Ich werde abtreiben, denke ich.

Ich gleite in die Badewanne. Das Wasser schwappt um meinen Körper, und ich mag das Gefühl. Selbst der künstliche Geruch von Wald ist besänftigend. Besser, als wäre er echt, denke ich. Und trotzdem bringt er mich dorthin, direkt zu dem Haus.

Dein Vater hat sich gemeldet, denke ich. Und wer das wohl ist? Wer dieser Mann ist, der sich jetzt gemeldet hat, und weshalb? Ich denke an die Worte meiner Mutter, an das Wenige, was ich von ihm weiß, und daran, dass dieser Wald und alles mit ihm nur meiner Fantasie entspringt. Dass dieser Vater, der auf dieser Terrasse sitzt, der mir vorliest und dessen Stimme mich einlullt, dass es ihn nicht gibt.

Es gibt nur diesen einen Urlaub, dieses eine Italien, diesen einen Versuch, die eigene Tochter kennenzulernen, die Autofahrt, dieses unendliche Blau, das so unverschämt blau war, dass es heute wehtut, weil ich nie mehr ein solches Blau gesehen habe.

Ich erinnere mich an seine Hand auf meinem Rücken, weil es die einzige Berührung ist, die ich von ihm habe, und in diesem Fall muss sie für ein Leben reichen.

Und trotzdem war da dieses Haus im Wald, zu dem ich gefahren bin. Während der Schaum um mich herum glitzert, denke ich an die Nachmittage zwischen den Bäumen, angelehnt an einen Stamm, und wie ich dieses Haus beobachtet habe und wie an manchen Tagen wirklich ein Mann dort gesessen hat. Und wie ich diesen Mann zu meinem Vater gemacht habe. Wie er mich entdeckt hat auf dem Waldboden. Wie wir später manchmal zusammen dagesessen sind. Wie die Italiengeschichte sich mit diesem Menschen versponnen hat, wie das alles zu etwas Echtem wurde.

Und jetzt ist dieses Echte verpufft. Jetzt ist da mein Vater, der sich gemeldet hat und den ich vielleicht nicht erkennen würde, würden sich mehrere Menschen in einem Raum befinden. Ich überlege, was er geschrieben haben könnte. Ob er angerufen oder eine Nachricht geschickt hat. Ob es etwas ist, worauf man antworten sollte. Ich weiß nicht, denke ich, ob ich das überhaupt wollen würde. Ob diese eine Erinnerung, mein Vater und die Pinienbäume, ob sie nicht genug ist.

Ob dieser Mann im Wald nicht viel besser ist als der Mann, den ich nie wirklich kennengelernt habe. Ich denke daran, dass ich nicht weiß, wo er lebt und wo ich hinmüsste. Und ich denke, dass der Traum von meinem vorlesenden Vater platzen würde, würde ich mit ihm in Kontakt treten. Ich könnte mir keine Nachmittage auf der Terrasse mehr ausmalen, keine Artikel, die er laut liest, keine Bücher, die verstreut auf den Tischen liegen. Ich könnte mir nicht mehr vorstellen, wie wir uns auch ohne Worte verstehen. Wie wir schweigend nebeneinandersitzen können, ohne dass es unangenehm ist oder wehtut. Ich könnte mir nicht mehr vormachen, er wäre da, würde ich ihn brauchen. Ich wäge ab, was schmerzhafter wäre.

Ich bleibe in der Wanne, bis das Wasser kalt geworden ist. Die winzigen Schaumblasen haben sich nach und nach aufgelöst, und alles, was noch übrig ist, ist eine kalte, glänzende Suppe. Dann trockne ich mich ab und hole die Leggings aus meinem Rucksack. Die Wohnung ist mittlerweile wärmer. Lina liegt auf dem Rücken, viel zu gerade liegt sie da, als würde sie sich nur schlafend stellen. Aber sie ist still.

Ich sehe aus dem Fenster. Am Ende des Himmels zeigt sich ein dünner, matter Streifen. Es wird aufklaren, denke ich, und lege mich neben Lina. Sie dreht sich auf die Seite, sodass wir beide genügend Platz haben, wenn wir uns sanft aneinanderpressen, und ich schlafe mit meiner Nase in ihren Haaren ein.

Es ist ein Altbauhaus, es ist grau, die Stufen sind aus Holz, die Wände innen in einem zarten Lila gestrichen. Die Praxis liegt im zweiten Stock. Lina hat mich bis vor die Tür begleitet und ist anschließend weitergegangen. Sie hat mir angeboten, mich später abzuholen, aber ich weiß nicht genau, wie dieses *später* aussehen wird, und deshalb haben wir vereinbart, uns einfach anzurufen.

Ich bleibe im Gang stehen und schaue aus dem Fenster, das in die Richtung weist, in der Emil und ich früher gewohnt haben. Ich stelle mir vor, wie er heute aufgewacht ist. Ich stelle mir vor, dass er genauso früh auf war wie ich. Dass er mit mir gemeinsam die Dämmerung beobachtet hat, den Himmel, der hellrosa gefärbt war. Ich musste an die Dämmerung in Josés Lastwagen denken, an die Dämmerung auf Luis' Motorrad, an die Dämmerung am Meer. An all diese Dämmerungen, die immer etwas Neues versprochen haben.

Die Tür ist weiß, rechts daneben befindet sich eine Klingel, auf der steht: Nicht läuten. Ich würde sie gerne drücken, mache es aber nicht. Drinnen sitzt die Sprechstundenhilfe. Ich stehe vor ihr. An den Mauern hängen schwarz gerahmte Bilder. Aufnahmen von Bäuchen und Brüsten und Brustwarzen im Detail, von Streifen, die sich über die Bauchhaut ziehen, von Körperteilen, die sich nicht so leicht bestimmen lassen, von nackten Säuglingen, von Frauensilhouetten im Schatten.

Die Angestellte fragt nach meinem Namen. Ich nenne ihn ihr, und sie zeigt auf das Wartezimmer, sagt mir, es könnte ein wenig dauern. Ich nehme Platz. Drei andere Frauen sitzen da. Sie sehen nicht so aus, als würden sie sich über Schwangerschaftsabbrüche informieren wollen. Sie sehen nach gängigen Kontrollterminen, Hefepilzen und Vorsorgeuntersuchungen aus.

Auf dem Wandregal gegenüber stapeln sich Broschüren und Flyer, für Schwangerschaftsyoga, Drogenentzug, Missbrauchsopfer, Familienberatung, Akupunktur. Das Regal brüllt uns an, brüllt, dass wir uns zusammentun sollen, wir Schwangeren, Drogenabhängigen, Geschlagenen, Nichtmehrschwangeren und Gepiksten. Ich will das nicht sehen, trotzdem stehe ich auf, bewege mich hin. Ich muss die Zeit überbrücken. Und schließlich höre ich meinen Namen.

Die Ärztin reicht mir die Hand. Ich denke darüber nach, wann ich meinen letzten Termin hatte, aber kann es zeitlich nicht einordnen. Ich weiß es nicht mehr so genau.

Ich sitze ihr gegenüber, lausche dem Klappern ihrer Finger auf der Tastatur, und ich frage mich, ob sie letzte Informationen zur vorherigen Patientin verzeichnet oder ob sie etwas in meine Patientenakte tippt. Nur was, denke ich dann, immerhin haben wir noch nicht miteinander gesprochen. Meine Hände sind feucht vom Schweiß, und ich stelle mir vor, dass sie ihn gespürt hat. Dass die Ärztin meine nasse Hand gespürt hat und dass es das ist, was sie festhält.

„Letzte Menstruation?", fragt sie.

Zwei Wochen, will ich sagen und schlucke die Antwort hinunter. Das ist das, was ich sonst sage, wenn ich die Zeit meiner letzten Periode nicht mehr genau angeben kann.

„Ich weiß es nicht", antworte ich stattdessen. „Ich bin schwanger, glaube ich."

„Glauben Sie?", sagt sie.

Ich schaue in ihr Gesicht, das keine Regung zeigt. Ihre Mundwinkel stehen waagrecht, ihre Lippen bilden einen blassroten Strich, keine Neigungen nach unten oder oben. Sie erinnert mich an Luis, an sein Gesicht in der Nacht, in der wir mit dem Motorrad davongefahren sind.

Und dann erzähle ich ihr, weshalb ich hier bin. Ich erzähle ihr, dass ich darüber nachdenke abzutreiben. Ich beobachte sie weiterhin, und die Nichtregung macht mich wahnsinnig. Ich würde sie am liebsten rütteln, sie anschreien, hinausstürmen und ihre bescheuerte Klingel drücken, bis ihr das Trommelfell platzt. Stattdessen sitze ich genauso reglos da wie sie. Ich höre das Ticken der Wanduhr, spüre die kleinen Tropfen zwischen meinen Brüsten, die abwärtskullern. Ich denke an Lina und dass ich sie nun doch gerne hier neben mir hätte. Ich wünsche mir ihren Körper, der so wenig erklärungsbedürftig ist. Lina ist einfach da. Nur jetzt nicht.

„Abtreiben?", wirft sie mir entgegen. Sie schaut nicht auf, während sie mit mir redet, tippt weiter.

„Ja", sage ich, „denke ich. Ich weiß es nicht hundertprozentig."

Sie antwortet, dass ich mich untenrum ausziehen und auf den Behandlungsstuhl setzen solle. Untenrum, denke ich. Wir würden zuerst die Untersuchung erledigen, die Bestätigung der Schwangerschaft, und dann könnten wir reden. Ich gehe durch den Türrahmen, in der Mitte des Raums steht der Stuhl. Blaues Leder, ein frischer Papierüberzug für jede Patientin.

Die silbrigen Instrumente auf dem Beistelltisch schimmern im Licht. Ich schaue auf das Ding, das wie eine Zange aussieht. Ich denke daran, wie sie es einführt, daran dreht und wie die Lippen aufgespreizt werden.

Ich schiebe mich auf den Stuhl und warte, bis sich die Ärztin auf dem Hocker zwischen meinen Beinen befindet, bevor ich sie öffne. Sie bittet mich, etwas weiter nach vorne zu rutschen, damit meine Füße breit genug auseinanderstehen. Die Ärztin sagt nichts, tut einfach und weist mich schließlich doch an, mich für den Ultraschall auf die Liege zu legen.

„Das wird jetzt ein wenig kalt", sagt sie.

Es hört sich genauso an wie in den Filmen, denke ich. Als würden wir beide eine Szene nachstellen. Es ist, als hätte ich diese Wörter schon unendlich oft gehört.

Ich halte meinen Kopf stur geradeaus. An der Wand gegenüber befinden sich Fotografien. Diesmal sind es keine Schwangerenbilder und auch keine Frauenteile. Es ist das Meer. Wellen in Nahaufnahme. Das Weißwasser, die Schaumkronen, eine eisig blaue Farbe.

Ich sehe Luis und Rui vor mir. Ich erinnere mich an den ersten Abend, an dem wir gemeinsam zum Strand

spaziert sind. Ich sehe, wie wir uns voreinander ausziehen. Wie normal sich unsere Nacktheit angefühlt
hat, wie schön unsere Körper in der Dunkelheit waren,
wie hart und weich wir gleichzeitig geworden sind.

Ich spüre das kalte Gel auf meinem Bauch und erinnere mich an das Laufen Richtung Wasser. Ich denke
daran, wie kalt das Meer war und wie gut es getan hat,
sich dieser Kälte zu stellen. Ich fühle den Schmerz in
meiner Fußsohle, weil sich die spitzigen Muscheln
hineingebohrt haben. Ich denke an den Blutstropfen,
den ich von meinem Finger abgeleckt habe. Ich erinnere mich, wie das Wasser in meinen Körper gedrungen
ist, in jedes Loch, und an den Geschmack des Salzes
auf meiner Zunge.

Die Bilder verschwimmen vor meinen Augen, während ich nicht anders kann, als sie anzustarren. Auch
nicht, als die Stimme der Ärztin mich zurückholt.

„Ich kann nichts erkennen", sagt sie.

Das Zitat auf Seite 43 stammt aus dem Liedtext:
„Blow Up" von Kid Francescoli

Die Zitate auf Seite 55/56 stammen aus dem Buch:
„Henry, June und ich. Intimes Tagebuch" von Anaïs
Nin, Taschenbuchausgabe 1991, Droemersche Ver-
lagsanstalt Th. Knaur Nachf., München, © 1986 by
Rupert Pole

Gedruckt mit freundlicher Unterstützung durch die
Abteilung Kultur der Tiroler Landesregierung.

Auflage:
4   3   2   1
2024 2023 2022 2021

© 2021
HAYMON verlag
Innsbruck-Wien
www.haymonverlag.at

Alle Rechte vorbehalten. Kein Teil des Werkes darf in
irgendeiner Form (Druck, Fotokopie, Mikrofilm oder in einem
anderen Verfahren) ohne schriftliche Genehmigung des Verlages
reproduziert oder unter Verwendung elektronischer Systeme
verarbeitet, vervielfältigt oder verbreitet werden.

ISBN 978-3-7099-8130-6

Inhaltliche Betreuung: Haymon Verlag / Nina Gruber
Lektorat: Angelika Klammer; Haymon Verlag
Projektleitung: Haymon Verlag / Nina Gruber, Isabella Sailer
Buchinnengestaltung nach Entwürfen von: himmel. Studio für
Design und Kommunikation, Innsbruck / Scheffau –
www.himmel.co.at
Satz: Da-TeX Gerd Blumenstein, Leipzig
Umschlaggestaltung: hißmann, heilmann, hamburg
Umschlagabbildung: gettyimages / kanyhun / Imazins
Autorinnenfoto: Emanuel Aeneas Photography

Gedruckt auf umweltfreundlichem,
chlor- und säurefrei gebleichtem Papier.